Sarah Noffke
Michael Anderle

Die aussergewöhnliche Drachenreiterin

Die einzigartige S. Beaufont
Buch 01

Mal wieder und auch die nächsten tausend Male, für Lydia.
- Sarah

Für meine Familie, Freunde und alle
diejenigen, die es lieben zu lesen.
Mögen wir alle das Glück haben das Leben
zu leben für das wir bestimmt sind.
-Michael

Impressum

Die außergewöhnliche Drachenreiterin (dieses Buch) ist ein fiktives Werk. Alle Charaktere, Organisationen, und Ereignisse, die in diesem Roman geschildert werden, sind entweder das Produkt der Fantasie des Autors oder frei erfunden. Manchmal beides.

Copyright der englischen Fassung: © 2020 LMBPN Publishing
Copyright der deutschen Fassung: © 2021 LMBPN Publishing
Titelbild Copyright © LMBPN Publishing
Eine Produktion von Michael Anderle

LMBPN Publishing unterstützt das Recht zur freien Rede und den Wert des Copyrights. Der Zweck des Copyrights ist es Autoren und Künstlern zu ermutigen die kreativen Werke zu produzieren, die unsere Kultur bereichern.

Die Verteilung von diesem Buch ohne Erlaubnis ist ein Diebstahl der intellektuellen Rechte des Autors. Wenn Du die Einwilligung suchst, um Material von diesem Buch zu verwenden (außer zu Prüfungszwecken), dann kontaktiere bitte international@lmbpn.com Vielen Dank für Deine Unterstützung der Rechte der Autoren.

LMBPN International ist ein Imprint von
LMBPN Publishing
PMB 196, 2540 South Maryland Pkwy
Las Vegas, NV 89109

Version 1.02 (basierend auf der englischen Version 1.01), Mai 2021
Deutsche Erstveröffentlichung als e-Book: Januar 2021
Deutsche Erstveröffentlichung als Paperback: April 2021

Übersetzung des Originals The Unlikely Dragonrider
(The Incomparable S. Beaufont Book 01) ins Deutsche vom:
4media Verlag GmbH

Verantwortlich für Übersetzungen, Lektorat
und Satz der deutschen Version:
4media Verlag GmbH,
Hangweg 12, 34549 Edertal,
Deutschland

ISBN der Taschenbuch-Version:
978-1-64971-264-6

DE21-0005-00067

Übersetzungsteam

Primäres Lektorat
Astrid Handvest

Sekundäres Lektorat
Anna Hunger

Betaleser-Team
Jürgen Möders
Sascha Müllers
Esther Nemecek
Nicole Reiter
Jan-Philip Schmidt

Kapitel 1

Nichts in den letzten achthundert Jahren hatte Adam Rivalry darauf vorbereitet. Auf und mit seinem Drachen Kay-Rye hatte er Heerscharen von Armeen besiegt, Reihen von Katapulten niedergerissen und mörderische Monster ins Jenseits geschickt, aber nie hatte er sich einem Biest wie dem gestellt, das jetzt hinter ihnen her war.

Eisige Winde pfiffen durch sein langes Haar und seinen Bart und ließen beides über seine Schultern flattern, als Kay-Rye auswich, um den eigenartigen Geschossen zu entkommen, die das tobende Monster auf sie abfeuerte. Das war Magie, die Adam noch nie zuvor gesehen hatte. Das Ungeheuer bewegte sich nicht wie die Drachen mit dem Wind, sondern ließ ihn völlig außer Acht und gab Geräusche von sich wie tausend vibrierende Trommeln. Das Monster verteilte außerdem einen chemischen Geruch in der Luft, der in Adams Nase brannte.

Er wagte einen Blick über die Schulter, als sie durch eine dichte Wolke flogen und versuchte, die Gestalt des Feindes auszumachen. Soweit er es beurteilen konnte, trug er eine sehr seltsame Rüstung. Er war weder Drache noch Vogel. Seine Flügel falteten und streckten sich nicht wie die von Kay-Rye. Stattdessen blieben sie stocksteif.

Seine Angriffe kamen nicht aus seinem Maul oder von seinem Reiter, der in einer gläsernen Kammer an der Oberseite eingeschlossen war. Sie schossen unter den

Flügeln hervor – große Metallkapseln, die oft an Adams Kopf vorbeipfiffen oder Kay-Ryes Flügel streiften und ihn immer wieder verletzten. An der Oberseite der Kreatur befand sich eine zusätzliche Waffe, die schnelle Geschosse abfeuerte, denen man nur schwer ausweichen konnte, da sie kleiner waren.

Der Drache war jedoch soweit in Ordnung. Sie würden die Barriere zur Burg Gullington bald erreichen. Dann könnten sie, egal wie nahe ihnen die Bestie kam, im Nebel verschwinden und wären wieder in Sicherheit.

Adam und sein Drache würden wiederkommen, sobald sie sich ausgeruht hatten. Er wusste, dass das Monster etwas bewachen musste, dem es Schaden zugefügt hatte. Der Drachenreiter wusste zwar nicht viel über seinen neuen Feind, aber er wusste, dass er keine Gnade verdiente.

Es war Adams Aufgabe zu schützen. Er und Kay-Rye hatten einen Eid geschworen, für Gerechtigkeit zu sorgen. Auch wenn sie mehrere Jahrhunderte lang nicht in der Lage gewesen waren, dies angemessen zu erledigen, hielt sie wenig davon ab, diesen Auftrag jetzt wieder aufzunehmen.

Die Sonne war gerade auf der anderen Seite von Loch Gullington, dem großen See nahe der Burg, untergegangen. Die Nacht gehörte dem schwarzen Drachen, sie verlieh ihm Schnelligkeit und erhöhte seine Wendigkeit. Adam beugte sich nach vorne, sein Kinn streifte leicht den Hals des Drachen, den er die längste Zeit seines Lebens kannte.

Bald sind wir durch die Barriere hindurch, dachte Adam und fühlte den Drachen langsamer werden. Grundsätzlich wählten sie nur im Kampf die anstrengendere Methode der Telepathie, um miteinander zu kommunizieren.

Wir werden es nicht rechtzeitig schaffen, erwiderte Kay-Rye. Er stand fast in der Luft und die Lichter aus dem bescheidenen Dorf unten verschwammen, als der Drache für den freien Fall seine Flügel an den Körper legte.

Der Wind heulte an Adams Ohren vorbei, als sie Richtung Boden stürzten. Er stemmte sich gegen den Wind, schaute nach oben und stellte fest, dass das Monster plötzlich an Geschwindigkeit zugelegt hatte. Es schoss vorwärts und legte schnell die Strecke bis zu dem Punkt zurück, an dem sie gerade noch gewesen waren. Die Bestie verfiel ebenfalls in einen Sturzflug, sobald sie die Richtungsänderung der beiden bemerkt hatte.

Woher wusstest du, dass das passieren würde?, fragte Adam.

Instinkt, antwortete Kay-Rye, breitete seine Flügel aus und gewann wieder an Höhe.

Weitere Hütten auf den östlichen Hügeln schalteten die Lichter für die Nacht ein. Adam beobachtete sie mit Zuneigung und erinnerte sich daran, wie unruhig diese Gegend einmal war. Er hatte die meiste Zeit seines Lebens hier in Schottland verbracht und wollte nicht zulassen, dass dieses Monster das Land ruinierte. Als Drachenreiter würde er keine Tyrannen dulden, vor allem nicht in dem Gebiet, das seit Jahrhunderten zu seiner Heimat geworden war.

Kay-Ryes Flügel schwangen rasant im perfekten Rhythmus mit dem Wind. Sie waren wieder auf dem Weg zur Barriere. So schnell Kay-Rye nachts war, konnte er ihren Verfolger doch nicht abhängen. Er machte den Abstand zwischen ihnen in Sekundenschnelle wieder wett und sandte mehrere Angriffe aus.

Adam versuchte sein Bestes, sich und Kay-Rye zu schützen, aber die Geschosse waren unerbittlich, explodierten durch seine Zaubersprüche und wurden unverändert abgefeuert.

Er lenkte zwei Angriffe vom Kurs ab, als Kay-Rye durch die Wolken raste, sich spiralförmig zur Seite bewegte und seine massiven Flügel durch die Dunkelheit schwebten, perfekt getarnt durch die Nacht. Wohin sie auch flogen, egal wie gut die Dunkelheit den schwarzen Drachen verbarg, die Angriffe des Monsters schienen sie zu finden, fast so, als ob es eine Art Aufspürzauber anwenden würde.

Wir müssen es bis zur Barriere schaffen, forderte Adam, fühlte allerdings Kay-Ryes zunehmende Erschöpfung, als wäre es seine eigene. Diese Verfolgungsjagd hatte sich über Stunden hingezogen, doch die seltsame Kreatur hinter ihnen wurde nicht langsamer. Das war einfach nicht natürlich. Ihr Verfolger schien nicht lebendig zu sein, sondern vielmehr eine Maschine. Adam hatte noch nie von einem Apparat in der Größe eines Drachen gehört, der auf diese Weise angreifen konnte. Ihm wurde klar, dass es viele Dinge gab, die er über die moderne Welt nicht wusste. Wenn man ihm mehr Zeit gewährte, würde er sie lernen. Er würde sich anpassen. Er würde herausfinden, wie er das Ding, das Kay-Ryes Schwanz fast eingeholt hatte, ausmanövrieren und überwältigen konnte.

Selbst mit der gesteigerten Kraft der Nacht war Kay-Rye den vielen Geschossen nicht gewachsen, die an ihm vorbeischwirrten. Eines von ihnen durchlöcherte geradewegs seinen Flügel, der sich deshalb in einem seltsamen Winkel zurückbog. Adam klammerte sich fest, als sein Drache zur Seite kippte; Kay-Ryes Flügel wurde wie eine Fahne unkontrolliert vom Wind mitgerissen und schlug auf ihn ein.

Die Schreie des Drachen lösten in Adam einen so tiefen Schmerz aus, dass er glaubte, sein Herz schlüge außerhalb seiner Brust. Sie mussten landen. Kay-Rye war zu schwer verletzt, um noch viel weiter zu kommen, aber das Monster würde sie verfolgen. Diese Bestie war auf Töten aus und die Barriere war zu weit entfernt, um sie zu erreichen.

Adam hatte nur noch eine Möglichkeit.

Nicht, forderte Kay-Rye, ein leiser Schmerz lag in dem einen Wort, während er versuchte seinen gebrochenen Flügel zum Funktionieren zu bringen.

Ich muss, antwortete Adam. Adrenalin schoss durch ihn hindurch, als er sich auf dem Rücken seines Drachen erhob und umdrehte, um sich dem seltsamsten Feind zu stellen, den er je gesehen hatte. Er bündelte seine und Kay-Ryes kollektive Energie und entfesselte sie erst, als seine Brust fast explodierte.

Mit einem kehligen Schrei feuerte Adam den Angriff auf das Monster, das durch den Nachthimmel rauschte. Der Einsatz von so viel Magie forderte von beiden einen extremen Tribut, sodass ihnen kaum noch Möglichkeiten blieben, sollten sie mehr Macht benötigen. Adams Angriff traf die Front des Ungeheuers mit einem kräftigen Hieb, wodurch es zur Seite geschleudert und einer seiner Flügel abgerissen wurde.

Adam war drauf und dran sich zu freuen, da er seit Stunden das erste bisschen Hoffnung spürte. Rauch stieg aus der Mitte der Kreatur auf, während sie sich in einer Spirale zu der dicht bewaldeten Bergkette unter ihnen schraubte und in einer feurigen Explosion einschlug. Glücklicherweise hatten sie das Dorf hinter sich gelassen und befanden sich über dem nicht verpachteten Gebiet, das die Burg umgab.

Ja!, triumphierte Adam und fuhr herum, bereit, seinen verletzten Drachen nach Hause zu lenken. Er erstarrte, die Augen weit aufgerissen, sein Mund schnappte hektisch nach einem seiner höchstwahrscheinlich letzten Atemzüge. Es kam auf sie zu, schneller als sie ausweichen konnten, ob verletzt oder nicht, das Monster hatte ein weiteres dieser seltsamen Geschosse auf sie abgefeuert. Das musste vor Adams Angriff geschehen sein. Das Geschoss raste erst noch vorwärts, drehte dann aber um und kehrte in ihre Richtung zurück.

Kay-Rye bemühte sich, seinen verletzten Flügel gerade zu halten, während er zu den Hügeln unter ihnen glitt. Sie könnten es schaffen. Den Angriff ausmanövrieren, sich auf dem Gras und in den Höhlen in Sicherheit bringen.

Beide hielten an dieser Hoffnung fest und spürten den nahenden Untergang im Herzen des anderen, als sie den endgültigen Sinkflug einleiteten. Das Geschoss zischte hinter ihnen und näherte sich wie ein hungriger Hund auf der Jagd.

Adam packte die Zügel fester. Er presste sich näher an die Kreatur, die mehr Teil von ihm war als seine eigene Haut und Knochen. Er schloss die Augen nicht, als die Druckwelle ihr Ziel erreichte, Kay-Rye von hinten traf und das Feuer auch über Adam explodierte.

Der Drachenreiter hielt an seiner Hoffnung fest, selbst als Kay-Rye nicht mehr flog, sondern sich in freiem Fall Richtung Boden schraubte und die Flügel wie kaputte Papierdrachen im Wind flatterten.

Adam ließ auch dann nicht los, als sie auf die felsige Erde stürzten, der Drache mit seinem bereits verletzten Körper über die Felsen rollte und sich noch mehr verletzte. Adam schloss die Augen, als er fühlte, dass Kay-Ryes Atemzüge nach dem Aufprall langsamer wurden, bis sie fast nicht mehr vorhanden waren.

Was auch immer dieses Monster war, das sie in dieser Nacht verärgert hatten, es war eine Urgewalt, die sie weder zu besiegen noch zu überleben in der Lage waren. Der älteste

DIE AUSSERGEWÖHNLICHE DRACHENREITERIN

lebende Drachenreiter hoffte mit jeder Faser seines Körpers, dass seine Brüder in einer besseren Position sein würden, um diesen Feind zu bekämpfen, falls sie jemals mit einem solchen in Kontakt kommen sollten. Er hoffte, dass sie es taten, denn diese Bestie war der Teufel und das, was es bewachte, brauchte ihre Hilfe. So viel war ihm klar, ohne zu wissen, weshalb.

Kay-Rye bog den Kopf herum und blickte unbeholfen zu Adam, der halb unter ihm lag. Es hatte keinen Sinn mehr den Drachen zu bewegen. Sie wussten beide, dass es vorbei war.

»Das ist gut gelaufen, mein Freund«, sagte Adam und hustete Blut. Er fühlte, wie etwas Scharfes in seine Brust schnitt.

»Das ist es«, antwortete Kay-Rye, seine Atemzüge wurden weniger, die Augen schlossen sich.

»Danke für die Reise.«

»Das Vergnügen war ganz auf meiner Seite, Adam.«

Und damit vollzogen der Drache und sein Reiter gemeinsam ihre letzten Atemzüge und beendeten damit eine glorreiche, von Abenteuern und vielen erfolgreich geschlagenen Schlachten geprägte Ära.

Kapitel 2

Im Garten eines Riesen, in einer niemals schlafenden Stadt, begann der erste Drache seit über einem Jahrhundert zu schlüpfen.

Sophia Beaufont atmete tief ein, als ein großer Riss an der Spitze des blauen Eies begann und sich über die Seite fortsetzte.

Der Fortschritt des Drachen auf seinem Weg aus seiner Schale wurde vom Vollmond, der das einzige Licht in diesem Bereich des Gartens spendete, und einem eigenartigen Geräusch, das nicht Musik und nicht Geheul war, begleitet. Es war das Geräusch einer Geburt. Des Erwachens. Das Echo der Seele der Drachen, welche tief im Bewusstsein der Kreatur lebte, die in ihrem Leben nun zum ersten Mal einen Blick auf das Mondlicht erhaschte.

Erst vor einigen Monaten hatte sich Sophia in einem besonderen magischen Laden zwischen den Behausungen der Sterblichen wiedergefunden. Damals hatte sie sich mit dem Ei vor ihr verbunden und damit ihr Schicksal besiegelt.

Kein Drache hatte sich seit hundert Jahren mit einem Reiter verbunden. Eigentlich dachte man, Drachen wären ausgestorben, aber in Wahrheit hatte es für sie einfach nur keinen Grund gegeben, sich zu zeigen – bis jetzt.

Die Zeit der Drachenreiter begann von Neuem. Nur wenige wussten, dass sie mit dem sanften Knacken des blau schimmernden Eies, das auf dem weichen Boden vor diesem jungen Mädchen lag, wiedergeboren wurde.

DIE AUSSERGEWÖHNLICHE DRACHENREITERIN

Sophia und das Ei waren in alarmierender Geschwindigkeit gewachsen, seit sie sich gefunden hatten. Geistig war sie Gleichaltrigen schon immer weit voraus gewesen, aber jetzt hatte auch ihr Körper aufgeholt.

Der Verlust ihrer Kindheit spielte keine Rolle. Es störte sie nicht, dass ihr Schicksal mit einem zufälligen Ausflug in einen Laden seinen Lauf nahm. Alles hatte von Anfang an Sinn ergeben, denn Sophia Beaufont hatte immer gewusst, dass sie keine normale Magierin war.

Die meisten erhielten ihre Magie erst später, frühestens im Teenageralter. Es dauerte seine Zeit, diese Fähigkeiten zu verbessern. Nichts davon hatte je auf Sophia zugetroffen. An ihre Eltern konnte sie sich nicht erinnern, denn sie wurden gewaltsam ermordet, als sie erst drei Jahre alt war. Sie hatte einen Großteil ihrer Kindheit allein verbracht. Aber sie war kein Opfer. Sophia wusste von Anfang an, dass ihr Leben keinen vorhersehbaren Verlauf nehmen würde. Auch zum jetzigen Zeitpunkt gab es absolut keine Gewissheit über ihre Zukunft. Aber etwas wusste sie mit wahrer Überzeugung – eines Tages wollte sie wie ihre große Schwester sein.

Ohne zu wissen weshalb, war sich Sophia sicher, dass der Drache, der sich schnell aus dem Ei schälte, diese Nacht aus einem bestimmten Grund zum Schlüpfen gewählt hatte. Während der letzten Monate hatte Sophia telepathisch mit ihm kommuniziert. Ihn in ihrem Kopf zu hören, fühlte sich wie ihre zweite Natur an. Doch in diesem Moment war ihre ganze Aufmerksamkeit auf das Knacken gerichtet, das so laut zu hallen schien, dass sie glaubte, jeder in der Nähe musste es hören.

Niemand näherte sich jedoch, als der Drache seinen Kopf durch die Schale schob und ein großes Stück aus dem Weg brach. Er fegte mit seinem Hals zur Seite und löste sich aus den Fesseln, die ihn so viele Jahre lang beherbergt hatten. War es ein Jahrzehnt? Ein Jahrhundert? Ein Jahrtausend? Sophia wusste es nicht. Der Drache hatte einfach gesagt, er habe auf ihre Geburt gewartet. Bis sie bereit war.

Sie streckte die Hand aus, wollte bei dem anstrengenden Prozess helfen, zog sie aber wieder zurück, weil sie spürte, dass es nicht ihre Aufgabe war. Der Drache, den sie so gut kannte und dem sie nun zum allerersten Mal begegnete, warf seinen Kopf mit den kleinen Hörnern nach unten und zur Seite und zerschmetterte den Rest der Schale. Sein Schwanz peitschte umher und zertrümmerte die Schalenteile zu Staub. Er schüttelte sich wie ein Hund, um den Staub loszuwerden. Dann strahlte das Mondlicht auf ihn herab und zeigte den Drachen in seiner Gesamtheit.

Sie hatte noch nie ein Blau gesehen, wie das. Seine Schuppen waren in Kristall getauchte Saphire, die das Licht reflektierten.

Dieses Mädchen hatte bis zu diesem Moment nicht gewusst, wie es sich anfühlte, verliebt zu sein. Sie wusste in ihrem Innersten, dass sie dieses Geschöpf vor sich von ganzem Herzen liebte. Er war gut und mutig und unbestritten für den Rest ihres Lebens in jeder Hinsicht mit ihr verbunden.

Dieser Drache würde ihre Lebenskraft sein und sie die seine. Keiner von beiden könnte ohne den anderen gedeihen. Seine Wehwehchen wären die ihren und über ihre würde er ebenso empfinden. Ein Reiter und sein Drache verpflichteten sich für mehr als ein langes Leben voller Opfer und Herausforderungen. Sie schlossen sich zusammen, um alles gemeinsam zu erleben.

Der Drache stand völlig ruhig, als wäre es nicht sein erstes Mal. Er machte ohne zu zögern einen Schritt, senkte seine grünen Augen und zwinkerte dem jungen Mädchen vor ihm zu. Er reichte nur bis zu Sophias Schulter, aber er wuchs von Augenblick zu Augenblick.

Sie machte einen Schritt nach vorne, sie fühlte sich unsicher, verbarg es aber.

»Und so treffen wir uns, als wäre es das erste Mal«, sagte der Drache.

»So ist es, nicht wahr?«, fragte Sophia und musterte ihn, während er seine Flügel testete, sie entfaltete und dann wieder an seinen Körper anlegte.

Er schüttelte den Kopf. »Oh, nein, wir haben uns schon oft getroffen, Sophia Beaufont. Das glaube ich zumindest.«

Sie nickte und wandte ihren Blick zum Mond. »Warum heute Nacht?«

Ein wohlwollender Ausdruck erschien auf dem Gesicht des Drachen, als er ihrem Blick folgte. »Jeder Drache ist mit einem Aspekt der Erde verbunden, sei es die Nacht, der Tag, das Meer, der Wind …«

»Der Mond.« Langsam dämmerte es Sophia.

»Ja«, bekräftigte er. »Egal, wie lange wir hier sind, bei Vollmond werde ich am stärksten sein und du wirst es ebenfalls sein.«

Sophia machte einen Schritt vorwärts, kniete dann nieder und schaute zu dem Drachen vor ihr auf. Er war schöner, als sie es sich je hätte vorstellen können, voll zeitloser Weisheit. Es war unmöglich zu glauben, dass das Bewusstsein der Drachen in ihm lebte. Doch hatte sie kaum Zweifel, als sie in seine Augen schaute.

»Es ist an der Zeit, mir einen Namen zu geben, Sophia Beaufont. Aber tu es mit Bedacht.«

Sie hob ohne zu zögern ihre Hand und fuhr ihm mit den Fingern über die Spitze seiner Schnauze. Ihre Hand sank sofort auf seine Schuppen, eine Vereinigung, so natürlich wie der erste Atemzug eines Babys.

Sophia lächelte unerschrocken, als sie in die Augen der ältesten Art von magischen Geschöpfen der Welt und desjenigen blickte, der von jetzt an bis zum Ende ihres eigenen Lebens bei ihr bleiben würde.

»Ich habe dir vor langer Zeit einen Namen gegeben«, begann sie, ihre Pupillen zogen sich im hellen Mondlicht zusammen. »Noch bevor ich dich traf. Bevor ich Drachenreiterin wurde, kannte ich dich und ich wusste, dass du Lunis sein würdest.«

Der blaue Drache senkte den Kopf, stiller Respekt in seiner Bewegung. »Ja, mein Name war schon immer Lunis, aber nur mein wahrer Reiter würde es wissen. Gut gemacht, Sophia.«

Kapitel 3

Der Füllfederhalter kratzte über das Pergament und erzeugte eines von Hiker Wallaces Lieblingsgeräuschen auf der Welt. Er mochte einfache Dinge, wie den Geruch von Kaffee, die Geräusche des Morgens und einen langen Flug über die Umgebung.

Er blickte auf, seine Augen entdeckten die knisternden Flammen im Kamin, die ihn leicht hypnotisierten, während er darüber nachdachte, was er noch in das Protokoll dieses Tages aufnehmen sollte.

Als er eine Seite zurückblätterte, las er den gestrigen Eintrag und runzelte die Stirn. Dieser war ziemlich identisch mit dem Eintrag von heute. Er blätterte zurück zur Woche davor, dann zum Monat davor und schließlich zum letzten Jahr. Fast alle Einträge lauteten gleich. Die Drachenelite hatte auf Burg Gullington immer das Gleiche erledigt: gegessen, trainiert, studiert, sich um die Drachen gekümmert und viel Ruhe bekommen. Trotzdem führte Hiker das Tagebuch sorgfältig. Aufzeichnungen waren wichtig, auch wenn sie sich von Tag zu Tag nicht unterschieden.

Er schloss das Buch und lehnte sich in seinem Stuhl zurück, sein Blick wanderte zum Fenster hinaus bis dorthin, wo sich Loch Gullington erstreckte so weit er sehen konnte, selbst mit seiner verbesserten Sicht. In letzter Zeit hatte ihn die Monotonie eines jeden Tages rastlos gemacht und aus Träumen von dem Leben geweckt, das er gelebt hatte, bevor die Sterblichen für die Magie blind geworden waren. Aber es war gar nicht so schlimm. Normalerweise konnte er wieder einschlafen. Er war nicht wie Adam, der sich danach sehnte, die Mission der Drachenreiter wieder aufzunehmen.

Aber die Welt war noch nicht bereit, dachte Hiker, als er von seinem Schreibtisch aufstand und vor dem Kamin hin- und hermarschierte.

Der ältere Drachenreiter hungerte wieder einmal nach einem richtigen Kampf, einer Verfolgungsjagd. Er wollte den Mantel der Elite zurückerobern und die Rolle als Judikator in der Welt der Sterblichen wieder aufnehmen.

Sie waren noch nicht bereit, sagte sich Hiker, obwohl es immer schwieriger wurde, sich davon zu überzeugen, da die Sterbliche Welt wieder Magie sehen konnte.

Vor langer Zeit hatten Hiker, Adam und viele andere Drachenreiter die Welt regiert, sich in die Angelegenheiten der Sterblichen eingemischt und den Frieden bewahrt. Dann, eines Tages, waren die Drachen wie Geister geworden, die von den Sterblichen nicht mehr gesehen wurden.

Die Reiter der Drachenelite erschienen einfach wie Verrückte, die behaupteten, sie hätten Drachen. Über Nacht hatten die Sterblichen die Magie vergessen und schlimmer noch, sie konnten sie nicht mehr sehen. Welchen Sinn hätte es gehabt, einer Welt als Richter, Jury und Henker zu dienen, die nicht glaubte, dass es sie überhaupt gab?

So war die Drachenelite verschwunden und viele von ihnen hatten sich in der Burg Gullington, dem Hauptquartier der Elite, eingeschlossen. Da die Welt sie nicht sehen konnte, galten sie bald als verschwunden.

Nicht alle blieben in den Grenzen von Burg Gullington. Sie waren zu unruhig, um eingesperrt zu sein. Einige verschwanden. Einige starben auf mysteriöse Weise. Die anderen, Hiker und Adam eingeschlossen, lernten einfach zu existieren.

Jahrhunderte vergingen.

Die Welt außerhalb von Burg Gullington veränderte sich, aber die Drachenelite erfuhr nichts davon. Sie blieben die meiste Zeit innerhalb der Barriere und fragten sich, ob sie sinnlos sterben würden.

Und dann, erst vor kurzem, hatte sich alles geändert. Ohne seine Haushälterin Ainsley hätte Hiker nicht einmal etwas davon erfahren. Sie war auf dem Markt gewesen und hatte Essen für eine Woche eingekauft. Sie war den ganzen Weg zurückgerannt, ohne sich in ihr normales Aussehen zu verwandeln, bevor sie in Hikers Büro stürmte. Er hatte sein Schwert gezogen und sich gefragt, was der komische alte Mann dort wollte. Erst dann hatte sich Ainsley wieder in ihre normale Gestalt verwandelt, ihr rotbraunes Haar umrahmte ihr spitzes Kinn.

»Sir, ich habe Neuigkeiten«, meinte sie und knickste vor ihm in ihrer üblichen Weise.

»Dann lass hören«, hatte Hiker gefordert und das Schwert, das er lange nicht mehr benutzt hatte, zurück in die Scheide gesteckt.

»Sterbliche können wieder Magie sehen«, hatte sie mit gedämpfter Stimme gesagt.

Diese fünf Worte hätten für die Elite alles ändern sollen, aber sie taten es nicht.

Hiker ging zurück zum Tagebuch und blätterte es wieder auf, wobei er den Eintrag von jenem Tag las, an dem Ainsley die Nachricht aus dem Dorf gebracht hatte. Damals hatte es eine Feier unter den Reitern gegeben. Sie hatten an einem Tag mehr Met getrunken, als sie es normalerweise in einem Jahr taten. Es wurde viel über die Zukunft gesprochen. Über die Sterblichen.

Er blätterte zum nächsten Tag. Er las dasselbe wie am Tag zuvor. Dann am Tag danach ... bis alles wieder so war, wie es gewesen war. Die Drachenelite erwachte, aß, trainierte, studierte, kümmerte sich um die Drachen und bekam viel Ruhe.

Selbst nach der Nachricht, dass die Sterblichen endlich wieder aufgewacht waren, änderte sich für die Reiter nichts und dafür war ihr Anführer verantwortlich. Es war keine leichte Entscheidung für Hiker gewesen, aber er stand trotzdem dazu.

Die Sterblichen waren noch nicht bereit.

»Gib ihnen ein paar hundert Jahre Zeit, sich an die Magie zu gewöhnen, bevor wir sie mit Drachen erschrecken«, hatte er Adam gesagt.

Sein ältester Freund und Reiterkollege war darüber nicht glücklich gewesen. Die beiden hatten deshalb immer wieder gestritten, aber Adam wusste, dass Hiker recht hatte; die Sterblichen brauchten Zeit, um sich darauf einzustellen. Laut Ainsley hatte allein der Anblick einer Fee, die auf dem Markt herumflog, viele Sterbliche dazu veranlasst, sich in ihren Hütten einzuschließen. Wie würden sie erst reagieren, wenn ein Drache vom Himmel herabflog und ein Reiter von ihm herunterrutschte und erklärte, sie wären da, um alle Streitigkeiten unter den Sterblichen zu schlichten?

Sie würden in Panik geraten.

Das würde noch ein paar hundert Jahre Einsamkeit für die Elite bedeuten. Hiker könnte damit umgehen. Das konnte er.

Adam allerdings nicht. Es würde ihn umbringen, wie schon so manchen Reiter zuvor.

Nein, es war für alle besser, wenn die Drachenelite innerhalb der Barriere blieb. Dann, wenn die Sterblichen bereit wären, könnten die Reiter wieder regieren.

Er ging das Protokoll noch einmal durch und hoffte, es gäbe etwas, das er hinzufügen könnte. Quiet, der Gnom,

DIE AUSSERGEWÖHNLICHE DRACHENREITERIN

hatte heute zusätzlich einen Fisch gefangen. Das war bemerkenswert.

Hiker nahm seinen Füllfederhalter zur Hand und hatte gerade begonnen das Tagebuch zu ergänzen, als der Globus piepte, der neben der Fensterfront zu Loch Gullington stand.

Er setzte sich mit einem Ruck auf, sein Stift fiel ihm aus der Hand und seine Augen weiteten sich.

Es war ein Jahrhundert her, seit er dieses Geräusch gehört hatte.

Der Stift rollte über den Schreibtisch und fiel klappernd auf den Eichenboden. Hiker sprang auf und schaute auf den noch rollenden Federhalter hinunter, dann blickte er erneut auf den Globus. Fünf rote Punkte leuchteten auf dem riesigen Globus, der mit Inlays aus echtem Riesengold verziert war. Der Großteil der Kugel bestand aus Stein, der aus den Höhlen der Gnome abgebaut worden war und das Holz war das feinste polynesische Teak, das die Elfen der Drachenelite geschenkt hatten. Die Magie, die jeden Drachenreiter auf der Erde verfolgen konnte, war ihnen von den Magiern, genauer gesagt von den Kriegern des Hauses der Vierzehn, geschenkt worden.

Der Globus war weit mehr als ein unglaubliches Kunstwerk, das von den großen magischen Rassen geschaffen wurde. Auf diese Art und Weise konnte Hiker die Reiter verfolgen und schon lange, lange Zeit hatte der Globus kein Problem mehr aufgezeigt. Hiker hatte wenig Grund, den Reitern auf den Fersen zu bleiben, da sie sich größtenteils auf Burg Gullington aufgehalten hatten. Aber …

Er ging hinüber, in der Hoffnung, dass es eine Fehlfunktion war.

Die Magier haben vor langer Zeit Mist gebaut und das Problem zeigt sich erst jetzt, sagte er sich.

Oder vielleicht hatten das Metall, das Holz und der Stein die magische Fehlfunktion verursacht und die Gnome, Riesen und Elfen waren daran schuld.

Er drehte den Globus, bis er den blinkenden roten Punkt entdeckte.

Es war lange her, dass Hiker so tief Luft holte wie gerade jetzt.

Das war keine Fehlfunktion.

Das *war* einer von seinen.

Es war Adam.

Er war in Schwierigkeiten.

Die Lichter auf dem Globus folgten den Drachenreitern und sie blinkten, wenn sie sich in Lebensgefahr befanden. Es schien, dass sein ältester Freund …

Die Tür zu Hikers Büro wurde aufgerissen. Evan stand an der Schwelle, seine Brust hob und senkte sich in Panik.

»Hiker, du musst wissen …«

»Adam ist in Gefahr«, fiel er dem jüngsten Drachenreiter ins Wort.

Evans dunkle Haut zeigte die Röte nicht, aber der Schock in seinem Gesicht war offensichtlich, als Hiker reagierte: »Wie …« Sein Blick huschte zum Globus. »Oh, natürlich.«

»Es wird ihm gut gehen«, erklärte Hiker und wünschte sich, er könnte das ständige Piepen abstellen, das die Reiter signalisierte. Es zeigte an, wenn sie in Schwierigkeiten waren oder es neue Reiter gab, die abgeholt werden mussten. Es war lange her, dass er das gehört hatte, obwohl es in letzter Zeit auch falschen Alarm aus Los Angeles in Kalifornien, Vereinigte Staaten, gegeben hatte.

»Worauf hat er sich da wieder eingelassen?«, fragte Evan und schob sich seine langen Rastalocken aus dem Gesicht, während er sich vorbeugte, um auf den blinkenden roten Punkt zu blicken.

»Ich bin sicher, es ist nur, weil er die Burg verlassen hat.« Hiker holte tief Luft, um den Stress in seiner Brust zu lösen.

»Ich bin zur Höhle gegangen, um nach Coral zu sehen und habe bemerkt, dass Kay-Rye verschwunden war«, informierte ihn Evan.

»Du hast das Richtige getan, indem du zu mir gekommen bist«, meinte Hiker, legte die Hände auf den Rücken und wandte sich der Fensterfront zu Loch Gullington zu. Die Sonne ging jetzt unter, die Nacht brach herein und sorgte für ein wunderschönes Schauspiel, als der Vollmond über der Burg Gullington aufging. Hiker entdeckte sein Spiegelbild im Fenster.

Er hatte sich in fünfhundert Jahren nicht viel verändert, trug immer noch den gleichen langen Bart, den Kilt und die Rüstung, die er von seinem Vater geerbt hatte. Auch wenn er ihren Schutz nicht brauchte, trug er sie immer noch jeden Tag. Es gab einige Dinge, mit denen er nie aufgehört hatte. Gewohnheit war die Stärke eines erfolgreichen Mannes. Er war sicher, dass sie ihm weiterhelfen würde, wenn die Zeit gekommen war.

»Er war auf der Suche nach Fällen«, erklärte Evan mit Blick aus dem Fenster.

Hiker nickte. »Ja, das habe ich erwartet. Adam ist unruhig geworden. Ich glaube nicht, dass er das erste Mal außerhalb der Barriere war in letzter Zeit.«

Evan riss schockiert seinen Kopf herum. »Wirklich?«

Hiker zuckte die Achseln. »Er glaubte, er hätte den Elite-Globus verzaubert, um seine Aktivitäten zu verbergen, aber ich habe ihn ein paar Mal gehen sehen.«

»Aber geht es ihm gut?« Evan blickte über die Schulter auf den Globus.

»Ja, er hat sich wahrscheinlich in Schwierigkeiten gebracht, die wir nicht gewohnt sind«, meinte Hiker.

»Wie Gaffer auf dem Boden?«, fragte Evan.

»Diese oder eine der anderen neuen Technologien, von denen Ainsley uns erzählt hat.«

Evan klopfte dem größeren Mann auf den Arm. »Du glaubst nicht, dass sie recht hat, oder? In der modernen Welt gibt es nicht wirklich Hexerei, die es ihnen erlaubt, uns aus dem Weltraum oder von wo auch immer auszuspionieren?«

»Ich glaube, sie nennt es Technologie«, antwortete Hiker. »Und nein. Mach dir darüber keine Gedanken. Ich bin sicher, dass sich die Welt in den hundert Jahren, seit du bei uns bist, nicht so sehr verändert hat.«

Evan atmete erleichtert aus. »Das ist gut zu wissen. Dann bin ich sicher, dass du recht hast. Adam ist wahrscheinlich ...«

Der langgezogene Piepton ließ den Drachenreiter innehalten.

Hiker drehte sich um und rannte auf den Globus zu. Er presste sein Gesicht auf den Punkt, der heller leuchtete als alle anderen.

Hiker schrie ›Nein!‹ und wusste, was dieses Geräusch bedeutete, obwohl er es schon ewige Zeiten nicht mehr gehört hatte.

»D-d-das kann nicht sein ...«, stotterte Evan.

Hiker wäre gerne abgehauen. Hätte seinen Freund gerettet. Hätte die Barriere überquert, aber als das Piepen begann, war es bereits vorbei.

Er trat zurück und schüttelte ungläubig den Kopf. »Er ist von uns gegangen.«

»Nein!«, rief Evan. »Wir können zu ihm. Zu Kay-Rye. Wir können sie retten.«

Hiker hatte lange genug gelebt, um die Wahrheit zu kennen. »Nein, das können wir nicht.«

DIE AUSSERGEWÖHNLICHE DRACHENREITERIN

Der Anführer der Drachenelite hatte genug Erfahrung, um zu wissen, dass Zweifel am Globus nur zu Wahnsinn führten. Jeder Anführer hatte versucht seine Aussagen infrage zu stellen, aber wenn sie erkannten, dass er stets die Wahrheit sprach, fanden sie keinen Frieden mehr.

»Er ist also von uns gegangen? Wie?«, fragte Evan.

Hiker ging auf die Tür seines Büros zu. »Das ist es, was wir herausfinden müssen.«

Er zog die Tür auf und wäre fast hindurch gegangen, als ein anderer Piepton vom Globus widerhallte und seine Aufmerksamkeit forderte. Hiker hätte gerne geglaubt, dass sein Freund wieder da war und der Globus sich geirrt hatte, aber er wusste um das etwas höhere Piepen, das der Globus aussandte. Es bedeutete nicht, dass ein alter Drachenreiter zurück war. Es bedeutete, dass ein neuer Drache geboren war.

Evan drehte sich um und schaute auf den Elite-Globus und Hiker. »Was ist das?«

Der Anführer der Reiter konnte es nicht glauben. Es war über hundert Jahre her, dass er dieses Geräusch gehört hatte. Er hatte sich eingeredet, dass es sich in seinem Leben nicht wiederholen würde, aber hier war es. Seit Evan hatte er dieses Geräusch nicht mehr vom Elite-Globus vernommen. Es war das Echo der Geburt, des Erwachens, von etwas sehr Bemerkenswertem.

Hiker schüttelte den Kopf und verdrängte das ungute Gefühl in seinem Kopf. »Ein Reiter ist gefallen, ein anderer auferstanden – in derselben Nacht.«

Kapitel 4

In seinem Leben hatte Hiker viele verloren, aber niemanden wie die Person, zu der er sich nun begab. Er und Adam hatten sich mehrere hundert Jahre die Zeit miteinander vertrieben. Sie hatten darauf gewartet, wieder gebraucht zu werden. Sich darüber gestritten, was in der Zwischenzeit getan werden kon nte.

Es gab niemanden, der Hiker so unter die Haut ging wie der Mann, auf den er jetzt zueilte. Auch niemanden, den er mehr liebte und noch auf dieser Erde weilte, außer natürlich seinem Drachen Bell.

An der Barriere hielt Hiker inne und erkannte, dass er Burg Gullington schon lange nicht mehr verlassen hatte. Er war erst vor wenigen Tagen draußen gewesen, aber nur kurz und das war etwas anderes, als die Grenze zu überqueren.

Von seinem Platz auf der ebenen Grasfläche konnte er Adam und Kay-Rye etwa hundert Meter entfernt liegen sehen. Sie waren fast in Sicherheit gewesen und doch war der Unterschied zwischen Leben und Tod so groß.

Die Jungs blieben hinter Hiker und spürten wahrscheinlich seine Beklemmung. Evan hatte die Barriere seit geraumer Zeit nicht mehr überquert. Für die anderen war es länger her als die normale Dauer eines Lebens. Es hatte einfach keinen Grund dazu gegeben.

Er wünschte, er hätte sich die Zeit genommen, seinen Drachen Bell zu holen. Sie konnte zwar nichts tun, aber das hätte den nächsten Teil einfacher gemacht.

»Brüder«, begann Hiker, sein Blick fiel auf Evan, dann auf Mahkahs und Wilders Gesicht. Wie Hiker waren auch sie viel älter als die meisten Magier und hatten die Langlebigkeit ihrer Drachen, aber das war nicht zu erkennen. Mahkah und Wilder schienen Anfang zwanzig zu sein, obwohl beide über zwei Jahrhunderte auf dieser Erde verbracht hatten. Evan war für Drachenreiter-Verhältnisse mit etwas mehr als hundert Jahren noch ein Baby, aber er schien zumindest reif genug, ein Bier in einer Kneipe zu trinken – nicht, dass ihm jemals die Gelegenheit dazu gegeben worden wäre.

»Wir wissen nicht, was da draußen ist«, fuhr Hiker fort. »Was immer Adam zur Strecke brachte, könnte noch auf der Jagd sein. Bleibt wachsam und ruft beim ersten Anzeichen von Gefahr eure Drachen. Andernfalls erweist ihm einfach euren Respekt.«

»Ist er tot?«, fragte Mahkah, als er vortrat und ihm seine langen schwarzen Haare aus dem Pferdeschwanz in sein Gesicht fielen.

Das Nicken als Antwort auf diese Frage war eines der schwierigsten Dinge, die Hiker seit langem tun musste. Wenn der Elite-Globus es anzeigte, dann war Adam nicht einmal mehr ein Atemzug geblieben. Es war zu spät für einen Abschied. Es war zu spät für etwas anderes als die Bestattung des größten Reiters, den Hiker in vielen Jahrhunderten kennengelernt hatte und seines Drachen.

Adam hätte der Führer der Elite sein sollen. Er und Hiker wussten es beide. Er war älter. Erfahrener. Verbunden mit dem größeren, gefährlicheren Drachen Kay-Rye. Aber die Sache war, dass Adam diese Rolle nie gewollt hatte. Er zog es vor zu kämpfen, statt zu führen. Er sehnte sich mehr nach der Jagd als nach der Festlegung von Strategien. Adam mochte die Detektivarbeit ohne die ganze Verantwortung, die damit verbunden war, auf die anderen aufzupassen. Er liebte die Lösungen, die nur ein Drachenreiter in einem Streit einbringen konnte … und er tat es immer.

Hiker war derjenige, der führen wollte. Er fühlte sich immer als Beschützer gegenüber den anderen, sodass er derjenige war, der sie führte – auch wenn es nichts gab, wohin sie geführt werden konnten, außer einem weiteren Tag voller Langeweile.

Hiker atmete schnell ein, zog sein Schwert und bewegte sich über die Barriere hinaus. Die Luft auf der anderen Seite dieser unsichtbaren Mauer war anders. Sie war kälter. Gespickt mit seltsamen Gerüchen, dem Duft der modernen Welt.

Hiker hielt den Atem an, als er auf die leblosen Körper auf der anderen Seite des Feldes zuging. Der Drache und sein Reiter waren abgestürzt, das schwere Tier war auf Adam gelandet und hatte ihn zerquetscht. Der Gesichtsausdruck seines toten Freundes zeigte jedoch keine Qualen. Hiker konnte am Winkel ihrer Köpfe erkennen, dass Adam gestorben war und seinem besten Freund in die Augen gesehen hatte. Er wusste auch, dass etwas Gefährliches sie angegriffen hatte, was er an den Brandspuren in ihrem Fleisch erkennen konnte.

Er atmete durch den Mund, denn er wollte sich nicht an diesen Moment erinnern, der durch den Geruch verbrannter Haut, Haare und Leder geprägt war.

Die Jungs schwärmten hinter ihm aus, die Waffen bereit, während sie sich um den Drachen und den Reiter versammelten.

Verdammt, Adam, warum konntest du die Dinge nicht einfach abwarten?, fragte sich Hiker und betrachtete die vielen Wunden an ihren Körpern.

»Ich glaube nicht, dass hier draußen etwas ist«, meinte Wilder, während seine Augen die Umgebung absuchten. »Was auch immer es war, es ist weg.«

Hiker nickte. »Sie waren auf dem Heimweg, als etwas sie angegriffen hat, nehme ich an.«

»Aber was?«, fragte Mahkah.

Der Anführer der Drachenelite blickte zu den sich verdunkelnden Bergen. »Es ist schwer zu sagen. Die Welt da draußen ist nicht mehr dieselbe, die jeder von uns kannte. Das ist ein weiterer Grund dafür, dass wir noch nicht dorthin zurückkehren sollten. Wir brauchen Zeit. Die *Welt* braucht Zeit, um sich anzupassen.«

Die Männer nickten, weil sie dieses Argument von Hiker bereits viele Male gehört hatten, besonders am Abend, wenn Adam ihn bei einem Getränk aufgestachelt hatte.

»Es könnte ein Unfall gewesen sein«, argumentierte Evan.

»Vielleicht«, überlegte Hiker und verengte seine Augen Richtung eines hellen Punktes am Himmel zwischen zwei weit entfernten Bergrücken.

»Simi und ich könnten eine Patrouille fliegen«, bot Wilder an.

»Nein«, lehnte Hiker sofort ab und schwang sich zu seinen Männern herum. »Adam hat in letzter Zeit nach Ärger gesucht. Scheinbar hat er ihn gefunden. Ich lasse nicht zu, dass einer von euch heute Nacht sein Leben riskiert. Das beweist nur, was ich vermutet habe, seit die Sterblichen erwacht sind und Magie sehen können. Wenn wir unsere Rollen wieder einnehmen wollen, müssen wir zuerst lernen, wie sich die Welt verändert hat. Wir dürfen nicht kopflos hinausstürmen, sonst werden wir getötet. Sterbliche und die magischen Rassen, die lange Zeit geglaubt haben, dass wir tot sind oder von Anfang an nichts über uns wussten, werden erschrecken, wenn wir auftauchen. Ich weiß nicht, was Adam und Kay-Rye angegriffen hat, aber ich versichere euch, dass es etwas war, das sich von ihnen bedroht fühlte.«

»Und etwas von großer Macht«, bemerkte Mahkah, seine Augen huschten über den großen schwarzen Drachen, der mindestens neun Meter lang war.

»Seid versichert, ich werde dieser Angelegenheit meine volle Aufmerksamkeit widmen und genau herausfinden, worauf wir uns vorbereiten müssen, wenn wir uns endlich in die Welt hinauswagen«, erklärte Hiker selbstbewusst und versuchte seine harte Schale zu wahren, als er die volle Tragweite des Todes seines Freundes erkannte.

»Aber jetzt noch nicht, oder?«, fragte Evan.

Hiker schüttelte den Kopf. »Nein, wir sind noch nicht bereit. Die Welt ist es nicht.«

Er entließ die Männer Richtung Burg Gullington. »Geht jetzt zurück. Schickt mir Quiet, um mir zu helfen. Morgen früh werden wir eine Gedenkfeier für unseren Bruder abhalten.«

Die Männer nickten, drehten sich widerwillig um und machten sich auf den Weg zur Burg, die von dieser Seite der Barriere aus nicht zu sehen war.

Als die Reiter verschwunden waren, richtete Hiker seine Aufmerksamkeit wieder auf die Leichen von Adam und Kay-Rye. Ihm blieben nur wenige Minuten, bevor Quiet auftauchte, um zu helfen. Er brauchte die Hilfe des Gnoms nicht wirklich, sondern eher etwas Zeit allein. Aber nicht, um zu trauern. Das würde später kommen. Hiker brauchte Antworten. Er brauchte Informationen.

Er winkte mit der Hand in Richtung der Leichen und murmelte einen Zauberspruch, den er schon sehr lange nicht mehr angewendet hatte. Wie auf einem Drachen zu reiten, so kam auch die Magie zu ihm zurück. Beides lebte in seinen Knochen.

Das Gebiet um Adam und seinen Drachen funkelte in einem Lichtstaub, der sich einige Meter über dem Boden erhob und in die der Burg Gullington gegenüberliegende Richtung zu wandern begann. Hiker folgte dem Lichtstaub mit den Augen, bis er hinter den Bergkämmen verschwand.

Er führte seine Hand zum Mund und ließ einen Pfiff durch seine Zähne ertönen, den nur seine Bell hören konnte. Innerhalb einer Minute schwebte der rote Drache aus der Höhle in seine Richtung. Ihre majestätischen Flügel schnitten durch die Luft und sie kam schnell näher. Hiker fühlte sich besser, nur weil er sie sah.

Sie hatte keine Probleme, die Barriere zu passieren, obwohl es auch für sie eine lange Zeit her war.

Ihr Kopf drehte sich zur Seite, als sie landete und auf die Körper schaute, die zu Hikers Füßen lagen. In ihren grünen Augen zeigte sie keine Emotionen, sie blinzelte nur und folgte der Spur des glitzernden Staubs, der in die entgegengesetzte Richtung führte.

»Was immer sie angegriffen hat, ist dort drüben, nicht wahr?«, fragte Hikers Drache.

Er nickte und schwang sich ohne Schwierigkeiten auf ihren Rücken, obwohl sie nicht mit Sattel und Zügeln für einen Ausritt ausgerüstet war. »Ja und du weißt, was wir mit dem tun werden, was wir finden, oder?«

Der Blick des Drachen kehrte zu den Körpern zurück, die im Gras lagen und durch den Frost schnell gefroren. »Natürlich. Morgen?«

»Morgen werden wir trauern, Bell«, sagte Hiker und hielt sich am Drachen fest. »Heute Nacht werden wir herausfinden, was unsere lieben Freunde getötet hat.«

Kapitel 5

Die Sonne sollte in knapp einer Stunde über Burg Gullington aufgehen. Hiker starrte aus dem dunklen Fenster, das bald von der Morgensonne erhellt werden würde. Er wurde es nie müde, Loch Gullington in den Strahlen des Morgenlichts glänzen zu sehen, aber an diesem Tag fühlte es sich wie eine Beleidigung an, denn die Trauer in seinem Herzen sehnte sich nach Dunkelheit.

Die Männer würden bald aufstehen und sich auf die Gedenkfeier vorbereiten. Hiker musste noch eine sehr wichtige Sache erledigen, bevor sie wach wurden.

Er blickte auf das Stück Pergament unter seinem Füllfederhalter hinunter und dachte an die Person, für die diese Nachricht bestimmt war. Liv Beaufont war eine Kriegerin für das Haus der Vierzehn, aber das erklärte nicht einmal ansatzweise, wer sie war, basierend auf den Informationen, die er über sie gesammelt hatte.

Sie hatte das Haus der Vierzehn aus dem dunklen Zeitalter heraus an den Punkt gebracht, an dem es sich jetzt befand, voller magischer Rassen, die sich gemeinsam für die Verbesserung der Gesellschaft einsetzten. Diese Kriegerin war der Grund dafür, dass die Sterblichen Magie sehen konnten. Sie war somit der Grund dafür, dass die Drachenreiter nach Jahrhunderten der Einsamkeit und Unsichtbarkeit bald wieder eine Rolle in dieser Welt spielen würden.

Und sie hatte, wie er vermutete, etwas … oder besser gesagt jemanden versteckt.

Hiker fragte sich, ob der neue Reiter, der sich mit einem Drachen verbunden hatte, im gleichen Alter wie er wäre, als ihm dies passierte – also vierzig Jahre. Oder vielleicht war er älter? Oder war er, wie Evan, Anfang zwanzig?

Das brachte ihn sofort ins Grübeln über den neuen Drachen. Er wusste, dass es auf der ganzen Welt noch Eier gab, denn frühere Expeditionen zu deren Aufspüren waren gescheitert. Drachen konnten nicht gefunden werden, wenn sie es nicht wollten.

Wenn er einer der Drachen war, von denen er gehört hatte, dann war er ziemlich alt. Nicht so alt wie Bell oder Kay-Rye, aber trotzdem wäre er eine gute Ergänzung für die Elite.

Er setzte den Füllfederhalter auf das Pergament und begann zu schreiben.

Liebe Kriegerin Beaufont,

wie ich vermutet hatte, als ich dir kürzlich einen Besuch abstattete, hast du einem Drachenreiter Unterschlupf gewährt. Ich verfüge jetzt über die Bestätigung dafür und glaube, dass er sich in deiner Nähe aufhält.

Hiker blickte auf und dachte nach. Der Elite-Globus hatte ihm diese Information gegeben. Zuvor, als er der Kriegerin gegenübergestanden hatte, war es nur eine Vermutung gewesen, aber jetzt, da der Reiter sich formell mit seinem Drachen verbunden hatte, war es konkret. Er konnte seinen Standort genau bestimmen und es wurde deutlich, dass sich diese Person in unmittelbarer Nähe zur Kriegerin für das Haus der Vierzehn befand.

Es ergab Sinn. Das Haus war voll von erfahrenen Kriegern. Das erfüllte Hiker mit Aufregung. Die Jungs, Evan, Mahkah und Wilder, waren so jung gewesen, als sie sich mit ihren Drachen verbanden. Hiker musste ihnen nicht nur das Reiten beibringen, sondern auch so viele andere Dinge. Es wäre schön, einen erfahrenen Magier in ihrer Mitte zu haben. Trotzdem gefiel ihm das Timing nicht – direkt nach Adams Tod – aber so war es manchmal.

Er kehrte zu seinem Schreiben zurück.

Unten habe ich Koordinaten außerhalb unserer Grenzen angegeben, die der neue Drachenreiter verwenden kann, um unseren Standort zu finden. Nur ein Reiter wird in der Lage sein, unsere Barriere zu passieren, daher rate ich dir, die ungefähre Lage unseres Hauptquartiers niemandem mitzuteilen. Es wird dir nichts als Leid bringen, da wir bereit sind jeden zu bekämpfen, der sich in die Nähe unserer Ländereien wagt.

Hiker schüttelte den Kopf. Er war versucht mehr zu sagen, aber ihm wurde klar, dass er lügen müsste. Die Anzahl der Elite war nicht mehr wie früher und jetzt, ohne Adam, befanden sie sich ernsthaft im Nachteil.

Er ließ den Kopf hängen und erkannte, wie traurig seine missliche Lage war. Einst war die Drachenelite die stärkste Kraft auf der Erde gewesen. Heute hatte er drei Reiter, die keine richtige Kampferfahrung hatten und bald würde er einen brandneuen Reiter bekommen. Einen Mann, den er von Grund auf neu ausbilden musste.

Hiker atmete tief durch und ließ sich nicht abschrecken, als er sich wieder auf das Pergament konzentrierte. Er würde die Drachenelite wieder zu dem machen, was sie einst war. Besser. Er würde sie besser machen. Wenn die Sterblichen bereit waren, würden sie über ihre Angelegenheiten richten, so wie es einst ihre Aufgabe war.

Kriegerin Beaufont, antworte sofort mit einer Bestätigung auf diese Nachricht. Ich möchte über diesen neuen Reiter informiert werden und dass er auf dem Weg zu mir ist. Ich lasse es dich wissen, sobald er unter meiner Autorität angekommen ist.

Hochachtungsvoll
Hiker Wallace
Anführer der Drachenelite

Kapitel 6

Es war ein harter Tag für Liv Beaufont gewesen. Sie hatte nicht geschlafen ... nun, das war nicht das erste Mal. Vielleicht an dem Tag davor auch nicht. Sie hatte den Überblick verloren, als sie sich in ihre Wohnung schleppte, um sich in ihr Bett zu kuscheln und tagelang zu dösen.

Sie seufzte. Wem wollte sie etwas vormachen?

Sie hatte vielleicht vier bis fünf Stunden, bevor irgendein Notfall sie wecken würde. Das war in Ordnung. Das Haus der Vierzehn war stabil, voll von Mitgliedern, die über Themen abstimmten, die die magische Welt betrafen und sie zu einem besseren Ort machten. Überraschenderweise liebte sie ihre anspruchsvolle Arbeit.

Seit kurzem konnten Sterbliche Magie erkennen und sieben hatten sich dem Rat angeschlossen und den Vorsitz in wichtigen Angelegenheiten übernommen.

Dennoch fragte sich Liv, als sie die Gelegenheit zu diesem Luxus erhielt, wer sich um die Welt der Sterblichen kümmerte. Das Haus der Vierzehn hatte die Aufgabe, die Gesetze für die magischen Rassen durchzusetzen und dafür zu sorgen, dass niemand seine Macht missbrauchte. Bevor die Magie für die Sterblichen sichtbar wurde, hatte sie immer vermutet, dass sich die Polizei und die Feuerwehr und weiß der Teufel wer um ihre Angelegenheiten kümmerte. Aber jetzt ... nun, die Dinge waren etwas komplexer.

Sie schüttelte den Kopf, sowohl vor Erschöpfung als auch vor Verwirrung.

»Die Dinge sind viel komplexer«, sagte sie, als sie um die Ecke zu ihrer Wohnung ging.

»Du führst Selbstgespräche ... wieder einmal«, stellte Plato fest, die kleine schwarz-weiße Katze neben ihr. Naja, er war nicht wirklich eine Katze. In der magischen Welt war das mysteriöse und schelmische Wesen als Lynx bekannt und man wusste nicht viel über sie.

»So ist das nicht«, entgegnete sie und schüttelte wieder den Kopf. »Ich antworte nur mir selbst.«

»Das macht es noch schlimmer«, erklärte er.

»Tja, das kommt vor, wenn ich nicht schlafen darf.« Liv zuckte mit den Achseln, schob die schwarze Kapuze ihres Umhangs vom Kopf und freute sich darauf, das Kleidungsstück aus- und einen Schlafanzug anzuziehen.

»Also, du solltest wissen ..., bevor du nach oben gehst ...« Plato verstummte und blieb am Fuß der Treppe stehen.

Liv drehte sich um und rollte bereits mit den Augen. »Was?«

»Nun, du hast Post.«

Sie neigte ihren Kopf zur Seite. »Woher weißt du das?« Sie winkte ab und schüttelte den Kopf, denn sie war an seine geheimnisvolle Art, Dinge zu wissen, gewöhnt. »Macht nichts. Wenn doch, ist es nur Werbung von irgendeinem Sterblichen Geschäft.«

»Eigentlich nicht«, meinte er schüchtern.

Liv senkte ihr Kinn. »Du möchtest mir also sagen, dass jemand, der nicht sterblich ist, Post in meinen Briefkasten geworfen hat, obwohl keines der magischen Wesen, die ich kenne, eine solche Methode noch anwendet? Warum?«

Er tat so, als würde er den Verkehr auf der Straße hinter ihr beobachten. »Da bin ich überfragt!«

»Überfragt?«, fragte sie. »Bist du sicher, dass du nicht nur Spielchen mit mir spielst, damit du zuerst nach oben kommst und dir den besten Platz im Bett schnappen kannst?«

Er schaute sie ungläubig an. »Würde ich das wirklich machen?«

Sie presste ihre Hände auf die Hüften. »Bei jeder sich bietenden Gelegenheit.«

»Im Ernst, du hast Post.«

Liv ging auf den Briefkasten zu, den sie fast nie kontrollierte. »Warum sollte mir diese magische Person nicht einfach eine Nachricht auf mein Telefon schicken, oder, ich weiß nicht, auf eine andere, effizientere Weise?«

»Das wirst du sicher bald herausfinden«, neckte er.

»Im Ernst, Plato, wenn du etwas weißt, kannst du es mir ruhig sagen.«

»Ich könnte, aber so ist es besser.«

Sie schüttelte den Kopf. »Für dich vielleicht.«

Liv öffnete den Briefkasten, etwas nervös darüber, was sich in der kleinen Metallbox befinden könnte. Zaghaft holte sie einen dicken, mit Wachs versiegelten Umschlag heraus. Das Siegel zeigte ein großes E. Auf der Vorderseite stand in alter englischer Schreibschrift ihr Name: Kriegerin Liv Beaufont.

»Wer schreibt heute noch Briefe?«, fragte sie und studierte den Umschlag.

»Menschen«, antwortete Plato, wohl wissend, dass das nicht sehr hilfreich war.

Liv schüttelte den Kopf wegen des Lynx und öffnete die Korrespondenz, völlig unvorbereitet auf deren Inhalt.

Er würde alles verändern. Obwohl sie wusste, dass es kommen musste, war sie noch nicht bereit dafür.

Kapitel 7

ie hat er das geschickt? Mit einer Brieftaube?«, fragte Liv und drehte den Umschlag, um nach einer Briefmarke zu suchen.

»Ich glaube, du konzentrierst dich auf das Falsche«, erkannte Plato scharfsinnig.

Sie hob eine Augenbraue. »Da liegst du richtig. Ich glaube, er hat den Brief tatsächlich mit der Hand geschrieben. Weißt du, wie man das macht? Ich bin mir nicht mal sicher, ob ich überhaupt noch einen Stift halten kann.«

Plato rollte mit den Augen. »Ist das dein Kommentar, nachdem du die Korrespondenz des Anführers der Drachenelite erhalten und gelesen hast?«

»Nun, er ist bereits in meiner Küche aufgetaucht und hat mich fast zu Tode erschreckt, während ich im Schlafanzug Nachos vorbereitet habe«, erklärte Liv und erinnerte sich, wie sie Hiker Wallace zum ersten Mal begegnet war. Er hatte eine Ahnung, dass sich ein Drachenreiter oder zukünftiger Reiter in ihrer Nähe befand. Ohne ihre Erlaubnis und anscheinend resistent gegen alle Schutzzauber tauchte er in ihrer Küche auf. Es war nicht das beste erste Treffen, aber sie fand, dass es ziemlich gut gelaufen war.

»Was hast du ihm erzählt?«, fragte der Lynx, als ob er die Antwort nicht schon wüsste.

»Nun«, begann Liv und zog das Wort in die Länge, »ich hätte ihm damals von dem Drachenei und Sophia erzählt, aber zum einen war der Drache noch nicht geschlüpft. Zum anderen bezeichnete Hiker diesen neuen Reiter immer wieder als ›ihn‹, sodass ich annehmen konnte, er erkundigt sich vielleicht nach einem anderen neuen Drachenreiter, der nicht meine kleine Schwester ist.«

»Liv«, betonte Plato kritisch.

Sie hob ihre Hände. »Was? Er sagte: ›Wenn du von der Anwesenheit eines Reiters erfährst, möchte ich über *ihn* Bescheid wissen.‹ Da ich von einem *ihm* nichts wusste, dachte ich nicht, dass Mister Hiker etwas erfahren müsste.«

»Liv«, meinte Plato erneut, jetzt aber herausfordernd.

Liv seufzte. Sie wusste, dass Sophia die erste weibliche Drachenreiterin der Geschichte war. Hiker war darauf nicht vorbereitet. Es war wahrscheinlich in seinem Kopf nicht einmal eine Option, aber das hätte nicht der Grund dafür sein dürfen, dass Liv diese erstaunliche Sache vor ihrer Schwester verheimlicht hatte. »Gut. Gut. Das Ei von Sophia ist geschlüpft. Ich wusste, dass das kommen würde, aber ich habe versucht, es hinauszuzögern. Sie hat bereits ihre Kindheit verloren und jetzt muss sie an diesen seltsamen Ort, wohin ich sie nicht einmal begleiten kann. Verklag mich doch dafür, dass ich versucht habe, das Unvermeidliche so lange wie möglich hinauszuzögern.«

»Du weißt doch, dass ich in einem früheren Leben Anwalt war«, bemerkte Plato beiläufig.

»Natürlich warst du das.« Sie hatte keinen Zweifel daran. Der Lynx ging auch seinen Tagesgeschäften nach und schrieb Romane, anscheinend während sie schlief.

»Ich verstehe sehr wohl, dass du nicht möchtest, dass sie geht, aber …«

»Ich kann sie nicht ewig festhalten«, unterbrach Liv. »Ich verstehe das. Aber jetzt verlangt dieser Wikinger aus einem anderen Jahrhundert, dass meine kleine Schwester und Beauregard dauerhaft in sein Hauptquartier kommen.«

»Ich glaube, sie hat ihren Drachen Lunis genannt«, korrigierte Plato und verbarg dabei ein Lächeln.

Liv lachte und erinnerte sich daran, als sie an diesem Tag den Drachen getroffen hatte. Er war zweifellos das schönste Geschöpf, das sie je gesehen hatte. Lunis hatte die Gelegenheit gehabt, Liv während seines langen Aufenthaltes in der Schale in ihrem Haus kennenzulernen, wo er all ihre Witze hören konnte. Er mochte es nicht, wenn man ihm willkürliche Namen gab. Aus seinem Schneckenhaus heraus war er noch rigoroser gegen diese Idee. Sophia hatte ihr gesagt, sie solle froh sein, dass er noch kein Feuer speien konnte.

»Also, was wirst du tun?« Plato betrachtete den Brief in ihrer Hand.

»Nun, ich habe keinen Stift, also bin ich wohl am Arsch«, erklärte sie niedergeschlagen. »Es gibt keine Möglichkeit, seine Nachricht zu beantworten. Ich schätze, ich muss einfach meinen Job als Kriegerin für das Haus der Vierzehn aufgeben, meinen gesamten Besitz verkaufen und Sophia und Burt auf eine abgelegene Insel bringen, wo ich das volle Ausmaß meiner magischen Kräfte einsetzen werde, um sie vor der Drachenelite zu schützen.«

»Oder ...«

Liv warf der Katze einen verärgerten Blick zu. »Oder ich schätze, ich kann Mister Ich-schreibe-mit-der-Hand antworten und meiner lieben, kleinen Schwester sagen, dass sie auf ein geheimes Internat gehen muss, von dem ich nichts weiß und das ich nicht besuchen darf. Dann werde ich sofort mit dem Trinken anfangen. Wie früh ist *zu früh* am Morgen um sich einen Whisky zu genehmigen?«

»Oder ...«, forderte Plato sie erneut heraus.

Obwohl sie sich verstellte, tat es weh. Liv hatte so viele geliebte Menschen verloren. Ihre Eltern. Ihre ältere Schwester und ihren Bruder. Ihren Kampflehrer. Zahlreiche Freunde. Jetzt, obwohl sie Sophia nicht verlor, fühlte es sich trotzdem so an. »Oder …ich werde das Richtige tun, aber nur, weil du mich dazu zwingst.«

»Dafür bin ich da«, bestätigte er sachlich.

Liv wirbelte mit dem Finger und ließ auf magische Weise ein neues Stück Pergament erscheinen, das mit blumiger Schrift gefüllt war. Sie las einmal darüber, bevor sie nickte. »Okay, das reicht jetzt.«

»Bist du dir da sicher?« Plato war etwas ungehalten.

Liv verengte die Augen. »Ja, es wird reichen, Katze. Psst.«

»Aber du …«

»Ich glaube, ich sagte: Psst!« Liv schnippte mit den Fingern und der Brief verschwand, wobei sie die Anweisungen von Hiker befolgte.

»Du siehst ein, dass du die Dinge verkomplizierst«, meinte Plato und senkte sein Kinn.

Liv zuckte die Achseln. »Tue ich das? Oder gebe ich meiner kleinen Schwester die Chance, die sie braucht? Schließlich zählt der erste Eindruck.«

Kapitel 8

Clark Beaufont kämpfte immer wieder mit seiner Krawatte.

Liv drehte sich zu ihrem älteren Bruder um, der Ratsmitglied des Hauses der Vierzehn war. »Würdest du aufhören so zu zappeln?«

Er erstarrte und schaute sie leicht beleidigt an. »Ich will nur so gut wie möglich aussehen.«

Sie schüttelte den Kopf. »Du bist nicht derjenige, der sich einer Gruppe anschließt, die auf Drachen reitet und … Warte, wir haben keine Ahnung, was sie tun. Genauso wenig wissen wir, wohin Sophia unterwegs ist oder ob maskierte Mörder an der Grenze herumschleichen. Oder ob ihr nachts kalt sein wird.«

Da jeder, den Liv kannte, es genoss, bei jedem Gespräch mindestens einmal mit den Augen zu rollen, war es genau das, was Clark tat, als sie auf der anderen Seite des Gartens auf Sophia warteten. Rory Laurens war der Riese, der sich bereit erklärt hatte, seinen Garten so umzugestalten, damit die Bedürfnisse des Dracheneies während der Brutzeit zu dessen Zufriedenheit erfüllt werden konnten. Der bescheidene Kleingarten, der früher etwas Gemüse und Obstbäume beherbergt hatte, war nun mit einer Lavagrube, einem dichten Tropenwald und vielen seltenen magischen Tieren bevölkert, die wegen des Dracheneies eingetroffen waren. Sie würden verschwinden, wenn es der Drache tat, was sehr, sehr bald geschehen würde.

»Zuerst einmal«, begann Clark und stöberte in seiner Aktentasche, die er über der Schulter hatte. Er holte ein großes Buch namens *Vergessene Archive* heraus. Als Liv die Sterblichen aus dem Zauber erweckt hatte, durch den sie die Magie nicht sehen konnten, war die wirkliche Geschichte, die sie vergessen hatten, wieder ans Tageslicht gekommen. Die Aufgabe ihres Bruders bestand nun darin, alles nachzulesen, was sie nicht verstanden. Er blätterte durch den großen Band und blieb auf einer Seite hängen. »»Demnach bestand die Rolle der Drachenreiter darin, die Judikative bei Angelegenheiten Sterblicher zu sein. Sie galten als mächtiger als die Gerichtsbarkeit. Ihre Entscheidungen waren Gesetz und wenn sie für eine Widerstandsseite Partei ergreifen sollten, wären Kriege unvermeidlich««, las Clark vor.

Liv atmete aus und blies sich ein paar Haarsträhnen aus dem Gesicht. »Toll, ich fühle mich so viel besser, dass Sophia dorthin abhauen wird. Ich habe mir hier darüber Sorgen gemacht, dass sie in Gefahr sein könnte.«

Als hätte er sie nicht gehört, befeuchtete Clark seinen Finger und blätterte die Seite um und las weiter: »»Die Drachenelite lebt an einem Ort, der als Burg Gullington bekannt ist. Da niemand außer den Drachenreitern oder denen, die ihnen dienen, den genauen Standort kennt oder die sogenannte ›Barriere‹ übertreten kann, handelt es sich dabei wahrscheinlich um einen der sichersten Orte der Erde.‹ Ich glaube also nicht, dass wir uns über maskierte Mörder Gedanken machen müssen.«

Liv verschränkte ihre Arme vor der Brust, im vollen Bewusstsein, dass sie unvernünftig war. »Diejenigen, die ihnen dienen, also? Denkst du, dass ich einen Job als Bardame oder als Küchenchefin bei der Elite bekommen kann? Vielleicht könnte ich ihre IT-Fachkundige werden.«

Clark schlug das Buch zu. »Es gibt nicht viele Detailinformationen über die Reiter in den Archiven oder in Bermuda Laurens Buch *Mysteriöse Kreaturen*. Was ich jedoch herausgefunden habe, ist, dass sie ziemlich altmodisch sind; wobei niemand viel über sie weiß, da sie sich versteckt hielten, weil die Sterblichen keine Magie sehen konnten.«

Liv seufzte und nickte. Sie hatte auch den gesamten Abschnitt über die Drachenelite in Bermudas Buch gelesen. Es war ihre Hauptquelle für Informationen über alle magischen Kreaturen, geschrieben von niemand anderem als der Mutter des Riesen, in dessen Garten sie sich gerade befanden und auf ihre kleine Schwester und ihren Drachen warteten.

»Außerdem habe ich deine Kochkünste kennengelernt und ich fürchte, dass du es unter einem Haufen hungriger Reiter nicht lange aushalten würdest«, meinte Clark und legte das Buch weg.

»Nicht jeder kann ein Tim Mälzer sein wie du, Clarky.« Liv streckte ihrem Bruder die Zunge heraus.

Als wären sie nicht bereits erwachsen und hätten zwei der prestigeträchtigsten magischen Positionen der Welt inne, erwiderte er ihre Geste.

Liv gab ihm eine leichte Ohrfeige, dann sah sie Sophia und Lunis von der anderen Seite des Gartens näherkommen. »Würdest du dich anständig benehmen? Sie kommen.«

Er schlug sie auf den Rücken. »Das war vorläufig alles, wir vermöbeln uns später.«

»Weil du zu dem langweiligen Anzug, den du trägst, ein blaues Auge haben willst?«, fragte Liv.

Er blickte auf sein gepflegtes Äußeres hinunter. »Was stimmt mit diesem Anzug nicht?«

»Abgesehen davon, dass ich ihn mal zu einer Beerdigung getragen habe?«, bemerkte Liv.

»Das hast du nicht«, konterte er. »Und das musst du gerade sagen, Miss Grufti.« Er deutete auf ihre Kleidung.

Sie trug wie üblich ihre schwarze Hose mit passendem Oberteil, ihren Umhang und hatte sich ihr Schwert Bellator um die Hüfte geschnallt. Aber heute gab es etwas Zusätzliches an ihrem Outfit.

Bald würde sie das allerdings verschenken und sich ziemlich nackt fühlen, vor allem aber, weil die Person, der sie es schenkte, für lange Zeit weggehen würde. Liv hatte sich daran gewöhnt, ihre Schwester um sich zu haben. Am Ende eines langen Tages gab es nichts Besseres, als in das süße Gesicht der Kleinen zu schauen. Sophia Beaufont hatte etwas an sich, das Liv hoffen ließ, dass die Welt in Ordnung sein würde, auch wenn das Böse trotz ihrer ständigen Bemühungen jeden Tag wütete.

»Ich bin kein Grufti«, argumentierte Liv, während Sophia anmutig um die Lavagrube herumtrat; ihr majestätischer Drache mit ihren Schritten perfekt im Takt. »Durch diese Uniform falle ich nicht auf. Was ist mit deiner Ausrede, Mister Ratsmitglied des Hauses der Vierzehn? Willst du dich um eine Butlerstelle bei der Drachenelite bewerben?«

Clark wackelte verärgert mit den Augenbrauen. »Ich sehe nicht aus wie ein ... Ich sehe nicht aus wie ... Weißt du was? Heute streite ich nicht mit dir.«

»Wirklich? Was, wenn ich behaupte, dass das Beef Wellington, das du gestern Abend zum Essen serviert hast, zäh war?«, fragte Liv.

Clarks Mund sprang auf, Angriffslust in seinen Augen. »Du sagtest, es wäre in deinem Mund geschmolzen!«

Liv pflasterte ein halbes Lächeln auf ihr Gesicht. »Das war auch so. Geschmolzen wie ein Autoreifen.«

»Weißt du, wenn du so sein willst, dann …«

Liv fand nie heraus, welche Drohung ihr Bruder aussprechen wollte, denn eine Sekunde später waren Sophia und Lunis bei ihnen angekommen, schneller als sie sie je hatte sich bewegen sehen. Es war eine eigenartige, fließende Bewegung, als würden sie gehen und wären dann auf einmal am Ziel. Liv hatte ihre Augen nicht von ihnen abgewendet, als sie sich näherten und doch hatten sie den Raum irgendwie übersprungen und waren in Rekordzeit durch den Garten gekommen.

»Streitet ihr beide etwa?«, fragte Sophia mit autoritärem Tonfall in ihrer Stimme, obwohl sie ein leichtes Lächeln im Gesicht hatte.

Liv zeigte auf ihren Bruder. »Er hat damit angefangen.«

Clark schüttelte den Kopf und stieß Liv mit dem Ellbogen in die Seite. »Wir alle wissen, dass sie immer damit anfängt. Sie behauptet, ich sehe aus, als müsste ich zu einer Beerdigung.«

Sophia kicherte. »Nun, ihr habt beide ziemlich düstere Outfits an.«

Im Gegensatz zu ihren Geschwistern erschien Sophia Beaufont wie immer, zeitlos und doch modern. Sie war schon immer in der Lage, ein Outfit mit der gleichen Sorgfalt zusammenzustellen wie eine Raketenwissenschaftlerin, die ein weltraumtaugliches Gerät entwickelte.

Derzeit trug sie eine schwarze Lederhose, die seitlich an der Hüfte geflochten war. Ihr Oberteil war praktisch, eine blau-silberne Rüstung, die sie sowohl wild als auch weiblich erscheinen ließ. Der prächtige, strahlend blaue Drache neben ihr und sie sahen aus, als ob sie bereit wären eine Schlacht zu schlagen oder über den Laufsteg zu stolzieren … wenn Drachen tatsächlich solche Dinge tun würden.

»Glaubt ihr, dass ihr beide während meiner Abwesenheit miteinander auskommen könnt?«, erkundigte sich Sophia mit funkelnden blauen Augen.

Liv wanderte mit den Augen über das blonde Haar und die perfekten Gesichtszüge ihrer Schwester. Jeden Tag sah sie ihrer Mutter, Guinevere Beaufont, ähnlicher. Sophia war noch zu klein gewesen als ihre Eltern starben, um sich an sie zu erinnern. Trotzdem hatte sie ihre Güte geerbt. Ihre Tapferkeit. Ihre Loyalität gegenüber dem, was in der Welt gut und richtig war. Deshalb wusste Liv, obwohl sie nicht wollte, dass ihre kleine Schwester wegging, dass es ihr unweigerlich gut gehen würde.

Immerhin *war* sie eine Beaufont.

»Wir kommen zurecht«, antwortete Clark. »Mach dir keine Sorgen um uns, Soph.«

»Nur wenn ihr versprecht, euch keine Sorgen um mich zu machen«, entgegnete Sophia und warf einen Blick auf Lunis, dem der ganze Austausch nicht viel auszumachen schien. Er war wohl bereit zum Abflug, obwohl Liv noch nicht sicher war, ob er fliegen konnte. Sie hatte ihn nur beim Herumlungern im Garten beobachtet und wie er die Steaks fraß, die Rory ihm zugeworfen hatte.

»Ich weiß, dass es dir gut gehen wird«, bestätigte Liv und trat vor.

Lunis zuckte plötzlich mit dem Schwanz und lenkte sie ab. Sie richtete ihren Blick auf den Drachen und es schien eine unausgesprochene Vereinbarung zwischen ihnen zu geben. Sie fühlte sich nicht nur plötzlich besser, was die Sicherheit ihrer Schwester betraf, sondern wollte sie nur gehen lassen, wenn sie mit diesem magischen Wesen zusammen war.

Wenn Liv ehrlich sein sollte, dann war sie ein wenig verärgert darüber, dass Lunis ihr ihre Schwester wegnahm.

Aber jetzt, als sie die beiden zusammen sah, hatte sie vor Augen, was sie die ganze Zeit in ihrem Herzen gewusst hatte.

Drachen und ihre Reiter waren mehr als nur ein Team, sie waren eins. Was dem einen geschah, geschah auch dem anderen. Ihr Leben war wegen ihrer Verbundenheit länger und keiner von beiden würde eine Misshandlung des anderen tolerieren.

Sophia wurde ihr nicht weggenommen. Sie war von Geburt an eine unglaubliche Magierin und ihr war die höchste Ehre in der Welt der Sterblichen und der Magie zuteil geworden.

Livs kleine Schwester war die jüngste Drachenreiterin der Geschichte und sie war das erste Mädchen. Egal, wie traurig Liv über ihre Abreise war, sie war verdammt stolz darauf, dass sie Sophia Beaufont kannte. Jemand, den sie liebte. Jemand, der sie liebte.

Kapitel 9

Die drei Geschwister schwiegen einen Moment lang nervös, niemand wollte sich verabschieden. »Nun ...«, begann Sophia, zog sich zurück und starrte eine Gartenfee an, die gerade Rorys Gemüsebeet auf der anderen Seite des Gartens aberntete. Der Herbst stand vor der Tür.

»Ja, also ...«, setzte Liv an, als sie sich daran erinnerte, dass sie ihre Familie verlassen hatte, in dem Glauben, dass sie ohne sie besser dran wären. Jetzt waren sie alles, was sie hatte. Abgesehen von der verrückten magischen Gemeinschaft, die ihre Nummer nicht löschen wollte, egal wie viele Zaubersprüche sie auch versucht hatte.

»Hmmm, nun ...« Clark wickelte seine Finger ineinander.

»Ich bin sicher, dass ich euch noch erreichen kann«, ließ Sophia verlauten.

»Aber wenn du das nicht kannst, machen wir uns auch keine Gedanken«, erklärte Liv sofort. Sie wollte nicht, dass sich ihre Schwester Sorgen machte, wenn sie dieses neue Leben antrat, dem sie sich erst anpassen musste.

»Aber wenn du eine zusätzliche Sekunde und Zugang zu einer Schneeeule hättest ...« Clark verstummte.

Liv schlug ihm auf die Brust. »Sie fährt nicht nach Hogwarts und erinnere mich später daran, dass du zwei blaue Augen bekommst.«

Sophia lachte wie aufs Stichwort. Das war so typisch Soph. Sie kicherte, wenn es lustig war und wenn es nicht lustig war und wenn sie kurz davorstand, jemandem in den Hintern zu treten. Sie war einfach, wie sie war. Sie lachte nicht, um ihre Nervosität zu vertuschen. Sie lachte, weil sie die meisten Dinge im Leben gleichzeitig seltsam fantastisch und absurd fand.

»Ich bin sicher, dass es Möglichkeiten gibt, in Kontakt zu bleiben«, bemerkte Sophia. »Wenn nicht, habe ich immer noch die magische Technik, die Liv mir gegeben hat.«

»Die funktioniert auch auf dem Mond«, erklärte Liv. »Du musst keine Einstellungen hinzufügen. Einfach einschalten und es wird funktionieren. Wenn es nicht funktioniert, verschwindest du einfach und gehst niemals zurück.«

Sophia neigte ihren Kopf zur Seite. »Im Ernst, Leute.«

»Ja, ernsthaft, Leute«, meinte Lunis, immer noch nicht amüsiert.

»Im Ernst, Gerald«, begann Liv und neigte den Kopf zum Drachen. »Hast du dich noch nie von deinem Lieblingsmenschen verabschiedet?«

»Hey«, unterbrach Clark und wandte sich beleidigt an Liv. »Wir sind so kurz nacheinander geboren, dass wir fast wie Zwillinge sind.«

»Und?«, fragte Liv ihn achselzuckend.

»Also, warum bin ich nicht dein Lieblingsmensch?«

»Hast du in letzter Zeit mal in den Spiegel geschaut?«, setzte Liv einen drauf.

Sophia kicherte. Liv speicherte dieses Geräusch in ihrem Kopf ab und sagte sich, sie würde es wieder hören. Diese Männer, die auf Drachen ritten und so von sich eingenommen waren, dass sie glaubten, die magische Welt hielt sie für die besten aller Zeiten, würden ihr diese Magie nicht nehmen. Jedenfalls wollte sie daran festhalten. Aber wenn man jemanden liebte, musste man ihn loslassen.

Liv schüttelte den Kopf. »Ganz im Ernst, ich möchte etwas sagen.«

Sophia richtete sich auf und stand jetzt mit ihrer Schwester auf Augenhöhe. Das sollte eigentlich nicht sein, aber Drachenmagie veränderte einen Menschen anscheinend schnell.

»Ja?«, fragte Sophia erwartungsvoll.

Liv schüttelte den Kopf. »Du bist noch nicht an der Reihe, Soph. Ich möchte mit Drago sprechen.«

Alle, auch der Drache, schüttelten den Kopf. Liv trat vor und blickte auf den Drachen herab, der schnell gewachsen war, genau wie Sophia. In wenigen Tagen würde sie ihre volle Größe von etwa einem Meter fünfzig erreichen. Was den Drachen betraf, so war es unklar, aber er wuchs immer noch beträchtlich und war derzeit größer als ein Mastiff.

»Hey, Lunis«, flüsterte Liv.

»Du hast meinen richtigen Namen benutzt«, warf der Drache ein und wirkte nicht sonderlich amüsiert.

»Nun, ich weiß«, lächelte sie. »Ich möchte nur sagen …«

»Beschütze sie. Ich bin mir dessen bewusst«, antwortete Lunis.

Liv schüttelte den Kopf. »Das Wichtigste weißt du schon. Beschütze sie. Liebe sie. Nimm dich vor ihr in Acht. Aber du weißt nicht, was ich als Nächstes sage.«

Der Drache sah Liv in die Augen, ohne mit der Wimper zu zucken. Sie hatte noch nie ein Geschöpf wie dieses gesehen. Er war zeitlos. Weise. Wunderschön. Und überaus perfekt, genau wie Sophia Beaufont.

»Ich möchte dir ein Familiengeheimnis verraten, das du nicht kennst«, erklärte Liv und beugte sich nach vorne. Sie flüsterte dem Drachen ins Ohr, in der Hoffnung, dass er jedes einzelne ihrer Worte verstand.

Seine grünen Augen zeigten, dass er den Ernst der Lage registriert hatte, als er sich zurückzog. »Jede Nacht?«

Liv nickte und verbarg ihr Lächeln. »Jede Nacht.«

Sophia trat zwischen sie. »Was hast du ihm gesagt?«

Liv hielt ihr Lachen zurück. »Es war nichts, Soph. Ich habe ihm nur von deiner Einschlaf-Routine erzählt.«

Sophia schaute den Drachen und ihre ältere Schwester an. »Nein, das war es nicht. Sie hat dir erzählt … warte. Was ist passiert? Sagt mir jemand, was passiert ist?«

Liv schüttelte den Kopf. »Es war nichts. Ich habe ihm nur gesagt, dass ich dich mehr liebe als das Leben selbst und dass ich niemals zulassen werde, dass dir etwas passiert.«

Sophia wollte zunächst widersprechen, schüttelte aber den Kopf und erzwang ein Lächeln. »Okay, ich danke dir.«

Liv wich zurück und erkannte, dass Sophia eines Tages erfahren würde, dass sie gelogen und Lunis mehr erzählt hatte. Aber das war in Ordnung.

Clark nahm Livs Platz ein und zog einen geschlossenen Behälter aus seiner Tasche. »Ich habe dir ein paar Brownies für die Reise gebacken, die nicht lang ist, wie ich weiß, aber trotzdem. Ich dachte, wenn du dort ankommst, wenn du hungrig bist und das Essen …«

»Danke«, antwortete Sophia, nahm ihrem Bruder die Dose ab und umarmte ihn. »Das ist sehr aufmerksam von dir.«

Liv wusste, dass Sophia und Clark mehr Zeit miteinander verbracht hatten. Sie hätte erwartet, dass sie sich nähergekommen waren. Es war nur so schwierig, die eine Sache im Leben loszulassen, die ausschließlich gut war.

Sophia zog sich zurück, ihre wissenden Augen glitten zu Liv. »Ich will noch nicht gehen …«

Liv gönnte sich nicht den Luxus, zu denken, dass dies bedeuten könnte, dass ihre Schwester ein oder zwei

Jahrhunderte lang nicht gehen wollte. Trotzdem hielt sie den Atem an.

Sophia trat zu ihrer Schwester. »Ich will nicht gehen, bevor ich nicht der Person danke, die mir den Mut dazu gegeben hat.« Sophia wischte sich die Tränen aus den Augen, die vor ein paar Sekunden noch nicht da gewesen waren. »Siehst du, ich hätte niemals die Kraft, dies zu tun, wenn ich nicht zugesehen hätte, wie du, Liv, das Böse besiegt hast.«

Liv schüttelte den Kopf. »Nein, Soph. Du hast das alles falsch verstanden.«

Wie immer zeigte ein einziger Blick Sophias ihr Unverständnis. »Ich erinnere mich, wie eigenartig es für dich war, in die Welt hinauszugehen und zu kämpfen, weil du nichts anderes kanntest als ein ruhiges Leben. Doch du hast es einfach getan. Jeder Tag, an dem du zurückgekommen bist, war reine Inspiration. Ich erinnere mich gut, wie ich dich angesehen und gedacht habe: Ich will einfach nur wie meine große Schwester werden.«

Liv atmete tief ein. Wenn sie eine Zeitmaschine hätte, würde sie alles verändern. Liv würde das Böse nicht bekämpfen. Sie würde einfach zu Hause bleiben und mit ihrer kleinen Schwester Yahtzee spielen. Tapfer zu sein hatte seinen Preis. Sie hatte eine Vorlage geboten, die sie jetzt nicht mehr rückgängig machen konnte. Sie hatte das Rad in Bewegung gesetzt.

Sophia griff ihre Hände mit beeindruckender Kraft. »Du, Liv, hast mir den Mut gegeben, dies zu tun. Ich will genau wie du sein. Ich will das Böse bekämpfen. Ich will diese Welt zu einem besseren Ort machen. Wegen dir und wegen Clark weiß ich, wie ich das machen kann.«

Liv war stark. Sie hatte in jenem Jahr die Welt verändert, sie hatte sie so gemacht, wie sie sein sollte und doch geriet sie jetzt aus den Fugen. Trotzdem zog sie ein von Elfen geschmiedetes Schwert von ihrer Hüfte und hielt es ihrer kleinen Schwester auf ausgestreckten Händen entgegen.

»Wenn du das Böse bekämpfen willst, wie es die Beaufonts immer getan haben, brauchst du das beste Schwert.« Liv beugte ihren Kopf und bot ihrer Schwester die Klinge dar. »Bitte nimm Inexorabilis. Wie du weißt, war es das Schwert unserer Mutter und jetzt gehört es dir. Es wird dich so beschützen, wie kein anderes Schwert es kann.«

Sophia blickte verzweifelt zu ihrer Schwester auf. »Wie?«

Liv schüttelte den Kopf. »Die Geheimnisse jedes Schwertes und seines Meisters sind einzigartig.« Sie warf einen Blick auf Lunis. »So wie ich sicher bin, dass die Geheimnisse jedes Reiters und seines Drachen einzigartig sind.«

Sophia nahm die gebogene Klinge und spürte das Gewicht, als sie rückwärts trat. »Ich kann mich nicht erinnern, dass es so schön war.«

Clark lächelte. »Ich denke gerade das Gleiche über dich, Soph.«

Liv lächelte ihren Bruder an und wollte nicht mehr mit ihm streiten. »Wir sollten sie gehen lassen. Ich werde das Portal öffnen.« Sie blickte Sophia an, bevor sie einen hellen Kreis öffnete, der blau und grün schimmerte und ein Loch zur anderen Seite der Welt schuf. »Die Burg Gullington wird in gerader Linie vor dir sein, du musst nur vorwärts gehen, um sie zu finden. Lunis wird es wissen.«

Der Drache senkte den Kopf. »Danke, Kriegerin Beaufont. Ich werde dafür sorgen, dass Cynthia sicher ankommt.«

»Ihr Name ist …« Liv blieb stehen und verengte ihre Augen. »Gut gemacht, Drache. Gut gemacht.«

Er nickte.

Clark trat vor und umarmte seine jüngste Schwester. Liv schloss sich an und schlang ihre Arme um das Paar. Es flossen Tränen. Es gab unausgesprochene Worte. Es wurden Dinge gesagt, die niemand außer ein Beaufont zu hören bekam. Aber als sie sich trennten, waren die Tränen für alle sichtbar.

Sie waren zu dritt und keiner wollte jemanden gehen lassen.

Liv streckte ihre Hand aus. »Egal, wo du bist, wir werden zusammen sein.«

Clark legte seine Hand auf die von Liv. »Zusammen schaffen wir alles.«

Sophia legte ihre Hand darüber. »*Familia est sempiternum.*«

Das war das Motto der Familie Beaufont und diese Worte waren magisch.

Sie schlossen ihre Hände zusammen und hielten sich gegenseitig fest.

Als es an der Zeit war, trat Sophia zurück und signalisierte den anderen, loszulassen.

Die Tränen wurden fortgewischt.

Liv schüttelte den Kopf.

Clark lächelte.

Sophia ging rückwärts zum schimmernden Portal hinter ihr.

»Noch eine letzte Sache, meine Liebe«, rief Liv ihr zu.

Sophia neigte ihren Kopf zur Seite. »Ja?«

»Sie, also die Drachenelite, weiß nicht, dass du ein Mädchen bist«, gab Liv mit einem leisen Lächeln zu, bevor sie ihre Schwester durch das Portal schubste. Lunis schüttelte den Kopf und folgte ihr mit einem Lächeln im Gesicht.

Kapitel 10

»Willst du mich verarschen?«, rief Sophia, plumpste durch das Portal und landete mit einem Aufschlag, der ihr den Atem raubte.

Im Gegensatz zu den anderen Portalnutzungen früher schloss es sich sehr schnell hinter ihr, als ob es sie ausspucken oder gar halbieren wollte. Lunis schien nicht dasselbe Problem zu haben; er stand ihr gegenüber und betrachtete sie mit leichtem Interesse.

Sophia warf dem Portal einen entrüsteten Blick zu.

»Auf diesem Land liegen Schutzzauber. Sie erlauben es nicht, dass Portale lange geöffnet bleiben«, erklärte Lunis und atmete langsam durch seine Nase aus. Das war das erste Mal, dass Sophia ihn dabei beobachtete und sie bemerkte, dass ein bisschen Rauch durch seine Nasenlöcher strömte. Er hatte gesagt, dass er sich nicht sicher sei, wann er seine Feuerkraft erhalten würde, aber er nahm nicht an, dass es lange dauern würde, wenn er sich in der Nähe anderer Drachen befand. Anscheinend beschleunigte das den Entwicklungsprozess.

Sophia schaute sich um und betrachtete das fremde Land, auf dem sie stand. Instinktiv ahnte sie wegen der bezaubernden grünen Hügel und allgegenwärtigen Nebelschwaden, dass es Schottland war. Es war lebhaft grün, soweit sie sehen konnte und es lag ein Geruch in der Luft, der Erinnerungen in ihr wachrief, an die sie sich nicht wirklich erinnern konnte.

»Das sind meine«, spürte Lunis ihre Gedanken.

Daran gewöhnt, keine Privatsphäre mehr in ihrem Kopf zu haben, warf sie ihm einen Blick zu und ermutigte ihn, weiter zu reden.

»Nun, nicht wirklich meine«, korrigierte der Drache. »Es sind die Erinnerungen meiner Vorfahren, die hier während der vergangenen Jahrhunderte hindurch gelebt haben. Die Burg Gullington, das Hauptquartier der Reiter, war schon immer die Heimat der Drachen. Meine Erinnerungen sind hier stark.«

»Wohin müssen wir gehen?« Sophia drehte sich einmal vollständig um ihre eigene Achse, entdeckte aber nichts außer Gras und Bäume.

Der Drache nickte in Richtung Norden. »In diese Richtung.«

Sophia rief sich einen Reiseumhang herbei, die Kälte in der Luft ging direkt in ihre Knochen. Sie war das sonnige Südkalifornien gewohnt. Eine Wanderung über die Hügel im taufrischen Schottland war gewöhnungsbedürftig. Sie behielt den Kopf oben, genoss die frische Luft auf ihrem Gesicht und hob ihr Kinn, während sie vorwärtsmarschierte.

Sie zog den Umhang um ihren Hals fester, während sie durch das Gras wanderten. Sophia hatte außer dem Schwert ihrer Mutter nichts mitgebracht, da sie nicht mit einer großen Truhe auftauchen wollte, die nach einem Kind auf dem Weg ins Sommerlager aussah. Sie ging davon aus, dass die Drachenelite das meiste haben sollte, was sie brauchte und dass sie den Rest herbeizaubern konnte. Das war eine Fähigkeit, die sie von klein auf gut beherrschte, ebenso alle Arten von Verkleidungen.

Tatsächlich war Sophia seit ihrer frühesten Kindheit mit komplexen Zaubersprüchen vertraut. Sie beherrschte bereits

Beschwörungsformeln, die reife Magier nicht unbedingt ausführen konnten. Sie hatte nie gewusst, warum, aber sie hatte auch gelernt, eine derartige Gabe nicht infrage zu stellen.

»Warum, denkst du, hat Liv der Drachenelite nicht gesagt, dass ich ein Mädchen bin?«, fragte Sophia Lunis, dessen grüne Augen die Hügel absuchten. Er hatte einen seltsamen Gesichtsausdruck. Sie hatte bisher nicht viel Zeit seine Gesichtszüge zu studieren, seit er geschlüpft war, aber sie kannte sie bereits gut und sah sie perfekt vor ihrem geistigen Auge, selbst wenn er nicht in der Nähe war.

»Abgesehen davon, dass sie es liebt, Spiele zu spielen?«, antwortete Lunis.

Sophia lachte, ihre übliche Reaktion auf fast alles. Offenbar, laut ihrer Mutter, war sie schon glücklich geboren worden. Manche konnten sich fürs Glücklichsein entscheiden. Für Sophia war es das, was sie in ihrem Innersten immer war.

»Ja, abgesehen davon«, erklärte sie.

»Nun, du bist dir bewusst, dass du die erste weibliche Drachenreiterin der Geschichte bist«, meinte Lunis und bewegte sich mit methodischer Anmut.

»Ja, aber sollte das nicht genau der Grund sein, warum sie dem Anführer von mir hätte erzählen müssen?«, fragte Sophia.

Er schüttelte den Kopf, während sie weiter auf die sanften Hügel zusteuerten. »Die Drachen und Reiter sind viele Dinge, aber fortschrittlich ist keines davon.«

Sophia hielt inne und stellte sich Lunis gegenüber. »Aber was ist mit dir? Du bist doch auch kein Spielverderber, oder?«

Er schnaubte. »Ich bin kein typischer Drache. Ich wurde abseits meiner Verwandten ausgebrütet und vielen modernen Dingen ausgesetzt, dank dir, Liv und den anderen.«

»Wir haben dir eine Lavagrube besorgt, um die du gebeten hattest und dich aus Livs Wohnung verlegt, weil du dich über die Klimaanlage und das ständige Fernsehgebrüll beschwert hast«, argumentierte Sophia.

»Ja und ich weiß das zu schätzen«, erklärte Lunis. »Aber dennoch. Du wirst bald erfahren, dass ich nicht wie andere Drachen bin und das ist absolut richtig so, denn du, Sophia Beaufont, bist nicht wie irgendein Drachenreiter vor dir.«

»Weil ich ein Mädchen bin?«

Er schüttelte den Kopf. »Du bist eine Frau und du musst anfangen, so über dich selbst zu denken. Ich weiß, dass du schnell erwachsen geworden bist und viele Jahre normaler Entwicklung versäumt hast, aber das sollte für dich an diesem Punkt zur zweiten Natur werden. Geistig und emotional bist du nicht anders als jeder andere achtzehnjährige Magier.«

Sophia nickte. Wenn man nicht im gleichen Tempo vorankam wie andere, wusste man es nicht wirklich besser. Es war nicht so, dass Sophia wusste, was ihr fehlte, so wie sie auch nicht wusste, wie es war, mit komplexen Zaubersprüchen zu kämpfen. Irgendetwas sagte ihr, dass die Herausforderungen in ihrem Leben bald beginnen würden und zwar mit voller Wucht.

»Aber man ist kein einzigartiger Reiter, nur weil man eine Frau ist«, fuhr Lunis fort. »Das gibt es so nicht, aber du wurdest ausgewählt, weil in dir eine Eigenschaft steckt, die bei anderen Reitern im Laufe der Jahrhunderte nicht oft zu finden war.«

»Wirst du mir mitteilen, was das ist oder muss ich raten?«, murrte Sophia.

»Es ist besser, wenn ich es nicht tue«, stellte er fest und richtete seine Aufmerksamkeit auf die vor ihm liegenden Hügel.

»Fabelhaft«, schnaubte Sophia. »Ich lasse mich absolut nicht von dem Gedanken daran auffressen.«

»Du musst davon ausgehen«, begann Lunis, »dass die Reiter deinen Sarkasmus nicht so mögen, wie du es gewohnt bist.«

»Du meinst, so wie die Riesen, mit denen ich ständig herumhänge und die wenig Sinn für Humor haben?«, bohrte Sophia nach. »Oder vielleicht beziehst du dich auf Vater Zeit, der null Sarkasmus toleriert.«

»Obwohl ich weiß, dass du eher weniger an komödiantische magische Rennen gewöhnt bist, bezog ich mich auf deine Schwester, die immer Witze über die eine oder andere Sache macht«, erklärte Lunis.

Sophia legte ihre Hände auf die Hüften. »Also muss ich ganz steif und ernsthaft sein?«

Lunis schüttelte den Kopf. »Nein, ich sage dir nur, was du erwarten kannst. Ich möchte nicht, dass du einen Witz machst und erwartest, dass jemand lacht. Wenn nach einem Witz Totenstille herrscht, wirst du wissen, warum.«

»Du sagst doch nicht, dass ich keinen Witz machen darf?«, fragte Sophia.

»Ich würde es nicht wagen, dir zu sagen, wie du dich in dieser Hinsicht verhalten sollst«, antwortete Lunis. »Eigentlich ermutige ich dich, genau das zu sein, was du bist. Deshalb bist du mein Reiter. Wenn du dich zurückhältst, bedeutet das, dass du nicht dein wahres Selbst zeigst und es wird länger dauern, bis wir Fortschritte machen.«

»Fortschritte?«, hakte Sophia nach.

»Nun, wir werden reichlich trainieren müssen«, behauptete Lunis. »Kampf, Kraft, Fliegen …«

»Ja, wann fangen wir mit der Fliegerei an?« Sophia betrachtete sehnsüchtig den grauen Himmel und erwartete beinahe Drachen zwischen den umherziehenden Wolken zu sehen.

»Zuerst muss ich fliegen«, antwortete er.

»Richtig«, sagte Sophia. »Du glaubst also, das passiert wie von selbst, wie mit dem Feuer, wenn du in der Nähe anderer Drachen bist?«

»Ich kann nicht in die Zukunft sehen.«

Sophia seufzte. »Ich hoffe wirklich, dass es das letzte Mal ist, dass du diese Phrase verwendest, da sie größtenteils sinnlos ist.«

»Ich wusste, dass du das sagen würdest«, erwiderte er.

»Und da behauptest du, du könntest nicht in die Zukunft sehen.«

Die beiden gingen eine lange Minute schweigend weiter, wobei Sophia eine Ruhe genoss, wie sie sie noch nie zuvor erlebt hatte. Bis zu diesem Moment war ihr nicht bewusst gewesen, dass ihr Leben schon immer von Hintergrundgeräuschen geprägt war. Bei Liv war es der Verkehrslärm auf der Straße draußen und im Haus der Vierzehn gab es alle möglichen Geräusche von den anderen Bewohnern oder den Merkwürdigkeiten der magischen Struktur.

Der vor ihnen liegende Nebel löste sich plötzlich auf, als ob ein Wind ihn in einer einzigen schnellen Bewegung weggeweht hätte und enthüllte eine Burg, wie Sophia sie noch nie in Büchern, Filmen oder in ihrer Vorstellung gesehen hatte. Sie war wie viele schottische Burgen, aus verwittertem, bemoosten Stein, hoch aufragend und von Bergen eingerahmt. Doch die vierstöckige Burg, die nur hundert Meter entfernt stand, hatte etwas anderes an sich. Das war für Sophia keine große Entfernung, aber sie wusste, dass die Durchquerung dieser Strecke alles für immer verändern würde und deshalb fühlte sie sich viel zu kurz an. Vielleicht könnte sie zurücklaufen und die Wanderung noch einmal machen?

»Wow, ist das schön«, rief Sophia aus und fühlte eine seltsame Vibration in ihrer Brust.

»Oh, gut, endlich kannst du es sehen«, stellte Lunis erleichtert fest.

»Du konntest die Burg schon die ganze Zeit sehen?«, fragte sie. »Warum hast du mir das nicht gesagt?«

»Was hätte ich deiner Meinung nach machen sollen?«, wollte Lunis wissen. »Hätte ich dir ein Bild malen sollen? Es macht keinen Sinn, irgendjemandem von etwas zu erzählen, bevor er es nicht selbst sehen kann.«

Sie schüttelte den Kopf. »Ich bin mir fast sicher, dass mir diese Aussage später noch öfter auf die Füße fällt.«

»Dann solltest du vielleicht deine Augen offenhalten«, warnte er.

Die Burg war nicht riesig, aber das war relativ. Sie musste mindestens hundert Räume haben. Trotzdem erschien ihr das Bauwerk am Ufer eines Sees, der von hohen Bergen umgeben war, klein, obwohl sie wusste, dass es wirklich gigantisch war.

Der See glitzerte und spiegelte die Wolken und die Berge ringsum wider. In der Ferne befanden sich steinerne Höhlen, die Sophias Aufmerksamkeit auf sich zogen.

»Dort residieren die Drachen«, teilte Lunis ihr mit, er spürte ihre Gedanken.

»Oh, willst du lieber dorthin gehen?«, fragte sie und bemerkte, dass sie außer Atem war.

»Und die ganze Aufregung vor dem, was kommen wird, verpassen?«, fragte er.

Sophia betrachtete ihren Drachen mit einem Ausdruck, mit dem wahrscheinlich nur sie davonkommen konnte und

65

dennoch fühlte sie sich danach aus irgendeinem Grund verachtet.

»Hast du das gerade getan?«, fragte sie Lunis und fühlte, wie sich etwas in ihr bewegte.

Er schenkte ihr ein wissendes Lächeln. »Vielleicht.«

»Du bist ungezogen.«

»Warte nur ab«, versprach er.

»Dann gehen wir also zur Burg?«, fragte Sophia.

»Wenn du bereit bist.«

Sophia atmete auf und fand es seltsamerweise leicht, zu atmen. Sie zehrte von der frischen Luft und hatte zum ersten Mal das Gefühl, dass sie frei wäre.

Sie nickte, mit einer Entschlossenheit, die sie noch nie zuvor erlebt hatte und sagte: »Ja, ich bin bereit. Lass uns die Elite treffen.«

Kapitel 11

Der Eingang zum Schloss war seit einem Jahrhundert nicht mehr so sauber gewesen. Nicht, seit Evan der Drachenelite beigetreten war und sie alle vor der großen Treppe gewartet hatten, genau wie jetzt.

Hiker Wallace trug die gleiche Uniform wie in den letzten Jahrhunderten. Für Neuankömmlinge gab es keine Sonderbehandlung. Er hatte nur sichergestellt, dass seine Männer vorbereitet waren.

»Wer wird ihn für den Kampf ausbilden?«, forderte er bereits zum dritten Mal.

»Das übernehme ich«, antwortete Wilder. Er stand stramm – die Fersen zusammen und die Brust herausgestreckt – wobei sein braunes Haar wie üblich über ein Auge fiel.

Hiker nickte zustimmend und beschloss Wilders ungepflegtes Haar nicht zu erwähnen. Was spielte das auch für eine Rolle? Dem neuen Drachenreiter sollte es egal sein, wie sie aussahen.

»Wer ist für die Drachenversorgung und das Reiten zuständig?«, fragte Hiker.

»Das bin ich«, erklärte Mahkah stolz. Er trug traditionelle indianische Kleidung, dem besonderen Anlass entsprechend.

Hiker ging auf und ab und betrachtete Ainsley, die in Gestalt eines britischen Dienstmädchens der Oberschicht in einer schwarzen Uniform mit einer Spitzenschürze erschienen war. Er blieb vor ihr stehen und starrte die elfische Gestaltwandlerin unhöflich an.

»Ist es zu viel, Sir?«, fragte sie und knickste leicht.

»Nur ein bisschen«, antwortete Hiker.

»Ich dachte nur, es würde die Dinge etwas glänzender rüberkommen lassen, wenn man …«

»Glänzend? Es ist ein Drachenreiter, den wir willkommen heißen«, unterbrach Hiker. »Er schert sich nicht darum, was die Haushälterin anhat oder wie der Hauswart aussieht.« Hiker winkte dem Gnom Quiet, der neben Ainsley stand, zu. Im Gegensatz zu Ainsley trug er Jeans und einen Flanellpullover, wobei eine Mütze seinen fast kahlen Kopf verbarg.

»Ihm ist nur wichtig, ein Zuhause für sich und seinen Drachen zu finden«, fuhr Hiker fort. »Einen Ort, an dem er trainieren und einer von uns werden kann. Das hat nichts mit der Optik dieses Ortes oder dem Essen, das du heute Abend servieren wirst, zu tun. Wir sind Reiter. Wir können ohne Luxus auskommen. Wir sind für die Kälte, die rauen Winde und den Kampf geschaffen.«

»Aber was passiert, wenn dieser Drachenreiter erfährt, dass es keine Kämpfe gibt?«, wagte Evan einen Vorstoß – ohne Hemd und das Gesicht schmutzig von einem seiner heutigen Abenteuer.

Hiker atmete lange aus. Das war offenbar die aktuelle Herausforderung dieses Drachenreiters. Evan stellte die Fragen, die sonst niemand stellen oder beantworten wollte. Er würde Hiker für immer auf die Nerven gehen. Vielleicht könnte der neue Reiter das ändern und Evan dazu bringen, sich so zu verhalten, dass er mit gutem Beispiel voranginge. *Die Hoffnung stirbt zuletzt*, dachte Hiker.

Der Anführer der Drachenelite schwang herum, sein Schwert schlug fast an die Standuhr im Eingangsbereich.

»Dieser Mann – wer auch immer er ist und unabhängig von seinem Ausbildungsgrad – wird erst in einigen Jahren bereit zum Kampf sein. Ihm sollte egal sein, dass es keinen Kampf gibt. Als Drachenreiter müssen wir auf alles vorbereitet sein.«

»Wie sagtest du, war sein Name?«, fragte Ainsley, nachdem sie ihr normales Aussehen angenommen hatte. Sie war gertenschlank, mit hohen Wangenknochen, rotbraunem Haar und wirkte wie Anfang zwanzig, obwohl sie Jahrhunderte alt war. Schön war nicht das Wort, mit dem jemand die Rothaarige beschreiben würde, ›interessant‹ wurde hin und wieder verwendet. Merkwürdig. Unheimlich. Vielleicht war das der Grund dafür, dass sie ihre einzigartigen Fähigkeiten so oft einsetzte, um ihr Aussehen etwas gewöhnlicher zu gestalten.

»Ich habe seinen Namen bisher nicht erwähnt«, antwortete Hiker und ging weiter hin und her. In diesem Leben gab es derzeit kaum Nervenkitzel, aber dieser neue Drachenreiter war definitiv einer. Allerdings machte ihm noch immer der Tod seines liebsten Freundes zu schaffen, sodass sich diese Aufregung falsch anfühlte. Hiker schob alles von sich, was sich ansatzweise wie Emotionen anfühlte. »Man sagte mir, er hieße S. Beaufont.«

»Was ist denn ›S‹ für ein Name?«, fragte Evan mit Blick auf die anderen.

»Das ist kein Name«, antwortete Mahkah. »Es ist eine Initiale.«

»Aber wofür steht sie?«, bohrte Evan weiter.

»Vielleicht Steven?«, bot Wilder an.

»Oder Sean?«, schlug Mahkah vor.

»Es könnte auch Sam sein«, bemerkte Evan.

Hiker schnaubte. »Es wird uns nichts nützen, über solche Dinge zu spekulieren. Es spielt keine Rolle, wie dieser Reiter heißt. Der Punkt ist, dass wir einen neuen Drachenreiter bekommen. Es gibt einen neuen Drachen, den ersten seit hundert Jahren. Ich möchte euch allen etwas ganz klar sagen.«

Er schaute sich um und nahm Augenkontakt mit jedem seiner Männer auf, anschließend mit Ainsley und Quiet. »Es ist völlig unwichtig, wie dieser Mann aussieht. Es spielt keine Rolle, welche seltsamen Dinge er trägt, basierend auf der modernen Zeit, aus der er kommt. Es ist egal, was er weiß oder nicht, wir werden ihn akzeptieren! Ist das klar?«

Alle schauten sich um, als warteten sie auf die Antwort des anderen. Als niemand etwas sagte, stampfte Hiker mit dem Fuß auf und ließ die Dielen beben. »Ist das *klar*?«

»Ja, Sir!«, erklang es unisono.

Ein Glockenspiel erklang und kündigte die Ankunft des neuen Drachenreiters an.

Kapitel 12

Alle Männer erstarrten und lauschten dem leisen Glockenschlag der Türklingel, der länger zu dauern schien, als Hiker erwartet hatte. Es war ewig her, dass jemand diese Glocken geläutet hatte.

Hundert Jahre waren eine lange Zeit seit der Begrüßung eines neuen Reiters. Für Hiker war es die längste Zeitspanne überhaupt. Zwischen Evan und Wilder hatte es andere gegeben. Dann weitere zwischen Wilder und Mahkah. Aber diese Reiter hatten aus dem einen oder anderen Grund nicht durchgehalten. Entweder lagen sie auf dem Friedhof im Hochland begraben oder sie waren von sich aus gegangen.

Hiker glaubte immer, dass die Reiter zur Burg Gullington gehörten, aber das stimmte nicht. Es gab kein Gesetz, das besagte, dass die Reiter zusammen sein mussten. Hiker wusste, dass er sie gehen lassen musste und wenn er das tat, verschwand ihr Zeichen vom Elite-Globus, wodurch sich die Welt im Inneren der Barriere kleiner anfühlte. Doch nun würde sich ein neuer Reiter zu ihnen gesellen. Das schenkte ihm Hoffnung.

Hoffnung für die Zukunft. Hoffnung, dass die Drachenreiter ihre Zahl wieder erhöhen könnten. Vielleicht war er erst der Anfang und viele weitere würden sich ihnen anschließen. Das war zwangsläufig, was sie brauchten, wenn sie sich jemals den Sterblichen zeigen wollten.

»Nun«, schimpfte Hiker mit Ainsley und streckte einen Arm Richtung Tür. »Schaffst du das?«

Der Rotschopf schaute mit finsterem Blick zu ihm. »Ich dachte tatsächlich, dass etwas Glanz keine Bedeutung hätte. Was ist das sonst, wenn die Haushälterin die Tür öffnet?«

»Ainsley«, meinte Hiker warnend.

Sie nahm wieder die Gestalt der alten englischen Jungfer an, mit Schürze und Spitzenhäubchen. »Ja, Meister. Natürlich, Meister.« Die Elfe verbeugte sich und ging zur Tür.

»Ainsley«, wiederholte er.

Sie schoss ihm einen schelmischen Blick über die Schulter zu. Ihr Gesicht hatte wieder sein normales Aussehen angenommen, aber ihre Kleidung war immer noch die eines Dienstmädchens der Oberschicht.

»Ich ziehe dich nur auf«, grinste sie spitzbübisch. Ihr rotbraunes Haar fiel ihr wallend den Rücken hinunter, als ihre Kleider zu dem verschmolzen, was sie vorher waren, ein schlichtes Kleid und Stiefel.

Hiker schüttelte den Kopf. Er hätte Ainsley längst gefeuert, wenn sie nicht von Anfang an bei ihm gewesen wäre. Er war sich sicher, dass er ohne sie nichts wiederfinden würde, dies der Elfe gegenüber aber nie zugeben würde.

Die Tür zum Schloss war etwa viereinhalb Meter hoch. Wenn sie geöffnet wurde, fuhr ein Luftzug durch das Foyer, normalerweise bis zu Hikers Büro hinauf. Wie in anderen wichtigen Bereichen der Burg war in der Tür ein großes Buntglasfenster mit einem Engel eingelassen. Glas war nicht das praktischste Material, das man am Eingang eines Gebäudes verbauen konnte, es sei denn, das, was darin verborgen war, schützte den Ort besser als jede Barrikade. Ainsley spähte durch eines der klaren Glasstücke und pfiff unhörbar.

»Seid ihr bereit?«, fragte sie und blickte zurück auf die Männer, die sich in einer Reihe aufgestellt hatten.

»Jetzt mach schon«, drängte Hiker. Er erhaschte nur ein verschmitztes Grinsen auf ihrem Gesicht, aber hatte keine Zeit mehr sich zu fragen, warum, denn sie riss prompt die Tür auf und ein eisiger Windstoß fuhr herein.

✶ ✶ ✶

Sophia warf Lunis einen zaghaften Blick zu. Er hatte die Größe einer Deutschen Dogge, wie er so neben ihr stand, obwohl sie hätte schwören können, dass er in den zwanzig Minuten, seit sie die Hügel außerhalb dieser Burg überquert hatten, mindestens drei Zentimeter gewachsen war.

Die Tür schwang auf und eine Elfe mit sommersprossigem Gesicht und langen rötlichen Haaren begrüßte sie, ihre grünen Augen funkelten schelmisch. Sie verbeugte sich leicht. »Willkommen auf Burg Gullington«, sagte sie mit irischem Akzent.

Sophia wollte gerade ihren Mund öffnen, um zu antworten, aber ihre Kehle war ausgetrocknet. Stattdessen nickte sie einfach dankbar.

»Ich hoffe, deine Reise war zufriedenstellend«, fuhr die Frau fort und blieb mit der Hüfte nahe an der Tür, die nur teilweise geöffnet war.

Wieder öffnete Sophia den Mund, um zu antworten, aber die Augen der Frau glitten zu Lunis. Sie keuchte.

»Wow, was für ein absolut schöner Drache«, rief die Elfe aus. »Einfach atemberaubend.«

»Ainsley!«, dröhnte ein Mann hinter ihr. »Würdest du ihn reinlassen?«

Die Frau schaute über die Schulter. »Ihn? Meinst du den Drachen?«, erkundigte sie sich mit unschuldigem Tonfall.

»Natürlich meine ich den Drachen und den Reiter selbstverständlich auch!«, rief die Stimme.

»Okay«, neckte Ainsley. »Aber du solltest künftig darüber nachdenken, die Pronomen besser auszuwählen.«

Damit zog die Elfe die Tür ganz auf. Vor einer riesigen Holztreppe mit kompliziert aussehendem Geländer standen vier grobschlächtig aussehende Männer und ein Gnom. Beim Anblick von Sophia weiteten sich ihre Augen vor Schreck und ihnen fiel die Kinnlade herunter.

Kapitel 13

Eine lange Minute sagte niemand etwas. Sophia genoss es zu beobachten, wie sich der Unglaube in den Männern aufbaute, während sie zuerst sie und dann Lunis studierten, wobei die Verwirrung auf ihren Gesichtern deutlich zu erkennen war.

Vor den anderen vier Männern stand der Größte und Eindrucksvollste. Sein blondes Haar fiel ihm auf die Schultern und er trug traditionelle Wikingerkleidung. Er könnte gerade den Seiten eines Geschichtsbuchs entsprungen sein. Sein Bart zuckte und vorsichtiges Zögern wanderte durch seine blauen Augen.

Der Mann räusperte sich. »Du bist S. Beaufont?«

Sophia grunzte innerlich. *S. Beaufont? Wirklich, Liv? Das ist der Name, den du der Drachenelite mitgeteilt hast?*

Sie trat vor und wagte es, die Schwelle der riesigen Burg zu überschreiten. Die Einrichtung drinnen war noch exquisiter, ein großer hölzerner Kronleuchter hing von der Decke und seltsame Artefakte befanden sich an den Wänden. »Eigentlich bevorzuge ich den Namen Sophia. Aber ja, ich bin S. Beaufont.«

»Sophia?«, lachte der Typ ganz links. Seine schwarzen Rastalocken hingen über seiner dunklen Haut, er blickte sie grinsend an.

»Ja, Sophia«, wiederholte sie und zog ihren Namen in die Länge. »Du kannst mich auch Soph nennen oder S. Wie soll ich euch alle nennen?«

Der Wikinger an der Spitze trat einen Schritt zurück und war offensichtlich kurz davor, aus den Stiefeln zu kippen. Er neigte den Kopf zur Seite und schüttelte ihn leicht. »D-d-du bist ein Mädchen.«

Sophia rümpfte verärgert ihre Nase. »Eigentlich eine Frau.«

»Ich bin auch eine«, mischte sich die Elfe ein und schloss die Tür, nachdem Lunis hereingekommen war und den Platz neben Sophia eingenommen hatte. Die Frau knickste vor Sophia. »Sie wollen es aber nicht sehen. Ich könnte genauso gut ein Hermaphrodit sein, wenn du weißt, was ich meine. Es ist mir ein Vergnügen, dich kennenzulernen, S. Beaufont. Ich bin Ainsley, die Haushälterin.«

Sophia lächelte sie an, während sie dem einzigen einladenden Gesicht in der Burg die Hand reichen wollte.

»Du bist – du bist – du bist eine Frau«, brummte der Wikinger erneut, als ob er Schwierigkeiten hätte, diese brandneue Information zu verarbeiten.

Sophia blieb stehen und drehte sich zu ihm um. »Ja, das haben wir doch schon hinter uns. Ich bin Zeit meines Lebens eine Frau.«

»Das ist exakt wie lange?«, fragte der Wikinger und ging offenbar nicht davon aus, dass eine Vorstellungsrunde notwendig wäre. Er schüttelte den Kopf. »Ich meine, wie alt *bist* du?«

Sie neigte ihren Kopf hin und her. »Das ist jetzt ein bisschen knifflig. Ich war neun Jahre alt, als ich mich mit Lunis verbunden habe.« Sie zeigte auf den Drachen neben ihr. »Aber jetzt bin ich achtzehn Jahre alt, im Grunde genommen.«

Wenn schon die Erkenntnis, dass sie eine Frau war, schwer zu verarbeiten war, dann war diese zusätzliche Information ein mächtiger Schlag für den Wikinger. Er presste seine Hand an die Stirn und schaute auf den Boden, als hätte er eine Kontaktlinse verloren, obwohl Sophia sicher war, dass er keine trug. Reiter brauchten diese Dinge nicht, da die Magie des Drachen sie von solch nicht nennenswerten Unzulänglichkeiten heilte.

»Achtzehn …«, murmelte er und schüttelte weiter den Kopf.

Der Typ in der Mitte stieß den mit den Rastalocken mit dem Ellbogen in die Seite. »Die ist jünger als du, Kumpel.«

Der Wikinger drehte sich zu den Männern um und Sophia hatte den Eindruck, dass er ihnen einen verärgerten Blick zugeworfen hatte, weil sie sich alle sofort aufrichteten und strammstanden. »Und du sagst, du hättest dich mit deinem Drachen verbunden, als du gerade neun Jahre alt warst?«, fragte der Mann und drehte sich wieder zu Sophia um.

Sie seufzte. »Nun, ja. Nochmals, mein Name ist Sophia. Ihr alle seid?«

»Sehr verwirrt«, flüsterte Ainsley an ihrer Schulter und schien die Spannung zu genießen. »Schau, es ist so, ein Reiter hat sich noch nie in so jungen Jahren mit einem Drachen verbunden.«

»Oh, zu diesem Zeitpunkt war er noch nicht geschlüpft«, korrigierte Sophia.

Ein *Knacken* ertönte in der Halle, als der Wikinger auf die Seite seines Beines schlug. »Was sagst du?«

Sophia warf einen Blick auf Lunis. »Er steckte noch im Ei. Unausgeschlüpft, verstehst du?«

»Du hast deinen Drachen, seit er geschlüpft ist?«, wunderte sich der Typ rechts. Er trug sein schwarzes Haar in einem Zopf auf dem Rücken und indianische Kleidung – so vermutete Sophia.

»Ist das etwas Besonderes?«, fragte Sophia.

»Das ist eine Premiere«, antwortete der Mann kopfschüttelnd und wirkte beeindruckt.

»Das wissen wir bereits«, korrigierte der Wikinger, seine Stimme dröhnte plötzlich.

»Das ist aber ein Winzling, oder?«, spottete der Typ mit den Rastalocken. »Ein richtiger kleiner Zwerg, wenn du mich fragst, dafür, dass er fast zehn Jahre alt ist.«

Sophia warf Lunis einen Blick zu, aber er wirkte nicht beleidigt. »Er ist erst vor ein oder zwei Tagen geschlüpft.«

Wenn der Wikinger zuvor schon von der Rolle war, dann wurde er von dieser Information regelrecht überwältigt. Er warf die Hände nach oben und flüsterte irgendetwas, als würde er zu seinen Göttern beten.

Ainsley lachte und klatschte vor Freude in die Hände. »Oh, ich liebe es! In einer Woche wird er größer als Coral sein.«

»Das wird er nicht«, schoss der Typ mit den zotteligen Rastalocken zurück.

»Oh doch«, argumentierte der Mann mit dem Pferdeschwanz. »Wenn er in diesem Tempo weiterwächst, wird er größer als alle unsere Drachen. Und weil er bei seinem Reiter aufwächst, nun, wird er wohl ziemlich beeindruckend werden.«

Sophia atmete auf. »Ich verstehe, dass ihr alle genau wisst, was hier vor sich geht, aber ich bin immer noch etwas verwirrt.«

»Hiker …« Ainsleys Stimme hatte Befehlston angenommen.

Der Wikinger lief auf und ab und murmelte vor sich hin, während er über seinen Bart strich.

»*Hiker!*«, wiederholte sie.

Er blieb stehen, als erwachte er plötzlich aus einer Benommenheit. Sein Blick landete auf der Haushälterin.

Ainsley zeigte auf Sophia. »Wärst du so freundlich, dich als Anführer dieses fröhlichen kleinen Haufens vorzustellen?« Sie betonte jedes Wort mit großer Sorgfalt.

Seine Augen glitten zu Sophia und dann wieder auf den Boden, wobei es ihm anscheinend schwerfiel, sie anzusehen. »Ja, natürlich. Ich muss mich entschuldigen. Wir hatten nicht mit einem so jungen Reiter gerechnet.«

»Eigentlich dem Jüngsten in der Geschichte«, verbesserte der Typ neben dem mit den Rastas. Sein braunes Haar war über ein Auge gefallen und er hatte einen geheimnisvollen jungenhaften Charme an sich.

»Richtig«, bestätigte der Mann, der offenbar Hiker genannt wurde. »Und ähm, na ja, einem neugeborenen Drachen. Darauf waren wir nicht vorbereitet.«

»Oder auf die Tatsache, dass ich eine Frau bin«, fügte Sophia hinzu.

»Frau. Ja, Frau«, sagte er und winkte ab. »Das war mir gar nicht aufgefallen.«

Sophia rollte innerlich mit den Augen.

»Sein Name ist Hiker«, führte Ainsley aus, als der Wikinger wieder verstummte und verwirrt auf die Bodenbretter starrte. »Hiker Wall …«

»Ich kann mich selbst vorstellen«, schimpfte er.

Sie schoss ihm einen trotzigen Blick entgegen. »Das ist witzig, denn es sah bisher nicht so aus.«

Der Wikinger betrachtete Sophia und zuckte zusammen, als wäre es irgendwie schmerzhaft, ihr direkt in die Augen zu starren. Seine Lippen pressten sich zusammen und sein Gesicht wurde blass. Schließlich streckte er ihr eine Hand entgegen. »Ich bin Hiker Wallace, der Anführer der Drachenelite.«

Sophia drückte seine Hand und fragte sich, ob er ihre besonders vorsichtig ergriff. Das war nicht die Art von

Händedruck, die ein Mann seiner Statur anbieten sollte. Sie schüttelte ihm die Hand so, wie sie es bei jedem tun würde, der stark und kräftig war.

Er zog seine Hand schnell zurück und drehte sich zu den Männern hinter ihm um. Er gestikulierte und sagte: »Wir sind die Drachenelite.«

»Ich glaube, so viel hat sie schon mitbekommen«, ächzte Ainsley.

Hiker schien sich zurückzuhalten, als er der Haushälterin einen brodelnden Blick zuwarf.

»Wie gesagt«, fuhr er fort, »haben wir hier drüben unseren jüngsten Drachenreiter, Evan McIntosh.«

Der Typ mit den Rastalocken trat vor und verbeugte sich vor Sophia. »Zu deinen Diensten, Mylady.«

Dies schien die Geduld von Hiker auf eine harte Probe zu stellen. »Wir werden sie nicht wie eine Jungfrau in Not behandeln, ist das klar?«

»Ich dachte einfach, dass sie als neue Reiterin …«

»Zumindest dachte er einmal etwas«, stellte der Typ neben ihm fest.

Hiker schüttelte den Kopf. »Und das ist Wilder Thomason.« Er deutete auf den Mann neben Evan, dessen Haar sein Gesicht teilweise verdeckte. Er schob es aus dem Weg, um seine beiden blauen Augen zu zeigen, die sie sofort fesselten. »Er ist unser Experte für den Bereich Kampf und Waffen. Du wirst mit ihm trainieren … wenn die Zeit reif ist.«

»Wir können sofort anfangen«, bot Sophia begeistert an.

»Wenn du bereit bist«, argumentierte Hiker, trat vor und zeigte auf den Reiter in Indianerkleidung mit dem langen Zopf. »Und hier ist Mahkah Tomahawk. Er ist unser Spezialist der Drachenversorgung. Wenn du bereit bist, wird er dir beibringen, wie man sich um … wie sagtest du, heißt er doch gleich?«

»Lunis«, teilte Sophia mit.

Hikers Kinnlade klappte herunter. »Der Mond ist also sein Element?«

»Ja, er wurde in der Vollmondnacht geboren«, antwortete Sophia.

»Vor zwei Nächten also.« Hiker fuhr sich mit der Hand über das Kinn.

»Ja, es war wirklich erstaunlich«, fügte sie hinzu.

Hiker schloss für einen Moment die Augen, als ob ihn der Unglaube nun endgültig überwältigen würde. »Willst du behaupten, dass du dabei warst, als dein Drache geschlüpft ist?«

Sophia warf einen Blick auf Lunis und danach wieder zurück zu Hiker. »Selbstverständlich. Warum hätte ich nicht dabei gewesen sein sollen? Und als er geschlüpft war, wusste ich, dass sein Name Lunis sein musste.«

»Wow.« Mahkah trat vor, kniete sich nieder, um den Drachen mit der Ehrfurcht zu betrachten, die auf seinem Gesicht geschrieben stand. »Ihr beide seid anders als alles, worüber ich je gelesen habe. Der Stoff, aus dem Legenden sind.«

»Ich glaube«, warf Hiker ein und winkte Mahkah zu, seinen Platz in der Reihe wieder einzunehmen, »dass es einfach anders ist als die Legenden, die wir bisher kannten. Ich bin sicher, dass das in einigen anderen Gegenden nicht so einzigartig ist.«

»Ich dachte immer, dies sei die Heimat der Drachenreiter«, wunderte sich Sophia.

»So ist es«, antwortete er. »Aber nicht die ganze Geschichte ist wirklich bekannt. Manches ist vergessen worden. Verloren. Oder gar gestohlen.«

Mahkah schüttelte den Kopf. »Einfach erstaunlich, egal wie man es betrachtet.«

Hiker seufzte. »Ich glaube, das war jetzt alles. Ainsley wird dir dein Zimmer zeigen und …«

»Eigentlich gibt es jemanden, den du mir noch nicht vorgestellt hast.« Sophia zeigte auf den Gnom, der auf der anderen Seite von Mahkah stand. Er hielt sein Gesicht nach unten, teilweise durch eine Kappe verdeckt.

»Oh, er ist kein Reiter«, klärte Hiker auf.

Sophias Kopf zuckte nach oben, um ihn zu betrachten. »Und? Er ist eine Person und ich möchte seinen Namen wissen.«

Der Gnom schaute zu ihr auf. Seine Augen füllten sich mit Staunen.

Hiker meinte gereizt: »Na, dann los. Stell dich vor, Quiet.«

Der Gnom öffnete seinen Mund und etwas mit einer Lautstärke weniger als ein Flüstern kam ihm von den Lippen.

»Tut mir leid«, sagte Sophia und neigte ihren Kopf zur Seite. »Das habe ich nicht verstanden.«

Wieder murmelte der Gnom etwas, das so leise war, dass Sophia sich vorbeugte, um etwas zu verstehen. Sie warf ihm ein entschuldigendes Lächeln zu und schüttelte den Kopf. »Es tut mir leid. Die Reise muss mir auf die Ohren gegangen sein. Wie sagtest du, ist dein Name?«

»Wir nennen ihn Quiet«, erklärte Hiker, der kurz davor war, die Geduld zu verlieren. »Er ist unser Hauswart.«

»Aber wie ist sein Name?«, drängte Sophia.

»Wir nennen ihn Quiet«, wiederholte Hiker. »Er sagt nicht viel und wenn er es tut, können wir es meistens nicht verstehen. Es ist zu leise, um es vorsichtig auszudrücken. Ich wünschte, ich könnte das von einigen der anderen sagen.« Hiker warf einen Blick auf Evan, der über die Schulter schaute, als ob er annehmen würde, der Anführer beziehe sich auf jemanden hinter ihm. Nachdem er kurz zur Wand geblickt hatte, zuckte er die Achseln.

»Jedenfalls, wie ich schon sagte«, fuhr Hiker fort, »wird Ainsley dich nun in dein Zimmer führen und Mahkah Lunis zur Höhle, wo die anderen Drachen sind.«

»Okay, danke«, sagte Sophia schaute vorsichtig zu Lunis. Sie wollte ihn nicht verlassen und sie wusste instinktiv, dass er dasselbe empfand.

Ainsley machte sich auf den Weg die Treppe hinauf. »Folge mir, S. Beaufont. Wir bringen dich noch vor dem Abendessen unter.«

Sophia begann, hinter der Haushälterin die große Treppe hinaufzusteigen.

»Und Lunis, du …«

Der Drache ignorierte Mahkah und folgte Sophia die Treppe hinauf.

»Eigentlich, Lunis«, schaltete sich Hiker ein.

Sophia drehte sich auf dem ersten Treppenabsatz um, ebenso ihr Drache, der ein paar Schritte hinter ihr war. Sie spürte eine seltsame Hitze, die von Lunis ausging, während er den Kopf senkte und mit seinem mit Stacheln bedeckten Schwanz zuckte, wobei er darauf achtete, sie nicht zu treffen.

Hiker schluckte. Nickte. »Gut. Für heute Nacht sehe ich keinen Grund, warum du nicht im Zimmer von So… S… Miss Beaufont übernachten solltest.«

Am Ende seiner Worte drehte sich Lunis wieder um und warf Sophia einen zufriedenen Blick zu.

»Na gut«, neckte Ainsley einmal mehr. »Ich schätze, ich werde dich auf die Mastersuite upgraden. Hier entlang, Sooo… ich meine, S… ich meine Miss.« Sie warf Sophia ein begeistertes Grinsen über die Schulter zu, als sie weiter die Treppe hinaufging.

Sophia konnte nicht umhin, über die Irrwitzigkeit des Ganzen zu kichern. Sie hatte angenommen, dass sie diejenige wäre, die sich groß umstellen müsste, aber sie hatte sich geirrt. Diese Männer hatten nicht die geringste Ahnung, was vor sich ging oder wie sie mit ihr umgehen sollten.

Kapitel 14

Nachdem die neue Reiterin und ihr Drache verschwunden waren, wandte sich Hiker seinen Männern zu. Evan und Wilder schienen ihre Belustigung zu verbergen. Mahkah konnte sein Erstaunen kaum zurückhalten. Und Quiet, nun ja, seine Augen waren weit aufgerissen, als er die Treppe hinaufblickte, wohin die neue Reiterin verschwunden war, als erwartete er, dass sie jeden Augenblick zurückkommen konnte.

»Okay«, flüsterte Hiker. »Also verschieben wir das Training um ein paar Jahre. Vielleicht geben wir i-i-ii…«

»Ihr«, ergänzte Wilder.

»Das weiß ich«, spuckte Hiker. »Ich habe nur nachgedacht.«

»Aber warum sollten wir das Training hinausschieben?«, unterbrach Mahkah.

»Nun, weil sie jung ist und ihr Drache …«

»Im besten Alter ist, um zu lernen«, griff Mahkah erneut ein. »Die meisten Drachen lebten in Freiheit, bevor sie sich mit einem Reiter verbunden haben. Lunis ist domestiziert. Wir müssen uns über sein Verhalten keine Gedanken machen. Er scheint sehr kooperativ zu sein, im Gegensatz zu den meisten Drachen, die erst gezähmt werden mussten.«

Hiker lehnte dies sofort ab. »Nein. Sie ist noch nicht so weit.«

Wilder trat vor. »Wolltest du nicht, dass wir diese neue Drachenreiterin auf jeden Fall akzeptieren sollten? Egal, was sie kann oder …«

»Wilder«, brummte Hiker warnend.

Der jüngere Reiter hob beschwichtigend die Hände. »Ich will damit nur sagen, dass du sie anscheinend schonen möchtest, weil sie … na ja …«

»Eine ›Sie‹ ist«, mischte sich Evan ein.

»Daran liegt es nicht«, argumentierte Hiker. »Ihr Drache ist noch nicht ausgewachsen.«

»Das wäre doch eine großartige Gelegenheit für sie, kämpfen zu lernen und es dann zu beherrschen«, bot Wilder an.

»Und auch ein guter Zeitpunkt, ihr die Pflege des Drachen beizubringen«, fügte Mahkah hinzu.

Hiker knurrte, seine Augen funkelten frustriert, als er seine Reiter anstarrte.

»Mach dir keine Sorgen«, erklärte Evan stolz. »Ich verstehe dein Zögern. Du glaubst nicht, dass sie damit fertig wird, weil …«

»Genug«, fiel Hiker dem jungen Reiter ins Wort, bevor er etwas aussprechen konnte, was der Wahrheit zu nahe käme. »Wenn Evan glaubt, zu wissen, was vor sich geht, dann wird es problematisch für uns.«

»Hey, ich bin nicht mehr der Neuling hier«, wehrte sich Evan. »Zolle mir ein wenig Anerkennung.«

Hiker schüttelte den Kopf und machte sich auf den Weg zur Treppe. Er brauchte etwas Zeit zum Nachdenken. Um zu verarbeiten. Um herauszufinden, was er mit dem … Mädchen machen sollte.

Auf dem Treppenabsatz drehte er sich noch einmal um. »Ich erwarte euch alle heute Abend zum Essen.«

»Wann habe ich jemals eine Mahlzeit verpasst?«, fragte Wilder.

»Oder ich?«, fügte Evan hinzu.

»Endlich seid ihr kooperativ.« Hiker drehte sich um, wandte sich aber sofort wieder zurück. »Und vor dem Abendessen, zieh dir ein Hemd an, Evan. Wilder, kämme dir dein Haar. Überhaupt solltet ihr alle eigentlich vor dem Abendessen ein Bad nehmen.«

Kapitel 15

Sophia war durch die vielen kuriosen Dinge abgelenkt, die sie entdeckte, als Ainsley Lunis und sie durch die Korridore im zweiten Stock führte. Sie blieb mehrere Male stehen, blinzelte bei den Statuen, die vor ihr zu verschwimmen schienen, sich in einen Zentauren und dann in einen Pegasus verwandelten. Das waren eher Sinnestäuschungen als etwas anderes.

»Halte Schritt mit mir oder ich schwöre, dass du dich verlaufen wirst«, verhieß Ainsley, die vor ihnen her ging. »Hier ist es anders als an jedem Ort, an dem du jemals gewesen bist.«

Sophia riss sich von ihrer derzeitigen Ablenkung los. »Oh, tut mir leid. Ich war nur so auf die Dekorationen konzentriert.«

»Das sind keine Dekorationen und das ist keine normale Burg«, warnte Ainsley und blieb stehen, um einen großen Schlüsselbund aus ihrer Tasche zu ziehen.

»Sind sie das nicht?«, fragte Sophia.

»Die Dekorationen sind Zaubereien«, erklärte die Elfe. »Entweder beschützen oder bewachen sie uns oder sie tun beides. Es gibt noch viele andere Dinge, die ich an diesem Ort nach fünfhundert Jahren immer noch nicht verstehe.«

»Du bist seit fünfhundert Jahren hier?« Sophia holte sie ein.

Ainsley durchsuchte die Schlüssel und verwarf einige bereits nach einem einzigen Blick, obwohl alle für einen

Außenstehenden gleich aussahen. »Nun, mindestens fünfhundert Jahre, aber ich verliere den Überblick, besonders im letzten Jahrhundert.«

»Wow.« Sophia warf Lunis einen Seitenblick zu. Er nahm alles in sich auf und studierte jedes einzelne Detail, während er der Elfe aufmerksam zuhörte. »Aber du verlässt die Burg auch, richtig?«

Ainsley nickte, während sie versuchte, einen Schlüssel in die Tür zu stecken. »Natürlich. Ich gehe ins Dorf, um unsere Vorräte zu kaufen.«

»Oh, also ich nehme an, dass Amazon hier draußen nicht liefert«, scherzte Sophia.

»Amazon?« Ainsley runzelte die Stirn. »Du meinst den Fluss? Nein, hier liefert er nicht. Warum sollte er?«

Sophia winkte ab. »Entschuldigung, das war eine Anspielung auf die moderne Kultur.«

Die Haushälterin versuchte es mit einem anderen Schlüssel. »Oh, nun, ich fürchte, das wirst du uns allen erklären müssen. Keiner von uns hat die Burg seit geraumer Zeit verlassen. Nicht wirklich. Vielleicht für eine Exkursion nach Tansania oder so, aber nur selten, besonders heutzutage. Ich gehe ins Dorf, aber die anderen bleiben hier in der Umgebung. Adam hat vielleicht ein paar Erfahrungen gemacht, aber na ja …«

Sophia neigte ihren Kopf zur Seite. »Adam? Ihn habe ich nicht getroffen.«

Die Tür öffnete sich und auf Ainsleys Gesicht zeigte sich Erleichterung. »Verdammt, es hat nur ein paar Dutzend Versuche gebraucht.« Als sie den Raum betrat, hustete sie und winkte mit der Hand vor dem Gesicht. »Das ist eine größere Suite, die für dich und den lieben Lunis ausreichend sein sollte. Es tut mir leid, dass sie nicht besonders sauber ist. Die Haushälterin hier ist völlig nutzlos. Du musst nur Hiker fragen, er kann bestätigen, wie inkompetent sie ist.«

Sophia lachte, ihre Augen durchsuchten den Raum. Er war in der Tat unglaublich staubig, als wäre seit ein paar hundert Jahren nicht geputzt worden, aber die antike Architektur und die Einzigartigkeit der Einrichtung kamen immer noch deutlich zur Geltung.

Als Ainsley die dicken Vorhänge von den vom Boden bis zur Decke reichenden Fenstern zurückzog, erhellte das Licht jedes Detail im Raum. Die Farben wirkten gedämpft, vielleicht wegen des Alters oder dem Staub, aber die handwerkliche Verarbeitung der Möbel war unglaublich.

Ein Himmelbett mit Vorhängen, die um jeden Pfosten gebunden waren, stand an einer Steinmauer am anderen Ende. Daneben befand sich eine Sitzecke mit gepolsterten Ledersesseln und auf dem Tisch ein Tablett mit einem Teeservice, so als ob die Person, die sich einst hier aufgehalten hatte, gerade erst weggegangen wäre.

An der Decke hing ein runder eiserner Kronleuchter, der mit einem Dutzend Kerzen bestückt war und an der Wand befand sich ein großer Kamin und eine Tür.

Ainsley streckte ihre Hand aus, die Flammen im Kamin und die Kerzen erwachten zum Leben und warfen noch mehr Licht in das große Zimmer.

Sophia konnte nun sehen, dass große Ölgemälde die Wand zierten; die meisten abgebildeten Männer waren für die Schlacht gekleidet.

»Nun, wir haben keinen Strom in der Burg, weil er die Drachen stört, also werde ich jeden Morgen kommen, um dein Feuer und deine Kerzen anzuzünden«, erklärte Ainsley.

»Oh, das kann ich sicher auch allein«, antwortete Sophia. »Seit Lunis geschlüpft ist, verfüge ich über Feuermagie und viele andere Fähigkeiten, die ich vorher nicht hatte.«

Die Elfe schoss ihr einen skeptischen Blick entgegen. »Das solltest du den anderen erzählen. Sie sind nicht einmal in der Lage ihre dreckigen Socken aufzuheben, auch nicht, wenn es um ihr Überleben ginge. Sie können stundenlang auf majestätischen Drachen reiten und Sparringkämpfe ausfechten, aber in der Sekunde, in der ihre Kerzen ersetzt werden müssen, sind sie plötzlich hilflos.«

Sophia lächelte, als sie einen Wandteppich mit einem Einhorn studierte. »Ich glaube, ich kann das ein bisschen verstehen, wenn sie doch regelmäßig an Schlachten teilnehmen müssen.«

Ainsley lachte laut auf. »Schlachten? Oh, keiner dieser Kerle hat seit Ewigkeiten eine Schlacht gesehen.«

»Was?«, rief Sophia und beobachtete, wie Ainsley mit ihrer Hand durch den Raum fuhr und ihn auf magische Weise reinigte.

Die Elfe blickte sie seitlich an. »Es steht mir wirklich nicht zu, etwas zu dieser Angelegenheit zu sagen. Nicht, dass mich das jemals aufhalten könnte, aber ich habe Hiker versprochen, dass ich mich bei dir von meiner besten Seite zeigen würde. Zumindest für das erste Jahrzehnt oder so.«

Sophia öffnete ihren Mund, um weitere Fragen zu stellen, aber die Elfe verschwand ins Nebenzimmer. Lunis hatte sich bereits wie ein Hund vor dem Kamin zusammengerollt und beschlossen, ein kurzes Nickerchen zu machen.

Sie richtete ihre Aufmerksamkeit auf die Fenster, durch die das Abendlicht eindrang. Die Suite bot eine brillante Aussicht auf die Hügel und Berge in der Ferne, die teilweise von Wolken und Nebel bedeckt waren. Es schien ganz leicht zu regnen.

»Das Badezimmer ist in recht gutem Zustand, wenn man es so sieht«, sagte eine Männerstimme hinter Sophia.

Sie drehte sich um und zog sich beim Anblick eines alten Mannes zurück, der an einem Stock humpelte, die grauen Haare zu einem niedrigen Pferdeschwanz zusammengebunden. »Hallo!«, quietschte Sophia. »Was ist mit Ainsley passiert? Wer bist du?«

Ein hinterhältiges Lächeln kräuselte sich an den Mundwinkeln des Mannes und vor ihren Augen verwandelte sich die Gestalt, bis die Haushälterin wieder vor ihr stand.

»Entschuldige, dass ich dich erschreckt habe«, bat Ainsley. »Ich verwandle mich, wenn ich aufgeregt bin, wobei ich die meiste Zeit nicht einmal bemerke, dass es passiert ist. Ich muss zugeben, dass es aufregend ist, eine andere Frau hier zu haben, besonders eine neue Drachenreiterin.«

Sophia schüttelte den Kopf, als wollte sie ihre Verwirrung zerstreuen. »Du bist also eine Gestaltwandlerin?« Sie hatte nur darüber gelesen. Sie waren unglaublich selten und nutzten Magie, die die meisten nicht begreifen konnten. Das war für Sophia selbstverständlich faszinierend, denn eine der Fähigkeiten, die sie schon früh beherrschte, waren Verwandlungen. Sie hatte Livs Aussehen für geheime Missionen auf viele verschiedene Arten verändert, aber das erforderte sehr viel Magie und hielt nicht lange an. Die Vorstellung, dass es jemand nach Belieben konnte, war faszinierend.

»Ja, wenn du also eine streunende Katze oder einen herrenlosen Hund herumlaufen siehst, dann bin das vermutlich ich«, verdeutlichte Ainsley. »Das sind zwei meiner Lieblingsgestalten. So ist es verdammt einfach, die Korridore zu passieren. Sie können ziemlich eng werden, besonders wenn es in der Burg sehr düster ist.«

Sophia schluckte und nickte. »Also, das Badezimmer ist da drüben? Musst du mir Wasser für ein Bad bringen und was mache ich mit …«

»Den Exkrementen?«, unterbrach sie. »Du spülst sie runter.«

»Was?«, fragte Sophia.

»Wir leben ziemlich im Dunklen, wenn es um das Wissen über aktuelle Kultur und Elektrizität geht, aber wir würden es nicht wagen, auf Klempnerarbeiten zu verzichten«, erklärte sie. »Wir haben vor einiger Zeit diesbezüglich aufgerüstet. Es gibt sogar heiße Duschen, obwohl die Männer anscheinend immer noch nicht glauben, dass sie regelmäßig benutzt werden sollten.«

»Aber …« Sophia kratzte sich am Kopf. »Ich bin ein bisschen verwirrt darüber, wie ihr alle so lange an diesem Ort gelebt habt, abgeschnitten vom Rest der Welt und doch …«

»Wir sind magische Geschöpfe«, erwähnte Ainsley. »Du wirst feststellen, dass es Dinge gibt, über die wir nichts wissen und andere, über die wir recht gut informiert sind. Das eine hängt irgendwie vom anderen ab.«

»Aber wenn ihr das Gebiet nicht verlasst, wie funktioniert das dann?«, erkundigte sich Sophia.

Ainsley zuckte die Achseln. »Eines der vielen Rätsel der Burg Gullington.« Sie ging auf die Tür zu und drehte sich noch einmal um, um den Raum zu überblicken. »Ja, ich denke, das sollte fürs Erste reichen. Ich hoffe, es ist nach deinem Geschmack.«

Sophia fand den Raum sehr schön. Nicht wirklich ihr Geschmack, aber immerhin bezaubernd. »Es ist wunderbar. Danke.«

»Sehr gut, S. Beaufont, ich hole dich zum Abendessen ab, du wirst sonst nicht dorthin finden«, erklärte Ainsley.

»Aber es ist doch unten, oder?«, fragte Sophia. »Im Speisesaal? Gleich neben dem Eingang? Da finde ich hin.«

Ainsley kicherte. »Sollte man meinen. Aber die Burg Gullington spielt gerne mit Neuankömmlingen.«

»Also selbst wenn ich den Weg weiß, werde ich nicht dort hinfinden?«, vermutete Sophia.

»Vor allem, wenn du es tatsächlich versuchst«, antwortete Ainsley. »Die Burg mag keine Besserwisser. Du bist ein Neuankömmling. Sie will, dass du dich verirrst. Du solltest so tun, als wärst du das, zumindest für eine Weile.« Sie senkte ihre Stimme und beugte sich nah zu Sophia. »Tu es zum Wohle der Burg.«

»Du tust so, als hätte sie Gefühle«, sagte Sophia. Dies war eine komische Aussage, nachdem sie im Haus der Vierzehn aufgewachsen war, das sehr lebendig sein konnte. Allerdings hatte es keine Gefühle. Die Bibliothek war definitiv ein Ort, an dem man sich verirren konnte, aber sie war nicht wie die Burg Gullington, denn Sophia konnte sich nicht erinnern, dass sie Hoffnungen oder Wünsche hatte, die ihr bewusst geworden wären.

»Oh, sie hat wirklich Gefühle«, bestätigte Ainsley. »Ob du es glaubst oder nicht, dieser Ort ist beleidigt, wenn ich nicht regelmäßig in jeder Ecke Komplimente mache. Das macht die Hälfte meines Jobs als Haushälterin aus, um ehrlich zu sein. Jetzt weißt du es und wenn du mich dabei erwischst, wie ich dem Atrium ein üppiges Lob ausspreche, wirst du verstehen, warum.«

Sophias Augen huschten mit frischer Neugier durch den Raum. »Okay, nun denn, gibt es noch etwas anderes, worauf ich achten muss? Sollte ich den Wänden Komplimente machen?«

»Nur wenn du es mit ganzem Herzen auch so meinst«, lächelte Ainsley. »Die Burg kann Unaufrichtigkeiten erkennen, was wahrscheinlich der Grund dafür ist, dass sie Evan regelmäßig aus seinem Bett wirft.«

»Das werde ich mir merken.« Sophia beäugte vorsichtig das große Bett, das auf einer Plattform stand, zu der Stufen hinaufführten. Sie wollte definitiv nicht von dort hinausgeworfen werden.

»In Ordnung, wir sehen uns in etwa einer Stunde«, erwiderte Ainsley und verweilte einen Moment in der Tür. »Oh und S. Beaufont?«

»Ja?«, antwortete sie.

»Mach dir keine Gedanken wegen Hiker.« Sie zwinkerte. »Er wird sich schon an dich gewöhnen. Gib ihm einfach ein oder zwei Jahrhunderte Zeit.«

Sophia schluckte und fragte sich, wie sich ihr Leben innerhalb einer Stunde so dramatisch verändert haben konnte. »Richtig ...«

Kapitel 16

»Ich glaube nicht, dass wir noch in Kansas sind.« Sophia drehte sich um und begutachtete ihre Unterkunft.

Lunis riss die Augen auf. »Schottland. Wir sind in Schottland.«

Sie seufzte. »Das weiß ich.«

»Aber es ist nicht das Schottland, das die meisten kennen«, fügte er hinzu. »Gullington ist auf keiner Karte verzeichnet.«

Sophia starrte aus dem Fenster. »Was genau ist Gullington? Ist es nur die Burg oder das komplette Gelände?«

»Du bekommst morgen eine Führung.«

»Woher weißt du das?«, fragte Sophia.

»Ich weiß es einfach«, antwortete er schüchtern.

»Hey, was Ainsley noch über Elektrizität gesagt hat. Hast du deshalb nicht gern bei Liv gewohnt?«, erkundigte sich Sophia.

Er schüttelte den Kopf. »Am meisten habe ich gehasst, dass die eigenartigen Gerüche bei Clarks Kochversuchen die Wohnung geflutet haben und Livs Katze mich beim Schlafen beobachtet hat.«

»Ich sehe dir auch beim Schlafen zu«, neckte Sophia.

»Und ich dir«, konterte er. »Wie wir bereits besprochen haben, bin ich kein durchschnittlicher Drache. Ich bin in der modernen Welt herangewachsen. Ich weiß nicht, wie es sich insgesamt auf mich auswirken wird, aber Elektrizität hat mich nie gestört.« Er hob den Kopf und sah sich in dem alten Zimmer um. »Denkst du, dass du uns einen Fernseher besorgen könntest?«

»Wie bringen wir ihn dann zum Laufen?«, fragte Sophia.

Er senkte sein Kinn und betrachtete sie mit einem schelmischen Blick. »Deine Schwester kennt eine Expertin für magische Technik. Ich bin sicher, sie kann helfen.«

»Oh, richtig.« Sophia schnaubte. »Kannst du dir vorstellen, was Hiker tun würde, wenn ich mein Zimmer mit einem Haufen magischer Technik ausstatten würde?«

»Hiker wird einen Anfall bekommen, völlig egal was immer du auch machen wirst.«

Sophia dachte einen Moment lang nach. »Ja, er ist nicht unbedingt begeistert von der Vorstellung, dass ich … na ja, *ich bin*. Oder dass du gerade geschlüpft bist.«

»Das ist Teil deiner Rolle bei den Drachenreitern.«

Sophia drehte sich vom Fenster weg, die Hände auf den Hüften. »Was weißt du, Lunis?«

Er schloss seine Augen. »Sachen.«

»Wie?«

»Wie, dass du eine Schlüsselrolle hast, die revolutionieren wird«, antwortete er.

»Die Drachenelite?«, bohrte sie weiter.

Er öffnete die Augen, das intensive Grün erschreckte sie immer wieder. »Die Welt. Aber sicher, wir sollten mit der Drachenelite anfangen. Zuerst werde ich ein Nickerchen machen.«

Sie zog ihr Handy aus der Tasche und warf einen Blick darauf. Wie sie erwartet hatte, hatte sie kein Netz. Liv hatte das Handy kurz vor ihrer Abreise aktualisiert. »Nun, selbst magische Technik funktioniert hier nicht.«

»Das wird sie«, versicherte Lunis. »Sie muss nur auf der Grundlage der derzeitigen Gegebenheiten aktualisiert werden.«

Sophia hielt das Gerät nach oben. »Und es überrascht mich nicht, dass es hier kein WiFi gibt.«

»Auch das können wir beheben«, erklärte er.

»Wie kommt es, dass es für dich wichtiger ist als für mich, über Technologie zu verfügen?«, wollte Sophia wissen.

»Weil bald die neue Staffel von *Stranger Things* herauskommt«, gestand er. »Ich muss wissen, wie es weitergeht. Ein Leben ohne Netflix ist bedeutungslos.«

Sie lachte. »Du musst der komischste Drache der Welt sein.«

»Ich bin deiner.« Er gähnte laut, ein Knurren hallte durch den Raum. »Du solltest dich fürs Abendessen umziehen. Zieh das blaue Kleid an, das ich so mag.«

»Welches?«, wunderte sich Sophia. »Du hast mich noch nie in einem blauen Kleid gesehen.«

»Nein, habe ich nicht, aber such dir eines aus, das mir gefällt.«

»Du gehst mit zum Essen?«, vermutete Sophia.

»Natürlich. Ich bin am Verhungern«, erwiderte er und klang leicht beleidigt über die Idee, er würde nicht mitkommen.

»Aber Hiker wollte dich in der Höhle, bei den anderen Drachen haben«, argumentierte Sophia. »Wie lange, glaubst du, darfst du noch hierbleiben?«

»Kommt darauf an, wie viel ich heute Abend esse«, erklärte er.

»Ha-ha. Jetzt mal im Ernst.«

»Ich werde größer, aber ich würde es vorziehen, vorerst hier zu bleiben.«

»Bis du nicht mehr durch die Tür passt?«

»Drachen haben eine geheimnisvolle Kraft, die es uns erlaubt, uns an Orte anzupassen, an denen wir nicht sein sollten.«

»Wie eine Katze in einem Karton? Es gibt Videos auf YouTube …«

»Das ist das letzte Mal, dass du mich mit einer Katze vergleichst«, unterbrach Lunis empört.

Sie zuckte die Achseln. »Ich bin mir nicht sicher, ob ein Kleid die richtige Wahl für heute Abend wäre. Die Jungs hat bereits der Schlag getroffen und sie versuchen jetzt damit fertig zu werden, dass ich ein Mädchen bin. Ich bin mir nicht sicher, ob ich es ihnen auch noch direkt unter die Nase reiben sollte.«

»Mach auch etwas mit deinen Haaren«, forderte Lunis, als hätte er sie nicht gehört. »Leg vielleicht auch etwas Make-up auf.«

»Lun, ich glaube wirklich, meine Weiblichkeit herunterzuspielen ist für den …«

»Streich das«, warf er ein. »Leg auf jeden Fall Make-up auf!«

»Ich will, dass sie mich ernst nehmen«, argumentierte sie.

Er hob erneut den Kopf und blinzelte sie verärgert an. »Das kommt von dem Mädchen, das sagte und ich zitiere: ›*Es ist uns nicht gestattet, unsere weibliche Seite im Kampf zu zeigen, als ob das ein Zeichen von Schwäche wäre. Aber was, wenn es genau das Gegenteil ist? Sollten wir nicht beides zeigen dürfen?*‹«

Ihr Kiefer klappte herunter. »Du warst nicht da, als ich das zu Liv gesagt habe.« Sie erinnerte sich an das Gespräch, denn das war, als man von ihr noch erwartete, dass sie Kriegerin wurde, wenn Liv zurücktrat. Dann wurde sie aber Drachenreiterin und alles änderte sich.

»Ich weiß Dinge«, lautete seine vage Antwort.

Sie schüttelte den Kopf. »Okay, du möchtest also, dass ich ein Kleid anziehe, mich frisiere, schminke und dir einen Fernseher besorge. Sonst noch was?«

»Lies das Buch auf dem Schreibtisch«, forderte er.

Sophia schaute sich um. »Es gibt keinen Schreibtisch.«

In der Ecke neben dem Kamin tauchte aus dem Nichts plötzlich ein kleiner Schreibtisch auf. Sie schoss einen Blick auf ihren Drachen. »Wo kommt der her?«

»Er war die ganze Zeit da, aber du hast nicht gewusst, dass du danach suchen solltest«, antwortete er.

Sophia seufzte. »Wieso ist dieser Ort noch eigenartiger als das Haus der Vierzehn?«

»Eine andere Art von Magie.«

Sie ging zum Schreibtisch hinüber und hob einen dicken Wälzer hoch, der darauf lag. »*Die unvollständige Geschichte der Drachenreiter.*« Sie schlug das Buch auf und zwickte die Augen zusammen, um den altenglischen Text zu lesen. »Kein Wunder, dass dieses Ding unvollständig ist. Der Kerl, der es geschrieben hat, hat wahrscheinlich einen Krampf in der Hand bekommen.«

Als keine Antwort von Lunis kam, warf Sophia ihm einen Blick zu. »Dieses Buch soll ich vor dem Abendessen durchlesen? Dir ist schon bewusst, dass ich kein Schnellleser bin, oder?«

Wieder keine Antwort.

Sie wollte gerade noch etwas hinzufügen, aber das laute, aufgesetzte Schnarchen ihres Drachen brachte sie zum Schweigen. Sophia schüttelte den Kopf, nahm in einem der Sessel vor dem Kamin Platz und rollte sich mit dem seltsamen Buch auf den Oberschenkeln zusammen.

Kapitel 17

»Ich glaube, das ist ein bisschen zu viel.« Sophia betrachtete sich im Spiegel. Es hatte keinen mannshohen Spiegel neben dem Bett gegeben, bis sie ihn gebraucht hatte. Anscheinend war das ein weiteres Geheimnis des Schlosses. Sie machte eine geistige Notiz, dass sie später Frozen Joghurt brauchen und darauf warten sollte, dass eine Eismaschine ebenfalls auf magische Weise auftauchen würde.

»Ich denke, es ist perfekt«, erwiderte Lunis.

Sophia hatte ein blassblaues Kleid gezaubert, das eng anlag, raffiniert, aber sonst eher konservativ war. Der Kleidkragen reichte ihr bis zum Hals und der Saum bis zum Knie. Die Ärmel waren dreiviertellang und das Spitzenmaterial verlieh dem Kleid einen Hauch von Weichheit. Sie hatte ihre Reitstiefel gegen nudefarbene Pumps getauscht und – wie Lunis es verlangt hatte – ihr langes blondes Haar auf elegante Art seitlich festgesteckt. Ihr dezentes Make-up war der letzte Schliff und hob ihre Vorzüge hervor.

»Bist du dir da wirklich sicher?« Sophia wandte sich dem Drachen zu.

»Also«, begann er, stand auf und nahm den größten Teil des Platzes vor dem Feuer ein, »du kannst in deiner Rüstung hinuntergehen und sie glauben lassen, du wärst eine von ihnen. Aber Tatsache ist, dass du es nicht bist. Versuche erst gar nicht, dich ihren Standards anzupassen. Sei unbequem. Sorge dafür, dass sie dich so sehen, wie du bist. Du bist keine

Drachenreiterin, die rein zufällig ein Mädchen ist. Du bist eine Frau, die zufällig Drachenreiterin geworden ist. Lass niemals zu, dass du dich deswegen schlecht fühlst.«

Sie starrte ihren Drachen einen Moment lang leicht verwirrt wegen seiner Worte an, die irrwitzigerweise tatsächlich Sinn ergaben. Weil sie keine direkte Antwort auf seine kurze Ansprache geben konnte, fragte sie: »Was ziehst du an?«

»Ha-ha«, meinte er und fuhr mit der Zunge über seine scharfen Zähne. »Aber ich könnte ein Bad gebrauchen. Meinst du, dass du die Badewanne da drin aufrüsten könntest, um Platz für mich zu schaffen?«

»Das kann ich, aber ich bade nie wieder nach dir.« Sie schüttelte den Kopf. »Du räumst nicht auf, wenn du fertig bist.«

»Wir haben noch nicht viel Zeit miteinander verbracht und du wirst schon so deutlich!« Lunis schüttelte den Kopf. »Ich bin mir nicht im Klaren, ob ich davon beeindruckt sein sollte, wie sorgfältig du die Worte gewählt hast oder beleidigt, wie du sie missbraucht hast.«

Ein Klopfen an der Tür ließ Sophia zusammenzucken. Sie war es nicht gewohnt, nervös zu sein, aber sie war kilometerweit von ihrer Komfortzone entfernt – im wahrsten Sinne des Wortes.

✳ ✳ ✳

»Ich bin mit deiner Kleiderwahl einverstanden«, sagte Ainsley über die Schulter, während sie zügig einen breiten Korridor entlangeilten. Sie hatte die gleiche Optik wie Sophia gewählt und trug ein identisches Kleid. »Es ist nur ein klein wenig unangenehm, dass wir für heute Abend dasselbe Outfit gewählt haben. Wie stehen unsere Chancen?«

Sophia lachte und schaute zu Lunis, froh darüber, dass auch er mit zum Abendessen hinunterging. Ainsley war in ihrer normalen Gestalt erschienen, als Sophia die Tür geöffnet hatte. Nachdem sie ein paar Meter im Korridor gegangen waren, hatte sie sich dem Aussehen der Drachenreiterin angepasst. Sophia hatte keine Einwände, da sie annahm, das würde etwas Druck von ihr nehmen. Oder vielleicht die Jungs zum Lachen bringen. Oder ihnen würden die Gesichtszüge entgleiten. Trotzdem vertraute sie Lunis und wenn er wollte, dass sie ein Kleid trug, würde sie das tun.

»Ich hoffe, du bist hungrig.« Ainsley führte sie die große Treppe hinunter.

»Oh, ich hoffe, du hattest wegen uns keine besonderen Umstände«, sagte Sophia und hielt sich am Geländer fest, da sie den Boden unter den Absätzen rutschig fand. Auf dem Hintern zu landen, beim Runtergehen in die Halle, war nicht die Art und Weise, wie sie ihren Auftritt hinlegen wollte.

»Das habe ich nicht«, erklärte Ainsley. »Ich meine nur, ich hoffe, dass du hungrig bist, denn sonst wirst du das Essen wahrscheinlich ungenießbar finden. Es ist so, dass den Jungs mein Essen normalerweise nur schmeckt, wenn sie richtig Hunger haben. Ich habe in all den Jahren nie richtig Kochen gelernt, wahrscheinlich, weil ich als Seelenklempnerin in einer verrückten, egozentrischen Burg angestellt bin.«

»Sie lügt«, rief Wilder, während er auf der anderen Seite der Treppe das Geländer hinunterrutschte und mit einem fetten Grinsen und weit ausgebreiteten Armen im Eingangsbereich landete, als hätte er gerade eine Shownummer auf einer Bühne beendet. »Ainsley ist eine brillante Köchin. Sie spielt ihre Fähigkeiten nur herunter, weil sich Hiker immer aus dem einen oder anderen Grund beschwert.«

»Vielleicht sollte er dann einfach selbst kochen«, meinte Sophia trocken.

Wilder neigte sein Kinn zur Seite, ein wölfisches Grinsen auf seinem Gesicht. »Ich mag sie jetzt schon«, sagte er zu Ainsley.

Da sie identisch aussahen, war Sophia nicht klar, woher Wilder wusste, wer von ihnen die Haushälterin war und wer sie. Sie nahm an, dass es daran liegen musste, dass Lunis an ihrer Seite war und Ainsley zuvor über das Kochen gesprochen hatte.

»Oh, nach einem kurzen Gespräch wirst du sie einfach lieben«, antwortete Ainsley und drehte sich um, um Sophia anzulächeln. »Sie hat gebadet vor dem Abendessen, was das erste Mal für einen Drachenreiter überhaupt sein könnte.«

Wilder hob einen Arm und roch an seiner Achselhöhle. »Ich habe auch gebadet. Ich habe sogar mein Haar gebürstet.«

Der Drachenreiter wirkte ein wenig gestylter als zuvor, das Hemd zugeknöpft bis oben und in die Hose gesteckt, die Haare an einer Seite gescheitelt und nach hinten gekämmt.

»Siehst du?« Ainsley schaute über ihre Schulter, als sie den Weg zum Speisesaal antrat. »Du hast bereits jetzt einen positiven Einfluss, S. Beaufont.«

Alle anderen Männer saßen schon im Speisesaal, als sie eintraten. Es war ein großer Raum mit einem Tisch, der leicht zwanzig oder mehr Personen fassen konnte. Es war etwas befremdlich, dass sich alle um das entfernte Ende am Kamin drängten.

Hiker blickte vom Kopf des Tisches auf, die Augen weit aufgerissen, als hätte Sophia beschlossen, zum Essen ein Halloween-Kostüm zu tragen. Mahkah und Quiet standen bei ihrem Anblick gleichzeitig auf. Evan fummelte mit seinem Daumennagel in den Zähnen herum. Alle Männer wirkten jedoch viel vornehmer als bei ihrer Ankunft. Der Schmutz von Evans Gesicht war abgewaschen und Hikers Bart sah viel weniger ungepflegt aus.

»Setzt euch, Männer«, befahl der Wikinger, dann fiel sein Blick auf Lunis und er schaute finster drein. »Normalerweise befinden sich unsere Drachen nicht am Tisch oder in der Burg.«

»Aber er ist doch noch ein Welpe«, protestierte Wilder, schritt um sie herum und nahm neben Evan Platz.

»Wir alle wissen, dass *er* weiß, wo er hingehört«, brummte Hiker mit zusammengebissenen Zähnen und zusammengekniffenen Augen.

Lunis ging um den Esstisch herum, schwang beiläufig seinen Stachelschwanz und stieß gegen die an der Wand aufgereihten Möbel, die sofort in Einzelteile zerbrachen. Von seiner Zerstörungswut völlig unbeeindruckt, drehte er sich um und legte sich an die Stelle, die er sich mit dem Freimachen der Wand geschaffen hatte.

Wilder blickte über die Schulter zu der Stelle, an der Lunis sich niedergelassen hatte und sah einen hitzigen Ausdruck in den alten Augen des Drachen. »Ich weiß nicht, wie es euch geht, aber ich denke, wir sollten ihn bleiben lassen.«

»Ja, ganz sicher«, erklärte Evan, schüttelte seine Serviette aus und steckte sie in den Kragen seines Hemdes.

Quiet murmelte auch etwas Unhörbares.

»Wenn er bereit ist, in die Drachenhöhle zu gehen, wird er es schon tun«, erklärte Mahkah mit sanfter Weisheit.

Hiker schaute auf die Trümmer, die Lunis auf seinem Weg hinterlassen hatte. »Hoffentlich ist danach noch etwas von der Burg übrig.«

»Nun, noch einmal, das ist Neuland«, erinnerte Mahkah. »Keiner unserer Drachen konnte die Burg betreten, als sie sich mit uns verbunden hatten und die Barriere zum ersten

Mal überwanden. Sie waren viel älter und größer. Natürlich nicht domestiziert.«

Hiker winkte ab und zeigte auf Sophia. »Nur zu, nimm Platz.« Seine Augen richteten sich dann auf Ainsley, die identisch aussah. »Holst du das Abendessen, ja?«

Die Haushälterin knickste. »Ja, Meister. Wie ein guter Hund werde ich es holen.« Sie nahm die Gestalt eines Collie an und rannte in die Küche.

Wilder lachte. »Ich liebe es, wenn sie das macht.«

Sophia näherte sich vorsichtig dem Tisch und nahm den Platz neben Quiet ein. »Woher wusstest du, wer ich bin?«

Wilder zeigte an seine Schläfe. »Die Narbe.«

Sophia strich mit der Hand über die Seite ihres Gesichts. »Ich habe dort keine Narbe.«

»Du nicht, aber Ainsley«, erklärte Evan, entfernte den Metalldeckel von einer Schale und inspizierte den Inhalt. »Sie ist immer da, wenn sie sich verwandelt, ganz egal welche Gestalt sie annimmt.«

Nachdem sie wieder ihre normale Gestalt angenommen hatte, kam Ainsley aus der Küche mit einem großen, abgedeckten Tablett in der Hand. »Ich schätze, ihr Männer konntet mein Geheimnis nicht einen einzigen Tag lang für euch behalten.«

»Oh, du wirst sie noch das eine oder andere Mal hinters Licht führen.« Wilder hob seine Nase und schnüffelte. Er zog eine Grimasse. »Das ist nicht …«

Ainsley nickte stolz und stellte das Tablett vor Sophia ab. »Doch, ist es. Zu Ehren unseres neuen Mitglieds.« Sie hob den Deckel an und enthüllte ein rundes Fleischdingens. Es roch nicht verlockend, aber es roch definitiv.

Evan schob sich vom Tisch weg. »Also, wenn ich es mir recht überlege, ich habe doch keinen so großen Hunger.«

»Setz dich«, befahl Hiker.

Evan tat, wie ihm geheißen, die Augen widerwillig auf das Fleisch gerichtet.

»Haggis?«, fragte Sophia. »Im Schafsmagen gekochte Innereien?«

Ainsley lächelte. »Sie ist sowohl gebildet als auch schön. Jetzt *hole* ich nur noch das Abendessen für Lunis.«

Hiker rollte mit den Augen. »Es gibt draußen eine ganze Weide voller Schafe, wo er sich selbst eins reißen kann.«

»Ich bin nicht sicher, ob er dazu schon bereit ist«, sagte Mahkah nachdenklich.

Wilder beugte sich vor und flüsterte Sophia zu: »Haggis schmeckt nicht so toll, wie es aussieht.«

Sie beäugte es. Der Hügel aus gräulicher Substanz sah nicht sonderlich appetitlich aus.

»Zum Glück gibt es Kartoffelpüree und Gemüse«, erklärte Evan enttäuscht. Er griff zur gleichen Zeit wie Quiet nach einem Stück Brot und nahm den Anschnitt, bevor der Gnom dazu kam.

Ainsley kehrte mit einer großen Fleischplatte zurück, die sie dem Drachen vorlegte. Stolz stand sie da und blickte zu ihm hinunter, die Hände an den Hüften. Sophia warf Lunis einen vorsichtigen Blick zu.

»Er würde es vorziehen, wenn du nicht genau dort stehenbleiben würdest«, erklärte sie der Haushälterin, weil sie Lunis' Gedanken spürte.

»Oh!«, sagte Ainsley. »Natürlich! Ich gehe einfach hier rüber, Lunis. Ich schaue dir nicht zu.«

Hiker schien von dieser Zurschaustellung genug zu haben. Er riss den Deckel vom Kartoffelpüree und begann, es auf seinen Teller zu türmen. Er verteilte großflächig Spritzer auf dem Tisch, weil er seine Augen auf die anderen gerichtet hatte.

»Soll ich dir auflegen, S. Beaufont?«, fragte Ainsley.

Sophia lächelte sie leicht an. »Danke.«

»Was ich nicht verstehe«, begann Evan und kaute auf dem Brot herum, »ist, wie hast du dich umgezogen? Du hast kein Gepäck mitgebracht, wie ich gesehen habe.«

»Du würdest es nicht bemerken, selbst wenn sie dir einen Koffer vor die Nase hält«, spuckte Wilder.

Neben Sophia murmelte Quiet etwas Unhörbares.

Ainsley lachte und schob eine dicke Scheibe graues Fleisch auf Sophias Teller. »Quiet, dem stimme ich absolut zu. Du hast Evan durchschaut.«

Der Reiter blickte finster drein. »Was hat er über mich gesagt?«

»Du hättest es gehört, wenn du richtig zugehört hättest«, entgegnete Ainsley und schob ein ordentliches Stück Fleisch auf den Teller des Gnoms.

Als Antwort brummelte Quiet noch etwas, das Sophia wieder einmal nicht verstehen konnte, obwohl ihr Ohr nicht weit von seinem Mund entfernt war.

»Du hast wieder recht«, meinte Ainsley zu dem Gnom und servierte den anderen, die das Fleisch mit Abscheu beäugten.

»Wer will Kartoffelpüree?«, fragte Hiker und hielt die Schüssel in die Höhe.

Der ganze Tisch griff nach der Beilage. Hiker reichte sie zunächst an Mahkah. »Zurück zu Evans Frage. Sophia, wie hast du dich umgezogen? Ich habe mich schon gefragt, warum du nichts mitgebracht hast.«

Sie schaute auf ihr Kleid hinunter. »Nun, das brauchte ich nicht. Ich bin ziemlich gut im Herbeizaubern von Kleidung und anderen Dingen, die ich für mich benötige.«

»Du teleportierst diese Kleidung von ...« Evan sah sich um. »Wo kommt sie nochmal her?«

Die Männer tauschten verwirrte Blicke aus. Hiker, so wusste Sophia, kannte die Antwort sehr wohl, aber er schien sie nicht preisgeben zu wollen.

»Ich habe sie von meinem Zuhause in Nordamerika herteleportiert«, antwortete sie und schob den Haggis unschlüssig mit der Gabel herum.

»Wow.« Wilder griff sich das geröstete Gemüse und stapelte es auf seinen Teller. »Evan kann nicht einmal ein Paar Shorts von oben hier herunter teleportieren.«

»Die Burg macht es unmöglich, das sage ich euch«, erwiderte Evan.

»Wo in Nordamerika?«, fragte Mahkah.

Sophia vermutete, dass es früher einmal auch sein Zuhause war. »Oh, Südkalifornien. Ich bin eigentlich im Haus der Vierzehn aufgewachsen, aber ihr kennt es vielleicht alle als das Haus der Sieben.«

Evan richtete sich auf. »Ach, sie war mit diesen hochnäsigen Typen zusammen. Diese Räte und Krieger leiten die komplette magische Show, nicht wahr?« Er warf einen Blick zu Hiker, dessen Gesichtsausdruck versteinert blieb.

Sophia war sich sicher, dass der Anführer der Drachenelite ihre Hintergrundgeschichte kannte. Wie sollte er auch nicht? Und doch saß er einfach nur da und wartete darauf, dass sie etwas erzählte. »Eigentlich war ich als Kriegerin für das Haus der Vierzehn vorgesehen. Meine Schwester Liv …«

»Sie ist diejenige, die die Sterblichen von dem Fluch befreit hat, damit sie wieder Magie sehen können«, unterbrach Wilder und beugte sich vor.

»Oh, ja«, beteiligte sich Ainsley, nachdem sie allen aufgetragen und auf der anderen Seite von Sophia Platz genommen hatte. »Sie ist eine echte Heldin.«

Quiet murmelte etwas, von dem Sophia vermutete, es könnte ein Schimpfwort gewesen sein.

»Sie ist der Grund dafür, dass wir vielleicht bald wieder eine Aufgabe zu erledigen haben«, erklärte Evan. Nach einem hitzigen Blick von Hiker lehnte er sich zurück. »Ich meine, wenn die Zeit reif dafür ist. Was jetzt noch nicht der Fall ist.«

»Wie meinst du das?«, fragte Sophia. »Was machen die Drachenreiter überhaupt? Niemand scheint in der Lage zu sein, es mir zu erklären und Ains …«

»Du hast nicht genug Haggis bekommen«, sagte die Haushälterin sofort, nahm eine Gabel Fleisch und platzierte es auf Sophias Kartoffelpüree, dem Einzigen, was sie zu essen vorhatte. »Bitte sehr, meine Liebe. Ich bitte um Entschuldigung. Iss auf.«

»Danke«, murrte Sophia mit null Begeisterung.

»Also, dein Drache hat nichts erwähnt?«, fragte Mahkah.

»Nur Bruchstücke«, erklärte Sophia. »Und ich hatte bisher nur wenig Zeit, das Buch in meinem Zimmer zu lesen.«

»Buch?«, wunderte sich Hiker.

»Ja. *Die unvollständige Geschichte der …*«

»Wie hast du das aus meinem Büro herausbekommen?«, unterbrach Hiker und Lunis' Kopf schnappte nach oben, weg von dem Fleischberg, der vor ihm auf dem Boden lag. Der Wikinger holte zur Beruhigung tief Luft. »Richtig, die Burg. Sie scheint bereits auf dich zu reagieren.«

»Komisch, ich bin schon viel länger hier und sie tut nichts von dem, was ich gerne hätte«, schmollte Evan.

»Das liegt daran, dass du ein Schwachkopf bist«, erklärte Wilder sachlich.

Quiet murmelte.

Ainsley lächelte daraufhin.

»Zurück zu den Reitern«, forderte Sophia. »Ich wüsste gerne, wozu wir da sind und was die Sterblichen damit zu tun haben.«

»Also deine Schwester …«, begann Hiker.

»Sie war diejenige, die alles für uns alle verändert hat«, wiederholte Wilder. »Ich komme zwar nicht viel raus, aber ihren Namen habe ich gehört.«

»Von wem?«, erkundigte sich Ainsley.

»Von Menschen«, konterte er selbstgefällig.

»Also, eine potenzielle Kriegerin aus dem Haus der Vierzehn«, resümierte Evan und lehnte sich auf seinem Stuhl zurück. »Ein bisschen Royal direkt an unserem Tisch.«

»Nun, das habe ich aufgegeben«, erläuterte Sophia. »Sobald ich mich mit Lunis' Ei verbunden hatte, wusste ich, dass ich niemals eine Kriegerin werden würde. Ich wollte es nicht und Liv kann es sowieso viel besser. Sie ist dafür gemacht, Gerechtigkeit durchzusetzen und zu wahren.«

Wilder gluckste. »Was denkst du denn, was wir alle machen?«

»Nun, ich wünschte, jemand würde es mir sagen«, schoss Sophia zurück, ihr Temperament machte sich bemerkbar.

Hiker funkelte Wilder an. »Ich denke, das Gespräch heben wir uns am besten für morgen auf. Dann mache ich mit dir eine formelle Führung durch Gullington, obwohl du dafür wahrscheinlich kein Kleid tragen solltest.«

Sophia blickte über die Schulter zu Lunis, der seine Mahlzeit beendet hatte und darüber viel glücklicher aussah als sie über ihre. Er hatte behauptet, dass sie morgen eine Führung bekommen würde. Sie ahnte allerdings, dass diese Weissagung angesichts der Umstände nichts so Besonderes war.

»Anschließend fange ich mit der Ausbildung an, oder?«, fragte Sophia aufgeregt.

»Nun«, begann Hiker, drückte sich vom Tisch ab und klopfte sich auf den Bauch, obwohl auch er nicht viel gegessen hatte. »Ich denke, dazu kommen wir, wenn die Zeit reif ist. Es gibt keinen Grund zur Eile.«

»Aber ich hatte wirklich gehofft ...«

»Eine angenehme Nachtruhe zu bekommen«, schaltete sich Hiker ein. »Ja, ich denke, das ist in Ordnung. Ich sehe euch alle morgen.« Damit ging der Anführer der Drachenelite.

Als er weg war, beugte sich Ainsley nach vorne. »Ich hätte nicht gedacht, dass du noch hungrig auf ein Dessert sein würdest, nachdem du dich am Hauptgericht satt gegessen hast.«

»Warum bricht mir schon jetzt das Herz?«, fragte Wilder.

»Oh, ich weiß nicht«, meinte Ainsley mit einem Achselzucken. »Aber den Schokoladenkuchen, den ich machen wollte, habe ich nicht gebacken. Wollte ihn nicht wegwerfen, weil ihr alle mit Haggis gesättigt sein würdet.«

Evan schaute Sophia direkt an. »Ich bin so froh, dass du hier bist«, sagte er trocken. »Kannst du mir Schokoladenkuchen aus Nordamerika besorgen?«

»Manchmal kann ich Essen teleportieren«, erklärte sie. »Aber es könnte nicht mehr genießbar sein. Wegen der anderen Zeitzone könnte es möglicherweise verdorben sein.«

»Trotzdem ist es beeindruckend, dass du dein Aussehen verändern kannst«, wandte sich Wilder an sie. »Könntest du Evan weniger schrecklich erscheinen lassen?«

Sophia lachte. »Meine Fähigkeiten angewandt an anderen sind nicht lange von Dauer. Nichts ist wie das, was Ainsley kann.«

»Wo wir gerade davon sprechen«, begann Wilder und schaute sich um. »Wo ist die Kriecherin hin?«

Sophia drehte sich um und stellte fest, dass die Gestaltwandlerin verschwunden war. Einen Moment später hörte sie ein Fiepen und sah eine kleine Maus die Treppe hinauf huschen.

Wilder erhob sich vom Tisch. »Toll, sie ist weg. Lasst uns die Küche nach richtigem Essen durchsuchen.« Er schaute zu Sophia hinunter, als wolle er sie mitnehmen.

Sie brauchte nicht viel Ermutigung. Sie sprang auf und folgte ihm in die Küche, Evan auf ihren Fersen. Sophia wollte keinen Ärger, aber sie war hungrig und wollte mehr von der Burg erkunden, auch wenn es zusammen mit ein paar seltsamen, unbeholfenen Typen geschah.

Kapitel 18

Das Porträt von Adam Rivalry war nun der zentrale Punkt der Bildergalerie neben der großen Treppe. Auch in der Größe hatte es sich verdoppelt. Adam war so groß wie Hiker, wie er aus dem Ölgemälde herausschaute, Kay-Rye neben ihm auf einem Hügel.

Hiker atmete tief ein, während er das Gemälde betrachtete. Dieser Drachenreiter fehlte in der Burg, so viel war klar. Der Anführer der Drachenelite wusste nicht, wie lange das antike Gebäude den Reiter an dieser zentralen Stelle belassen würde. Vielleicht Tage oder Monate oder wie beim letzten Mal ein Vierteljahrhundert.

Er fühlte, wie sich jemand von hinten näherte. Er drehte sich geräuschlos um und suchte die Treppe ab. Es war niemand zu sehen, aber das hatte nichts zu bedeuten.

Hiker seufzte mit schroffer Stimme: »Komm schon, Ainsley. Zeig dich.«

Die Haushälterin huschte in Gestalt einer Feldmaus mit zuckender Nase über die oberste Treppe. Ein Lächeln zierte das Gesicht des Nagetiers, bevor es wieder seine volle Gestalt als Elfe annahm. »Ich war gerade dabei, die Treppe zu reinigen, Sir.« Sie knickste.

»Oh?«, fragte er.

»Ja, es liegen ein paar lästige Krümel herum, die ich in menschlicher Gestalt nicht aufheben konnte, also dachte ich ...«

»Du musst mich wirklich für einen Idioten halten«, blaffte er.

»Nein. Das würde ich nie von dir denken, Sir«, antwortete sie schüchtern. »Dickköpfig, sicherlich. Stur – die meiste Zeit. Schwierig …«

»Ich verstehe schon.« Er wandte sich dem Korridor zu, der zu seinem Büro führte. Es gab keine Arbeit zu verrichten, aber an Schlaf war nicht zu denken. Nicht in nächster Zeit, wenn überhaupt in dieser Nacht.

Sie hob ihr Kinn und betrachtete das große Gemälde von Adam und Kay-Rye. »Oh, wie ich sehe, hat das Schloss etwas umgeräumt. Ich habe mich schon gefragt, wann es geschehen würde.«

»Ja.« Hiker hatte nichts weiter hinzuzufügen.

»Du vermisst ihn, nicht wahr?«, fragte sie.

Er warf ihr einen verärgerten Blick zu.

Sie winkte seinen grimmigen Gesichtsausdruck ab. »Natürlich tust du das. Das weiß ich. Es war eher eine rhetorische Frage.«

»Adam und ich hatten uns in letzter Zeit nicht gut verstanden«, gestand Hiker, überrascht von der Reue in seiner Stimme.

»Du meinst in den letzten Jahrhunderten?« Sie lachte. »Ihr beide seid euch regelmäßig an die Kehle gegangen. Ich war es leid, seine Mahlzeiten in seinem Zimmer servieren zu müssen, aber ich habe es verstanden. Er hat versucht, die anderen Männer aus euren Streitigkeiten herauszuhalten.«

Hiker schüttelte den Kopf und bedauerte, dass er sich nicht beherrschen konnte.

»Weißt du, als ich ein Kind war, haben mein Bruder und ich wahnsinnig gestritten«, begann Ainsley. »Wir haben uns immer wegen der einen oder anderen Sache in die Haare gekriegt. Wenn ich sagte, der Himmel wäre blau, argumentierte er, er wäre grau …«

»Wahrscheinlich *war* er grau«, konterte Hiker.

Sie rollte mit den Augen. »Ich will damit sagen, dass ich von allen Menschen in meinem Leben nur wenige mehr geliebt habe als ihn. Das war der Grund, warum wir uns gestritten haben. Denn am Ende des Tages war es völlig egal, was wir uns gegenseitig an den Kopf geworfen hatten, es spielte keine Rolle mehr. Wir haben uns immer noch geliebt.«

Hiker gähnte. »Danke. Das war die Geschichte, die ich brauchte, um müde zu werden. Ich glaube, ich bin endlich bereit, mich für die Nacht hinzulegen.«

Sie lächelte, an das zurückhaltende Wesen von Hiker gewöhnt. Es war fast ein bisschen liebenswert, wenn sie die Nerven dafür hatte. »Ich weiß, dass du und Adam in Bezug auf die Reiter nicht einer Meinung gewesen seid, aber ihr hattet euch wahnsinnig gern und deshalb hat er sich dir widersetzt. Nun ja, außerdem bist du verdammt stur und hast dich konsequent geweigert, seinen Standpunkt zu akzeptieren.«

Hiker maulte. »Das ist nicht wahr. Er hat sich einfach geirrt.«

»Ich werde nicht auf dein uraltes Argument eingehen«, erklärte Ainsley. »Ich weiß, dass du dich jetzt, da er weg ist, noch mehr damit auseinandersetzen musst.«

»Das muss ich nicht«, argumentierte er.

»Warum hast du dann in letzter Zeit nicht geschlafen?«

Er schaute sie finster an. »Du solltest wirklich weniger Zeit mit Spionage und mehr mit dem Entfernen der Spinnweben von den Dachsparren verbringen.«

Sie winkte mit der Hand über ihrem Kopf und murmelte einen Zauberspruch. »Die da? Erledigt. Wie dem auch sei, ich weiß, dass du vorsichtig sein möchtest und nichts überstürzen willst, nachdem die Sterblichen von ihrem Fluch befreit wurden. Du tust, was du für richtig hältst, aber ich möchte damit sagen, dass du *tatsächlich* das tun musst, was du für richtig hältst.«

»Wieder einmal sprichst du in Rätseln.« Er presste seine Hand an die Schläfe. »Danke für die Kopfschmerzen.«

Sie spitzte die Lippen, ohne sich abschrecken zu lassen. »Gut, ich werde diesen Punkt nicht weiter ausführen. Das war nicht der Grund, warum ich dir gefolgt bin.«

»Oh und da dachte ich, du würdest tatsächlich die Treppe putzen«, erwiderte er abfällig.

Ainsley presste ihre Hände auf die Hüften. »Du weißt, dass du sie trainieren musst.«

Nun war Hiker richtig wütend. Ainsley respektierte keine Grenzen, aber das jetzt ging eindeutig zu weit. »Sie wird eine Ausbildung erhalten.«

»Wann?«, forderte sie. »In einem Jahrzehnt? In zwei? Wenn man nicht mehr ignorieren kann, dass sie tatsächlich existiert?«

»Sie ist gerade erst angekommen!«, dröhnte er. »Was willst du von mir, Frau?«

Ein Lächeln huschte über die Lippen der Elfe. »Erkenne sie als genau das an. Als eine Frau. Bilde sie aus. Ich verstehe, dass sie nicht das ist, was du erwartet hast, aber ...«

»Nicht das, was ich erwartet habe?«, unterbrach er. »Das ist die Untertreibung des Jahrhunderts!«

»Und ich bin sicher, du hast Angst davor herauszufinden, wie sich die Welt außerhalb der Burg in all der Zeit verändert hat, wenn sie die neueste Drachenreiterin ist!«, bemerkte Ainsley.

»Darum geht es nicht«, brummte er.

Sie bewunderte das Gemälde, wobei die Zuneigung in ihren Augen zu erkennen war. »Adam wusste, wie sich die Welt außerhalb der Burg verändert hatte. Er war draußen. Er hat die Welt kennengelernt. Er hat es den anderen Männern erzählt. Er hat uns Informationen geliefert. Das war einer der Gründe, warum ihr beide so viel gestritten habt.«

»Du bist gefeuert«, knurrte er.

Sie nickte. »Ich verschwinde morgen früh, aber noch eine Sache, bevor ich gehe. Ich denke, dass viele der Dinge, die dich in Bezug auf Adam herausgefordert haben, nun die sind, womit du es bei S. Beaufont zu tun bekommen wirst.«

Bei dieser Aussage verzog er sein Gesicht zu einer hässlichen Grimasse. »Sie standen sich nicht im Entferntesten nahe und können deshalb nicht verglichen werden. Adam war der älteste lebende Reiter der Elite. Er war mein bester Freund, auch wenn er es liebte, Risiken einzugehen …«

»Oder vielleicht war er genau *deshalb* dein bester Freund«, behauptete sie.

Er ließ seinen Blick umherschweifen. »Nein, ich glaube, es liegt an meinen eingeschränkten Möglichkeiten derzeit. Es ist nicht mehr so, dass die Burg vor Reitern aus allen Nähten platzt wie früher.«

»Und doch seid ihr euch sehr nahegestanden, selbst als Dutzende von Reitern hier waren, du und Adam«, wagte Ainsley zu erwähnen.

Hiker biss die Zähne zusammen. »Du denkst, du weißt alles, nicht wahr?«

»Nun, ich habe den Vorteil, dich fast unser ganzes Leben lang zu kennen, also werde ich mich nicht dafür entschuldigen, dass ich dir nicht gestatte, dich selbst oder mich zu belügen.«

Der Anführer der Drachenelite ließ ein leises Knurren vernehmen. »Ich gehe ins Bett. Du kannst jetzt gehen. Es war schön, dich kennengelernt zu haben.«

Ainsley lächelte und drehte sich zur Treppe um. »Auf jeden Fall. Ich wünsche dir eine angenehme Nacht. Bis morgen, Sir.«

Auf dem Weg zu seinem Quartier rollte er mit den Augen und stellte fest, dass er die neugierige Elfe nie wieder loswerden würde und er wusste nicht, was er davon halten sollte.

Kapitel 19

Vollgefuttert von dem Überfall auf die Speisekammer hielt sich Sophia den Bauch, als sie im Bett lag und all den seltsamen Geräuschen in der Burg lauschte. Lunis schnarchte bereits, da er sich eine Stunde vor ihr schlafen gelegt hatte.

Es überraschte sie, wie einfach es doch war, mit Evan und Wilder abzuhängen und mit ihnen zu lachen, während sie die Erdnussbutter direkt aus dem Glas gelöffelt hatte. Es war merkwürdig, weil sie Fremde waren, die seit hundert Jahren in einer Burg lebten und auf Drachen ritten. Aber das war nicht der Grund, warum es sich eigenartig anfühlte, mit ihnen herumzuhängen. Die Wahrheit war, dass Sophia nie wirklich Freunde hatte, die weder in ihrem eigenen Alter waren noch in einem anderen.

Von Anfang an war sie anders als ihre Altersgenossen gewesen, obwohl sie im Haus der Vierzehn zusammen mit anderen Kindern aus magischen Familien unterrichtet worden war. Die meisten erhielten ihre Magie erst als Teenager. Sophia hatte ihre Magie entdeckt, als sie vier Jahre alt war.

Sie erinnerte sich lebhaft an den Tag. Sie hatte mit ihrer Puppe gespielt und gewollt, dass sie mit ihr interagierte. Daraufhin war sie lebendig geworden und hatte genau das getan. Sie war aufgestanden, zum Porzellangeschirr hinübergegangen und hatte Tassen mit imaginären Tee gefüllt. Danach hielt sich Sophia von den anderen Kindern fern, denn sie wollte nicht, dass jemand außer ihren Geschwistern wusste, dass sie ihre Magie so früh besaß.

Jetzt lag sie im Bett, schaute auf den Baldachin über ihr, der vom abklingenden Feuer beschienen wurde und versuchte ihr Gehirn auf ihr neues Leben einzustimmen. Sie war eine Drachenreiterin. Seltsamerweise konnte sie das ohne Probleme verdauen.

Am Fuße ihres Bettes hatte sie einen Drachen liegen. Auch das war nicht merkwürdig. Es fühlte sich an, als wären sie und Lunis schon immer zusammen gewesen.

Sie war im Begriff, in einer alten Burg einzuschlafen, die lebendig war und Emotionen, Wünsche und Erwartungen hatte. Auch das war nicht allzu schwer zu akzeptieren, da sich die Dinge um sie herum die meiste Zeit ihres Lebens nicht wie erwartet verhalten hatten.

Aber die Vorstellung, dass es hier fremde Magier gab, die wie sie waren, einzigartig und auf ihre eigene Weise besonders, mit denen sie lachen konnte – das war schwer zu verdauen. Die Möglichkeiten mit Freunden auszuloten, würde diese Drachenreiterin eine ganze Weile beschäftigen. Sie schloss die Augen und hoffte, dass sich die Realität genauso gut anfühlte wie die Idee.

Kapitel 20

Sophia brauchte mehrere Sekunden, um herauszufinden, wo sie sich befand, als das Morgenlicht über ihr Bett strahlte und sie fast erblindete.

»Oh, habe ich dich geweckt?«, quietschte Ainsley. »Entschuldige, Miss. Jemand ist in meine Speisekammer eingebrochen und deshalb bin ich so früh wach. Ich schätze, ich habe die Uhrzeit vergessen.«

Sophia setzte sich mit verschleierten Augen auf. »Guten Morgen.«

»Du hast Erdnussbutter im Gesicht«, stellte die Elfe fest, schnippte mit den Fingern Richtung Kamin und ließ die Flammen zum Leben erwachen. Die Kerzen im Kronleuchter taten dasselbe und sandten Wärme und Licht in den kalten Raum.

Sophia blinzelte bis sich ihre Sicht klärte und sah Lunis' Kopf auf ihrem Bett liegen, den Blick auf sie gerichtet. Er schien bereit, obwohl er sich ruhig verhielt – als würde sich etwas in ihm zusammenbrauen. Sie wischte sich mit der Hand über den Mund und stellte fest, dass sie tatsächlich etwas Klebriges auf der Wange hatte.

»Wie spät ist es?«, gähnte Sophia.

»Früh«, antwortete Ainsley. »Wir achten hier nicht so sehr auf die Uhrzeit, weil ... na ja, was soll's? Wir essen, wenn wir hungrig sind und schlafen, wenn wir müde sind. Die Männer trainieren jeden Tag und das war so ziemlich alles. Willkommen in der Eintönigkeit.«

Sophia zog ihre Stirn kraus und nahm eine neue, bislang unbekannte Bitterkeit in der Stimme der Haushälterin zur Kenntnis. »Geht es dir gut, Ains?«

Die Haushälterin schaute über die Schulter, Sophias Kleid vom Vorabend in ihren Armen, als wollte sie es waschen. »Was hast du gesagt?«

»Ich habe gefragt, ob es dir gut geht?«, wiederholte Sophia.

»Nein, der zweite Teil«, bestand die Gestaltwandlerin darauf.

»Oh, ich glaube, ich habe dich Ains genannt. Ich bitte um Entschuldigung. In meiner Familie neigen wir dazu, Namen abzukürzen. Meine Schwester Olivia wurde zu Liv und ich heiße Sophia, aber normalerweise nennt man mich Soph. Und Clark. Nun, er ist einfach Clark, denn wenn wir seinen Namen abkürzen könnten, würde er einen Anfall bekommen. Er ist ein bisschen ... steif.«

»Mein Bruder nannte mich früher Ains«, bekannte die Elfe liebevoll. »So wurde ich schon lange nicht mehr genannt. Normalerweise nennt man mich nur ›Könntest-du‹.«

Sophia lachte. »›Könntest-du‹ ist ein schrecklicher Name.«

»Ich stimme dir zu, S. Beaufont, aber wenn ich den Herren das mitteile, werden sie mich nur noch häufiger so nennen. ›Könntest-du mir mehr Tee bringen?‹, ›Könntest-du meine Stiefel putzen?‹, ›Könntest-du aufhören, wie ein Bär durch den Korridor zu tänzeln?‹«, teilte die Haushälterin ihren Eindruck von den Männern mit.

»Warum nennst du mich so?«, fragte Sophia.

»S. Beaufont?«, antwortete Ainsley. »Nun, es ist dein Name, nicht wahr?«

»Irgendwie schon«, erwiderte Sophia.

»Nun, ich finde, es passt einfach zu dir. Du bist die erste weibliche Drachenreiterin. Ich erinnere mich noch daran, als du das Schloss betreten hast. Sie alle haben einen Steven oder einen Sam erwartet, aber die kleine Sophia Beaufont marschierte über die Schwelle. Das war ein schöner Moment.« Sie klatschte in die Hände und schaute mit großer Zuneigung auf.

»Das war gestern«, meinte Sophia.

Ainsley blickte sie verwirrt an. Blinzelte. »Ja, das war es wohl. Fühlt sich aber an, wie vor einer Ewigkeit. Wie auch immer, du stehst besser auf und machst dich fertig. Unten wird gefrühstückt. Es ist immer die gleiche Aufteilung, die gleiche Unterhaltung und der gleiche langweilige Unsinn.«

»Klingt lustig«, meinte Sophia sarkastisch.

»Ist es nicht.« Ainsley machte sich auf den Weg zur Tür. Dort angekommen, drehte sie sich um und schenkte ihr ein verschlagenes Lächeln. »Deshalb kann ich es kaum erwarten, dass du auftauchst und die Dinge ein wenig durcheinanderbringst.«

* * *

Nachdem Sophia angezogen war, fanden sie und Lunis Ainsley in Gestalt eines Spatzen im Flur vor. Der Vogel zwitscherte ihr zu und seltsamerweise wusste sie, dass es bedeutete, der Haushälterin zum Frühstück hinunter zu folgen.

Ainsley flog schnell den langen Flur entlang, sodass Sophia fast rennen musste, um mit ihr Schritt zu halten. Lunis bewegte sich mit einzigartiger Anmut, nicht schnell, kam aber unglaublich gut voran.

Am Treppenabsatz hielt Sophia inne und bewunderte das große Gemälde eines Mannes mit einem riesigen schwarzen Drachen. Sie las die kleine Tafel daneben: Adam Rivalry und Kay-Rye.

Lunis blieb neben ihr stehen, ebenfalls ungeheuer fasziniert von dem Gemälde.

»Das war gestern noch nicht da, oder?«, fragte sie ihn.

Er schüttelte nur den Kopf.

»Oh, S. Beaufont«, sagte Ainsley von hinten, nachdem sie sich wieder in ihre normale Gestalt zurückverwandelt hatte. »Es scheint so, als wärst du nicht sehr gut darin, mir oder Regeln zu folgen.«

Sophia drehte sich um, Verlegenheit lag auf ihrem Gesicht. »Es tut mir leid. Ich wollte nur …«

Die Haushälterin brach in Gelächter aus. »Entschuldige dich nicht. Ich meine, nachher bist du auf dich allein gestellt, was die Burg betrifft. Du wirst dich verlaufen, aber ich habe vollstes Vertrauen, dass du und die Burg gut miteinander auskommen werdet. Ich glaube, sie mag dich.«

»Wirklich? Warum?«, wunderte sich Sophia.

Ainsley schüttelte den Kopf. »Was die Regeln betrifft, so sind sie spießig und Hiker legt gerne zu viel Gewicht darauf, also brich sie, so oft du willst. Aber räume einfach die Speisekammer auf, wenn du dich das nächste Mal entschließt, sie zu plündern, ja?«

Sophia nickte. »Ja, natürlich.« Sie zeigte über ihre Schulter. »Dieses Gemälde. Gestern war es noch nicht da. Warum ist es jetzt hier?«

Liebevoll warf Ainsley einen Blick auf das riesige Porträt des Mannes und des Drachen. »Oh, die Burg trauert um Adam. Sie vermisst ihn schrecklich, so wie wir alle. Aber er war der Beste von allen, also ist es keine Überraschung.«

»Adam? Ist ihm kürzlich etwas zugestoßen? Kannst du mir etwas über ihn erzählen?«

Ainsley blickte über die Schulter runter zum Speisesaal, aus dem das Scheppern von Geschirr und der Duft von

Kaffee durch die Luft wehte. »Lieber nicht, S. Hiker hat nicht viel verlangt, aber ich glaube nicht, dass er möchte, dass ich dich in solchen Dingen zu sehr verwöhne.«

»Aber du hast doch gerade gesagt, ich soll Regeln missachten?«, warf Sophia ein. »Was ist mit dir?«

Ainsley zwinkerte ihr zu. »Ich habe heute Morgen schon ein Dutzend Regeln gebrochen. Ich bin auf dem besten Weg, meine Tagesquote zu erreichen. Die Sache mit dem Brechen von Regeln ist die: Man muss wissen, wann es sich lohnt und wann nicht.« Damit drehte sie sich auf der Ferse um und eilte die Treppe hinunter.

Sophia beeilte sich ihr zu folgen. »Warum hast du behauptet, dass die Burg mich mag?«

»Weil sie mir das gesagt hat«, erklärte Ainsley sachlich.

»Sie kann sprechen?« Sophia fragte sich, ob das merkwürdig wäre, wenn man alles andere bedachte, was sie bisher erfahren hatte.

»In vielerlei Hinsicht«, fuhr Ainsley fort. »Die Burg kommuniziert auf ihre eigene Art und Weise, aber man muss bereit sein, es zu erkennen. Ich wache jeden Morgen auf und sage: ›Ich kann das Unsichtbare sehen‹ und das hält meine Augen wach für Dinge, die die anderen nicht entdecken.«

Das war kein Zauber, aber die Idee war absolut brillant, dachte Sophia. »Ich kann das Unsichtbare sehen.«

Die Gestaltwandlerin nickte. »Halte die Augen offen und du wirst die Worte der Burg erkennen, die dich weiser machen als die meisten – nicht, dass du es nicht schon bist.«

»Das Gemälde von Adam?«, erkundigte sich Sophia. »Das ist eine Möglichkeit, wie sie kommuniziert.«

Ainsley blickte die Treppe hinauf, wo das Porträt hing. »Ja, das ist ein Weg. Auch sein Zimmer ist versperrt und kein Zauber, den ich sprechen kann, öffnet es. Ich vermute, dass es für eine lange Zeit so bleiben wird. Auch das ist schade. Er hatte viele wichtige Dinge da drin.«

»Was zum Beispiel?«, fragte Sophia und fühlte Lunis neben sich, als hätte diese Information auch sein Interesse geweckt.

»Ich habe schon zu viel gesagt, Miss.« Ainsley wandte sich dem Esszimmer zu.

Sophia und Lunis tauschten neugierige Blicke aus. Sie war so sehr darauf fixiert, schweigend mit ihm zu kommunizieren, dass sie nicht bemerkte, dass alle innegehalten hatten, sobald sie den Speisesaal betraten.

Als sie die neue Anspannung fühlte, schaute sie von dem Drachen auf. Die Teetasse Hikers schwebte direkt vor seinem Gesicht. Evan schien mitten im Kauen zu sein. Wilders Mund stand offen und Mahkahs Gebäck war unbeweglich zwischen seinen Fingern eingeklemmt.

Sophia schaute über ihre Schulter, um zu sehen, ob hinter ihr ein großer Bär lauerte. Da war keiner.

»Was?« Sie sah zurück zu den Männern, schaute dann auf ihr Outfit hinunter und fragte sich, ob sie ihr gepanzertes Oberteil verkehrt herum angezogen hatte.

Ainsley, die in die Küche verschwunden war, kam mit einem großen Tablett Fleisch zurück. »Sie sind es einfach nicht gewohnt, etwas so Schönes zu sehen. Oh und du trägst dieses seltsame Etwas, an das wir nicht gewöhnt sind.«

Sophia legte die Stirn in Falten, während sie ihr Outfit studierte und herauszufinden versuchte, worauf Ainsley anspielte.

Wilder schnippte wiederholt mit den Fingern. »Ja, wie heißt dieses Etwas noch mal?«

Evan schüttelte den Kopf. »Es ist zu lange her. Ich kann mich nicht mehr erinnern.«

Ainsley stellte das Tablett vor Lunis ab und huschte zurück in die Küche. »*Farbe. Sie trägt bunt. Es verbrennt mir fast die Augen.*«

Für Sophia ergab es plötzlich Sinn. Ihr Oberteil war blau und silbern. Sie betrachtete die Männer, die alle grau oder braun trugen. Sie schüttelte den Kopf. »Nun, ich kann euch allen helfen, eure Garderobe aufzufrischen. Ich bin ziemlich gut in Sachen Stil.«

»Über Mode sollte sich ein Reiter keine Gedanken machen«, erklärte Hiker bitter.

Evan wandte sich an den Wikinger. »Oh, ich weiß nicht. Ich denke, du würdest in moosgrün umwerfend aussehen. Ich wette, dann würde Bell auch schneller fliegen.«

Sophia wollte auf Hikers eklatanten Angriff in Bezug auf ihre Persönlichkeit und ihre Interessen reagieren, aber sie hielt ihre Zunge im Zaum. Sie wollte, dass er sich für sie erwärmte und sie nicht hasste, obwohl er sich ihr gegenüber nicht gerade liebenswert verhielt.

»Nun, Lunis, mein Liebster«, begann Ainsley, trug ein weiteres Tablett hinein und stellte es vor den Drachen ab, der bereits den ersten Gang verschlungen hatte. »Ich hätte hier die Rippen und einige andere große Teile der Kuh, die ich heute Morgen für dich geschlachtet habe.«

»Drachen können ihr Essen selbst töten!«, wütete Hiker und trank seinen Tee.

Ainsley drehte sich zu ihm um, die Hände auf den Hüften. »Hast du dein eigenes Futter gejagt, als du weniger als eine Woche alt warst? Nein, ich glaube, du hast an deiner Mutter ges …«

»Es riecht, als würde etwas verbrennen«, unterbrach Hiker, seine Nasenlöcher weiteten sich. »Könntest du mal nachsehen?«

Ainsleys Augen sprangen zu Sophia, ein leichtes Lächeln in ihren Augen. »Natürlich, Sir. ›Könntest-du‹, zu deinen Diensten.«

»Lunis ist, was die Entwicklung betrifft, auf einem guten Weg«, bot Mahkah beruhigend an. »Natürlich würde ich gerne bald eine ausführliche Einschätzung vornehmen, wenn es dir recht ist, Sophia.«

Bevor sie nickte, schaute sie zu Lunis. »Ja, damit sind wir einverstanden.«

Die Augen Hikers glitten zwischen dem Drachen und Sophia hin und her. Sie wollte fragen, warum er einen so seltsamen Gesichtsausdruck hatte, aber Wilder nutzte die Gelegenheit und klopfte vor Mahkah auf den Tisch. »Nun, sie verwenden bereits Telepathie, also würde ich sagen, er ist auf dem besten Weg. Ich glaube, Coral versucht immer noch, das bei Evan zu erreichen, aber da der Kerl nichts in seinem Kopf hat, wird es schwierig.«

Mahkah lachte nicht, obwohl er leicht amüsiert schien.

»Ha-ha.« Evan aß seinen Teller leer und schaute sich am Tisch nach etwas anderem zu essen um.

»Du solltest dich besser setzen, sonst ist nichts mehr übrig.« Ainsley kam mit einem Tablett mit frischem Obst und Käse aus der Küche zurück.

Evan rülpste laut und bohrte seine Gabel in ein Stück Schinken. Er sprang auf und sein Blick huschte zu Hiker. »Warum hast du das getan?«

Der zuckte nur die Achseln. »Oh, habe ich etwas getan? Grundlos natürlich, du unhöflicher Trottel.«

Evan rieb sein Bein unter dem Tisch. »Seit wann existieren hier Manieren?« Sein Kinn glitt zur Seite, bis er Sophia ansah, die neben Mahkah Platz nahm. »Oh, richtig. Ich schätze, wir müssen uns jetzt von unserer besten Seite zeigen, wo wir doch mit einer Royal dinieren.«

Hiker seufzte. »Es würde dich vermutlich nicht umbringen, ein wenig Anstand walten zu lassen.«

Evan schnitt eine Grimasse. »Das könnte es tatsächlich.«

Sophia wollte gerade anfangen, als Quiet lautlos neben ihr Platz nahm. Sie lächelte den Gnom an. »Guten Morgen.«

Er sah aus, als sei er gerade erst aus der Kälte gekommen, die Nase rot und die Kleidung noch feucht.

Er nickte nur und schaute sich auf dem Tisch um, das Speiseangebot hatte drastisch abgenommen. Es war weniger als ein Löffel Rührei übrig und nur der verbrannte Speck lag noch da. Niemand hatte jedoch das Obst angerührt, also beschloss Sophia, davon zu nehmen.

»Wer will das letzte Gebäck?« Evan zeigte auf das einsame Teil, das auf dem Blech zwischen den Krümeln lag.

Quiet hob seinen kurzen Arm und murmelte etwas Unhörbares.

»Irgendjemand?« Evan schaute sich um, sein Blick wich dem Gnom jedoch aus. »Sagt einfach Bescheid, wenn ihr es wollt.«

Die anderen konzentrierten sich weiterhin auf ihr eigenes Essen, die meisten schaufelten sich etwas vom Teller in den Mund.

Wieder winkte Quiet mit der Hand und murmelte etwas.

»Nun, wenn keiner es will, nehme ich mir einfach ein Drittel davon.« Evan griff nach dem Gebäck und nahm einen Bissen.

»Was zum …« Sophias Augen funkelten vor Wut.

Lunis erhob sich hinter Evan, wodurch sich sowohl er als auch Wilder, der auf derselben Seite des Tisches neben Evan saß, anspannte.

»Quiet wollte das Gebäck«, fauchte Sophia ihn an.

Evan schluckte, ohne zu kauen und schaute über die Schulter zu dem Drachen, der ihn beinahe überragte. »Er hat nichts gesagt.«

Sophia beobachtete Hiker, wie er sich in seinem Stuhl zurücklehnte und diesen Austausch beobachtete. »Du weißt so gut wie jeder andere am Tisch, dass er darum gebeten hat, indem er seine Hand hob und etwas flüsterte.«

»Nun, er hätte laut und deutlich etwas sagen können.« Evan nahm noch einen Bissen von dem Gebäck. Er versuchte sich lässig zu verhalten, obwohl seine Augen immer wieder auf Lunis gerichtet waren, der sich nicht zurückgezogen hatte.

Wilder schob seinen Stuhl leicht zur Seite und wollte Abstand zwischen ihn und seinen Freund bringen.

»Ich habe ihn verstanden und du bist ziemlich unhöflich«, erklärte Sophia.

Evan lächelte, dann lachte er und sah Lunis an. »Das war ein Witz. Das ist ein Spiel, das Quiet und ich spielen.«

»Nein, das war böswillig.« Sophia forderte Evans Aufmerksamkeit. »Niemand mag es, so schlecht behandelt zu werden.«

Sie beugte sich nach vorne und nahm an, sie müsste einschüchternder wirken als ihr Drache.

Evan verbarg einen Schauer, als er das angebissene Gebäck auf seinen Teller legte und ihn wegschob. »Nun, Hiker, sieh dir den neuen Reiter an.« Er lächelte ihren Anführer an. »Sie setzt sich wohl gerne für die kleinen Jungs ein.«

»Erlaubst du ihm wirklich, sich wie ein Vollidiot zu benehmen?« Sophia richtete ihre Frage an Hiker.

Der Wikinger schüttelte nur den Kopf und stand vom Tisch auf. Er wandte seinen Blick Lunis zu, der immer noch bereit war, entweder Evan oder Hiker anzugreifen, je nachdem, was Sophia ihm befahl. Hiker trat nach rechts, als wollte er den Drachen umgehen, aber dieser spiegelte einfach die Bewegungen. Dann machte er einen Schritt zurück, Lunis einen vorwärts.

Schließlich wandte sich Hiker Sophia zu. »In den letzten hundert Jahren hatte ich absolut keinen Erfolg bei dem Versuch, Evan dazu zu bringen, sich anders als ein Idiot zu benehmen. Wenn ihr fertig seid, werden du und dein Drache zu mir nach draußen kommen.«

Sophia blinzelte. »Wozu?«, fragte sie erwartungsvoll und hoffte, dass ihr Training beginnen würde.

»Für einen Rundgang natürlich«, antwortete er und schlenderte um die andere Seite des Tisches, um Lunis aus dem Weg zu gehen.

Sophia nahm keinen einzigen Bissen von ihrem Essen. Stattdessen stand sie auf und folgte Hiker nach draußen. Lunis atmete schwer und ließ heißen Atem über Evan ausströmen, bevor er Sophia hinterherlief.

Es war noch früh, aber sowohl Reiterin als auch Drache waren begierig darauf, mehr über Gullington zu erfahren.

Kapitel 21

Eine Kälte, wie Sophia sie noch nie zuvor empfunden hatte, schlug ihr ins Gesicht, als sie das Gebäude verließ. Sie zog ihren Umhang fester um ihren Hals, aber das half nicht viel. Der Wind fand seinen Weg durch winzige Öffnungen, drang durch ihre Haut und setzte sich in ihren Knochen fest.

»Dieser Ort hier ist kein Spaß«, sagte sie zu Lunis. Er hatte sein Gesicht nach oben gerichtet und wirkte entspannt, als seien die eisigen Winde ein aufmerksamer Gruß des Himmels.

»Früher dachte man, dass das Wetter hier unsere Reiter abhärten und sie auf die Flüge vorbereiten würde«, teilte Lunis ihr mit und profitierte damit einmal mehr vom kollektiven Bewusstsein der Drachen. Sophia hatte sich in letzter Zeit gefragt, warum er sie nicht über die Geschichte oder die Aufgabe der Reiter aufklärte, aber er schien das Bedürfnis zu haben, einige Dinge für sich zu behalten. In der magischen Welt ging es vielen so, deshalb drängte Sophia nicht darauf.

Obwohl der Himmel von Wolken verhangen war, die die Sonne verdunkelten, schmerzte das Licht Sophia in den Augen, als sie versuchte, das Gelände zu überblicken, das die Burg umgab. Sie redete sich ein, dass es an dem Meer von Grün lag, das sich kilometerweit hinzog.

Hiker Wallace stand mit dem Rücken zur Burg Gullington und starrte auf die Berge. Er trug keinen Reisemantel oder bibberte wie Sophia. Als sie neben ihm ankam, schwitzte er, als wäre er gerade ein Rennen gelaufen.

»Hier bin ich.« Sie versuchte das Klappern ihrer Zähne zu verbergen.

»Welchen Zauberspruch hast du gerade benutzt?« Hiker starrte weiter auf die sanften grünen Hügel.

Sophia spitzte die Lippen und dachte nach. »Wie meinst du das? Ich habe keinen Zauber benutzt.«

Er schloss die Augen, als würde sie ihm nicht die Wahrheit sagen. »Wie kommt es, dass du keinen Lärm gemacht hast, als du dich gerade genähert hast?«

Sophia wollte antworten, aber Lunis kam ihr zuvor. »Weil sie kein tollpatschiger Trampel ist.«

Das verärgerte Hiker noch mehr. »Dein Drache macht Witze.«

Sie lächelte Lunis liebevoll an und nickte. »Manchmal spielt er sogar Streiche. Da war dieses eine Mal …«

»Oh, ihr Engel da oben.« Hiker stierte mit einem flehenden Gesichtsausdruck in den Himmel.

»Ich verstehe nicht. Dürfen Drachen keine eigene Persönlichkeit haben?«, fragte Sophia.

»Warum fressen Giraffen die Blätter von den Baumkronen?«, antwortete Hiker, als ob dies die Antwort auf ihre Frage wäre.

Sie zuckte die Achseln. »Weil sie so groß sind. Das ergibt am ehesten Sinn.«

»Wenn dein Drache eine Giraffe wäre, würde er vom Boden unter den Bäumen fressen.«

Jetzt war Sophia an der Reihe, ihre Augen wegen des Wikingers zu verengen. »Hier gibt es also nur einen Weg, die Dinge zu tun, oder? Entweder wir verhalten uns wie du oder wir liegen falsch? In der Welt, aus der ich komme, führen mehrere Wege nach Rom.«

Hiker ließ sich nicht abschrecken. »In deiner Welt bin ich mir nicht sicher, ob es wirklich mehrere Wege nach Rom gibt. Ich dachte die moderne Welt ist zivilisiert und es gibt Straßen.«

»Das war eine Redewendung«, lachte Sophia. Sie konnte sich nicht beherrschen. »Man kann wegen Lunis die Nase rümpfen, weil er anders ist. Verurteile mich, aus welchem Grund auch immer du möchtest. Aber wir wünschen uns trotzdem eine Führung durch Gullington.«

Hiker rang mit sich. »Gut, aber es wird ein beschwerlicher Weg zur Drachenhöhle. Du musst dich ranhalten.«

Sophia machte sich neben dem großen Mann auf den Weg. Obwohl seine Schritte doppelt so lang waren wie ihre, hatte sie keine Schwierigkeiten neben ihm zu bleiben, selbst als sie einen steilen Hügel hinaufstiegen. Ohne Anstrengung fragte sie: »Was ist das für eine Gegend?«

»Wir nennen es ›das Hochland‹«, sagte Hiker und sie nahm eine leichte Atemlosigkeit in seiner Stimme wahr. »Es ist das Gelände, um das sich Quiet kümmert.«

»Das Hochland und die Burg befinden sich innerhalb der Barriere?« Sophia beobachtete, wie Lunis leicht vom Boden abhob, seine Flügel trugen ihn über den steinigen Weg, obwohl er technisch gesehen noch nicht fliegen konnte. Es war eher ein Segeln.

»Ja und zusammen ist es das, was wir Gullington nennen«, erläuterte Hiker mit Stolz. »Es ist die Heimat der Drachenelite, seit es uns gibt.«

Sophia holte geräuschvoll Luft, als sie die Spitze des Anstieges erreichten. Es lag nicht daran, dass sie sich bei dem steilen Aufstieg angestrengt hatte. Es lag an der grenzenlosen Schönheit, die sie von der Anhöhe aus sehen konnte.

Hügel, die so rund geformt waren, dass sie fast zu perfekt aussahen, um wirklich natürlich entstanden zu sein, einer über dem anderen liegend wie bei einer Kinderzeichnung. Sie gingen fast nahtlos in einen ruhigen See über. Ähnlich wie die Hügel schien sich das Wasser ewig hinzuziehen und nicht einmal am Horizont zu enden, ähnlich wie der Ozean.

Direkt vor ihnen lag die steilste Erhebung. An ihrer Spitze befanden sich riesige Felsbrocken und eine Öffnung.

»Das ist die Höhle?«, fragte Sophia.

Hiker nickte und hielt inne, während sie sich umschauten. Vielleicht mochte er die Aussicht, genau wie Sophia. Oder vielleicht musste er zu Atem kommen, seine Brust hob und senkte sich angestrengt.

»Wie kommen wir da hinauf?« Sophia suchte nach einem Weg den steilen Hügel hinauf, ähnlich dem, den sie gerade erklommen hatten.

»Gar nicht«, antwortete er. »Kein Reiter ist jemals in der Drachenhöhle gewesen. Das ist nicht unser Zuhause. So wie Drachen nicht in die Burg kommen, gehen auch wir nicht in ihre Behausung.«

Sophia wandte sich an Lunis, der sich, wie sie erleichtert feststellte, von der mürrischen Natur des Anführers nicht abschrecken ließ. »Vielleicht sollten wir über Airbnb etwas mieten, weil du so viele Regeln brichst, wenn du dich in der Burg aufhältst.«

Sie ging davon aus, dass Lunis einen Witz darüber machen würde, wie sie ihre Kaution für ein Mietobjekt verlieren würde, aber Hiker mischte sich ein, bevor der Drache reagieren konnte.

»Ich bin mir nicht sicher, was dieses Airding sein soll, von dem du sprichst«, begann er. »Aber ich habe beschlossen, Lunis zu gestatten, in der Burg zu bleiben, bis er stark genug ist, um zu den Höhlen hinaufzufliegen, auch wenn ich glaube, dass er dort hinaufklettern könnte.«

Sophia behielt ihre sarkastische Retourkutsche für sich. »Wann fängt ein Drache an zu fliegen?« Sie hatte Lunis schon gefragt, aber er hatte ihr keine Antwort gegeben. Jetzt war sie sich nicht sicher, ob er es selbst nicht wusste oder nicht wollte, dass sie es erfuhr.

Hiker richtete seine Augen auf Lunis, der den Kopf hoch erhoben hatte und dessen Nasenlöcher sich weiteten, als er die frische Luft einsog. »Ich weiß es nicht. Alle unsere Drachen konnten schon fliegen, als sie sich mit uns verbanden.«

»Wenn wir diese Höhle nicht betreten dürfen, wie sollen wir dann die anderen Drachen treffen?«, wollte Sophia wissen.

Eine seiner Augenbrauen hob sich spöttisch an. »Die anderen Drachen treffen? Du wirst sie nicht treffen. Sie haben kein Interesse an einem taufrischen Reiter und einem unerfahrenen Drachen, der nicht einmal fliegen kann.« Hiker zeigte auf das große Gewässer. »Bis zum Steilufer sind es knapp fünf Kilometer. Dorthin sind wir als Nächstes unterwegs. Achte auf deine Füße. Die Steine hier verzeihen keine Fehler derer, die nicht wissen, wie man sich auf unebenem Gelände verhält.«

Sophia war die meiste Zeit ihres Lebens eingesperrt im Haus der Vierzehn aufgewachsen und nie wandern gegangen ... nun, bisher nicht. Ihre Geschwister hatten sie beschützt und ihr nicht erlaubt, Ausflüge zu unternehmen. Erst als Liv wieder in ihr Leben zurückkehrte, wurde sie für ein paar Abenteuer aus dem Haus geholt, aber die gingen meist nur nach West-Hollywood oder in die Umgebung von Santa Monica. Doch als Sophia das Hochland durchquerte, fühlte sie sich für solche Ausflüge wie geboren.

Der heftige Wind peitschte ihr ins Gesicht, riss an ihrem Haar und traf ihre Schultern. Dennoch liebte sie dieses

Gefühl, als ob es sie an ein Zuhause erinnerte, das sie nicht kannte.

Irgendwann überholte sie Hiker. Sie ging langsamer, um sicherzustellen, dass sie nicht zu weit voraus war.

»Du bist also geräuschlos auf den Beinen unterwegs und wanderst mit einer agilen Anmut«, grummelte er. Das klang allerdings nicht nach einem Kompliment, so wie er es sagte.

»Sie wurde als Drachenreiterin geboren«, erklärte Lunis, als sie am Fuß des steilen Hügels ankamen.

»Wir sind alle so geboren worden«, argumentierte Hiker.

Lunis schwang den Kopf herum, um dem Mann direkt in die Augen zu schauen. »Nein, du bist es geworden und wurdest auserwählt. Sophia Beaufont wurde mit diesen Eigenschaften geboren, für die du fünfzig Jahre gebraucht hast, um sie zu entwickeln.«

Hiker presste die Lippen zusammen. »Ich bin mir nicht sicher, ob ich das als Kompliment werten würde. Sie wurde lediglich mit Talenten geboren, statt sie zu entwickeln.«

»Ich glaube, ich würde es tun«, argumentierte Lunis und ließ Rauch aus seinen Nasenlöchern steigen. »Wären andere so geboren worden wie sie, wären sie an diesem Punkt gescheitert. Schon von klein auf konnte sie alles haben, was sie mit Magie erreichen konnte. Was würden die meisten Kinder mit dieser Macht tun? Hiker, was hättest du damit angefangen?«

Der Wikinger senkte sein Kinn und atmete langsam aus. Seine Augen bewegten sich hin und her, bevor er sich umdrehte und über die ebene Erde schritt. »Wir werden den Rest des Weges zum See in Stille wandern, um die Herde nicht zu stören.«

Sophia wusste nicht, was er meinte, bis sie eine grasende Schafherde entdeckte. Das Meer aus weißen, wolligen

Schafen war ein so schöner Kontrast zu den leuchtend grünen Hügeln, dass Sophia stehen blieb und den Anblick genoss. Die Tiere waren friedlich und bewegten sich, als ob sie eins wären, obwohl es Hunderte sein mussten. Vielleicht sogar tausend.

Nachdem sie sich von diesem Anblick losgerissen hatte, holte sie Hiker ein, der einen Umweg um die Herde herum machte. Er hielt sich links und steuerte auf Loch Gullington zu.

Automatisch trugen Sophias Stiefel sie locker neben Hiker her, während sie eifrig die nebeneinander trottenden, flauschigen Tiere beobachtete. Im wirklichen Leben hatte sie noch nie ein Schaf gesehen. Nicht nur Wandern war etwas Neues für sie, sondern auch Nutztiere, exotische Städte und so ziemlich alles, was in dem seltsamen Labyrinth, bekannt als das Haus der Vierzehn oder die Stadt Los Angeles, nicht zu finden war.

Sie war fasziniert von der Art und Weise, wie sich die Herde fortbewegte. Die Schafe blökten und gaben Laute von sich, wie sie sie noch nie zuvor gehört hatte. Seltsamerweise war sie dankbar, dass Hiker verboten hatte zu sprechen. Die Ruhe, die sich einstellte, während sie über das Hochland in Richtung Loch Gullington schritt und die Herde beobachtete, war eine völlig neue Erfahrung.

Der dunkle Schatten, der sich über ihren Kopf gelegt hatte, war verschwunden, als sie den Kopf hob. Eine Gestalt, dunkel und majestätisch, stürzte sich auf die Herde weißer Flauschkugeln und zerstreute sie. Es spielte keine Rolle, denn eine Sekunde später tauchte ein großer, weißer Drache auf und griff mit seinen Krallen nach einem Schaf.

Das Tier schrie, ein durchdringender, flehender Laut. Die ausladenden Flügel des Drachen schlugen mehrmals und trugen ihn höher. Er hob die Vorderbeine an, seine Zähne bohrten sich in den Hals des Schafes und verspritzten Blut in der Luft. Es verteilte sich auf dem unberührten Grün unter ihm, während sich die Herde auf die andere Seite des Hügels zerstreute.

Hiker blieb stehen und hob die Hand, um seine Augen zu schützen, während er den Weg des Drachen in Richtung der Höhle beobachtete. »Näher kommst du einem der anderen Drachen nicht mehr, bevor du fliegen kannst, Lunis.«

Als ob der Drache ihn gehört hatte, änderte er seine Flugbahn und flog plötzlich in ihre Richtung. Sophia war beeindruckt von der Schönheit der Kreatur. Es war nicht das durchdringende Blau seiner Augen, das auf sie fiel oder wie seine schimmernden, weißen Schuppen mit dem wolkenverhangenen Himmel über ihm zu verschwimmen schienen. Der Drache hatte etwas an sich, das von Natur aus edel war, unabhängig davon, wie er aussah.

Er landete nur wenige Meter von ihnen entfernt und zerquetschte den toten Körper des schlaffen Schafes, als ob das eine notwendige Maßnahme wäre. Der Drache ließ den Kadaver liegen und drehte sein riesiges Gesicht zur Seite, während er Lunis studierte, als wollte er verstehen, was er war. Der Drache war mindestens sechs Meter lang und musste dreimal so viel wiegen wie Lunis, doch Sophia nahm an, er versuchte zu entscheiden, ob es wohl sicher wäre, sich ihm zu nähern.

Sein Kopf bewegte sich leicht nach vorne, war aber immer noch geneigt. Sophia hatte nicht den Eindruck, dass Lunis nervös war. Stattdessen fühlte sie seinen Puls, als wäre es ihr eigener, gleichmäßig und ruhig.

»Simi«, meinte Hiker bedeutungsvoll. »Das ist …«

»Ich weiß«, antwortete der Drache und fiel dem Anführer der Elite ins Wort. »Wir haben darauf gewartet, dass Lunis auftaucht.«

Der Drache trat den Körper des Schafes zur Seite, als wäre er im Weg, während er zaghafte Schritte nach vorne machte.

»Ihr habt gewartet?«, fragte Hiker.

Aus der Höhle tauchte ein großer Drache mit roten Schuppen auf, der mit unglaublicher Geschwindigkeit in ihre Richtung flog. Die Kreatur landete neben Hiker, ihr Kopf drehte sich in einem seltsamen Rhythmus zur Seite, als sie den Reiter neben sich betrachtete, doch dann verlagerte sie ihren Fokus auf Lunis. Sie ging zur Seite, bis sie direkt neben Simi stand.

Bevor Sophia fragen konnte, was los war, tauchten zwei weitere Drachen aus der Höhle auf, ein brauner und ein lilafarbener. Sie landeten auf beiden Seiten ihrer Gefährten, die alten Augen auf Lunis gerichtet.

Er wich nicht von Sophias Seite und es wurde lange Zeit nicht gesprochen. Hiker schaute die vier königlichen Drachen und Lunis an, als ob er einem Gespräch lauschte, das Sophia nicht hören konnte. Schließlich richtete er seinen Blick auf den jüngsten blauen Drachen.

»Sie kennen dich«, stellte er ungläubig fest.

»Wie ich sie schon mein ganzes Leben lang kenne«, erklärte Lunis schlicht und einfach.

Hiker blickte weiterhin zwischen den Kreaturen hin und her, die wie kleine Gebäude auf dem Hügel aufragten. »Aber sie verstehen dich nicht.«

Lunis nickte leicht. »Ich bin anders.«

Sophia hatte so viele Fragen und sie konnte sich nicht mehr zurückhalten. »Lunis, was geht hier vor? Warum starren sie dich so an?« Sie war sich nicht sicher, ob sie sich Sorgen um ihren Drachen machen sollte, der viel kleiner war und keinen Augenblick überleben würde, wenn er in einen Kampf mit vier ausgewachsenen Drachen geraten sollte.

Die anderen Drachen bewegten ihre Hälse und Lunis schwang seinen Kopf herum, um sich ihr zuzuwenden. »Sie starren nicht mich an, Sophia. Sie starren dich an.«

Kapitel 22

Sophia fasste sich mit der Hand an die Stirn. »Wie? Was? Warum? Du bist doch der neue Drache.«

Sodass nur sie es hören konnte, sagte er: »*Aber wir kennen uns doch. Du bist diejenige, die sie noch nicht kennen.*«

»Ja, aber ...«, argumentierte sie und betrachtete die seltsamen und wundervollen Kreaturen, die sie nicht fürchtete, obwohl sie wusste, dass das die Emotion war, die sie bei allen anderen Menschen auf der Erde auslösten.

Hiker stolperte mehrere Meter zurück.

Sophia drehte sich zu ihm um. »Wohin gehst du?«

»Ich bleibe gleich hier«, antwortete er mit einem eindringlichen Gesichtsausdruck, während er mit einer Hand andeutetc, dass sie weiter nach vorne gehen sollte. »Aber Lunis hat recht. Bell will dich treffen.«

Sophia wandte sich ihrem Drachen zu. »Aber weshalb?«

Er blinzelte ihr nur zu, ein Ausdruck, der bedeutete: »*Was denkst du denn?*«

Sophia atmete auf und machte sich auf den Weg nach vorne, wobei ihr klar wurde, dass sie etwas von großer Bedeutung tat. Als sie nur wenige Meter von den Drachen entfernt war, kniete sie nieder, senkte den Kopf und machte sich so vor den ältesten magischen Wesen des Planeten verwundbar. »Es ist mir eine Ehre, euch kennenzulernen. Ich bin ...«

»Der jüngste Drachenreiter der Geschichte«, erklärte der als Simi bekannte weiße Drache. Sophia kannte den Namen und intuitiv wusste sie, dass er weiblich war, ohne zu wissen, warum.

»Die erste Frau, die reitet«, fügte Bell, der Drache Hikers, hinzu. Sie war ebenfalls weiblich.

»Die Einzige in der Elite, die sich bereits mit einem Ei verbunden hat«, erklärte der als Coral bekannte Purpurdrache. Ein weiteres Weibchen.

Der Drache mit braunen Schuppen und bernsteinfarbenen Augen trat nach vorne und kniete nieder wie Sophia. Sein Name war Tala und er war neben Lunis der einzige männliche Drache. »Und die, auf die wir gewartet haben. Willkommen, Sophia Beaufont.«

Sie schaute plötzlich auf. »Ihr habt auf mich gewartet?«

Die anderen drei Drachen knieten wie Tala nieder und verneigten sich vor der jungen Frau vor ihnen. Als sie sich erhoben, trat Bell, die älteste von ihnen, vor. »Ja. Du bist diejenige, die ändern soll«, begann Bell und ihre grünen Augen flackerten zu Hiker, »was kein anderer ändern konnte, wie auch immer es versucht wurde.«

Sophia wusste nicht, was sie antworten sollte. Sie wollte ihnen erklären, dass sie sie mit jemand anderem verwechselten oder dass sie ihr zu viel Bedeutung beimessen würden, aber als sie die Weisheit in den vor ihr stehenden Geschöpfen erkannte, wusste sie, dass sie das nicht durfte.

Hiker nahm wieder den Platz neben Sophia ein. »Sie muss noch viel lernen. Lunis ist noch nicht bereit …«

Ein Brüllen, wie es Sophia noch nie gehört hatte, kam von dem braunen Drachen und der Boden wurde versengt, als Feuer aus seinem Maul quoll und nur Zentimeter von Hikers Stiefeln entfernt verlosch. Positiv war zu vermerken, dass er nicht zurückschreckte, obwohl er fast lebendig gebraten wurde. Stattdessen blickte er auf. Er schluckte. Nickte.

»Sehr gut«, sagte er entnervt. »Aber das ändert nichts.«

»Wir werden sehen«, sagte Simi. Sie hob das tote Schaf auf und flog auf die Höhle zu. Die anderen Drachen sprangen nach oben, änderten in der Luft ihren Kurs und folgten dem weißen Drachen in ihre Behausung.

Sophia sah zu, wie sie verschwanden und fragte sich, was gerade passiert und ihr entgangen war. Sie drehte sich zu Hiker um, um ihn zu fragen, aber er winkte sie einfach weiter.

»Komm schon.« Er drängte sie in Richtung des Sees.

Die Wanderung zum Wasser ging Sophia viel zu schnell. Wahrscheinlich lag es daran, dass in ihrem Kopf so viele offene Fragen schwirrten. Plötzlich wurde sie traurig. Vielleicht hätte sie den Drachen Fragen stellen oder mehr sagen sollen. Oder mehr tun sollen.

Es war alles zu schnell gegangen. Immer und immer wieder beschäftigte sich ihr Geist mit den schönen Details der Kreaturen, denen sie begegnet war. Sie waren anders als alles, was sie gehört oder gelesen hatte. In Wirklichkeit waren sie besser. Obwohl sie Lunis kannte, konnte sie sich nicht vorstellen, dass er eines Tages wie sie sein sollte und doch wusste sie instinktiv, dass er wie sie werden würde, nur besser.

Als sie an der Steilküste mit Blick auf den See angekommen waren, blieb Hiker stehen und überblickte alles voller Stolz. Er schwieg eine ganze Weile. Irgendwie wusste Sophia, dass sie dies nicht unterbrechen durfte. Stattdessen stellte sie sich neben ihn und beobachtete, wie das ruhige Wasser die Wolken reflektierte.

»Du wirst morgen mit dem Training beginnen«, meinte er schließlich.

Sie war innerlich aufgeregt, blieb aber äußerlich gelassen. »Ich dachte, du …«

»Die Dinge haben sich geändert«, sagte er.

»Wenn meine Ausbildung dann abgeschlossen ist, wann beginne ich meine Missionen?«, fragte Sophia.

»Missionen?« Hiker schüttelte den Kopf. »Es gibt keine Missionen. Es gibt keine mehr. Sei einfach dankbar, dass du mit der Ausbildung anfangen darfst.«

»Was tun wir, wenn wir nicht auf Missionen gehen?«, bohrte sie weiter. »Was macht die Drachenelite?«

»Wir existieren.« Er verschränkte die Hände auf dem Rücken, drehte sich um und marschierte Richtung Burg. Als er einige Meter entfernt war, wandte er sich um. »Bleib hier draußen, so lange du möchtest. Ich vermute, du findest den Weg auch allein zurück.«

Sophia nickte, denn sie wollte in den nächsten Stunden nur an diesem Steilufer sitzen, mit ihrem Drachen neben sich. Es gab viel zu verarbeiten.

Sie schaute zur Drachenhöhle in der Ferne. Es gab *eine Menge* zu verarbeiten.

Kapitel 23

Sophia und Lunis saßen auf der Klippe und blickten bis zum Sonnenuntergang auf etwas, das sich wie das Ende der Welt anfühlte. Erst als sie sich auf den Rückweg machten, bemerkte Sophia, dass sie am Verhungern war und Frühstück und Mittagessen ausgelassen hatte.

Als sie die Burg betrat, waren die Kerzen im Speisesaal bereits ausgeblasen. »Wir haben wohl auch das Abendessen verpasst«, sagte sie enttäuscht zu Lunis. Die unteren Räume wirkten verlassen. »Niemand scheint sich Gedanken gemacht zu haben, dass wir uns dort draußen verirrt haben oder von der Klippe gefallen sind.«

»Ainsley hat uns das Essen in dein Zimmer gebracht«, sagte er und nickte in Richtung Treppe.

»Woher weißt du das?«, fragte sie.

»Ich kann es riechen«, gestand er.

»Okay, hoffen wir, dass wir uns nicht verirren, wenn wir versuchen, mein Zimmer zu finden. Ich verhungere sonst. Du wirst mich in Sicherheit bringen müssen.«

»Oder dich verlassen«, bemerkte er sachlich.

Sie warf ihm einen beleidigten Blick zu. »Vielen Dank, du Schönwetterfreund.«

»Hey, ich bin auch hungrig und wachse noch.«

»Ja, tut mir leid, dass wir so lange draußen waren«, entschuldigte sich Sophia, während sie die Treppe hinaufgingen.

»Das muss es nicht«, bot er an. »Du musstest alles verarbeiten.«

»So ist es«, stimmte sie zu. »Aber ich bräuchte noch ein paar weitere Tage da draußen, um das vollständig zu können.«

»Was immer du möchtest«, antwortete er nachdenklich.

»Nun, morgen beginnt das Training, also keine Zeit zum Nachdenken mehr für mich.« Sie schaute hin und her, als sie den Treppenabsatz in der zweiten Etage erreichte. Zuvor war der Flur zweigeteilt und ihr Zimmer lag auf der linken Seite. Jetzt gab es allerdings drei Flure. Sie konnte geradeaus gehen, was vorher nicht möglich war und der Flur links sah nicht mehr so aus wie vorher mit der Statue des Zentauren und des geflügelten Pferdes.

»Ainsley hat gesagt, ich sollte zum Wohle der Burg so tun, als hätte ich mich verirrt, aber ich denke nicht, dass ich nur so tun muss, als ob«, erklärte sie und drehte sich einmal um sich selbst. »Könntest du sagen, in welche Richtung wir gehen müssen?«

»Alle Wege führen uns dorthin«, bestätigte Lunis.

Sophia schaute ihn frustriert an und Hunger überkam sie. »Ja, alle führen nach Rom. Aber welcher ist der direkteste Weg?«

»Direkt ist ein relativer Begriff«, antwortete er.

»Im Ernst, werden wir jetzt ein philosophisches Gespräch führen?«, fragte Sophia.

»Nun, es ist wahr. Ein Weg mag zwar direkt sein, aber er ist mit verborgenen Gefahren gespickt. Ein Umweg könnte glatt laufen, ohne jegliche Verzögerungen.«

Sie schüttelte den Kopf und ging in den Flur, der geradeaus führte. Ein buntes Licht flackerte auf dem Boden vor ihr. Aus der Entfernung wirkte es wie fließendes Wasser. Als Sophia sich näherte, bemerkte sie, dass es das Mondlicht war, das durch ein großes Buntglasfenster fiel. Ähnlich wie das in der Eingangstür, war auch dieses die Darstellung eines Engels, dessen Flügel ausgebreitet waren und dessen Augen nach oben starrten.

»Was hat es hier mit den Engeln auf sich?«, wollte Sophia wissen.

»Man glaubt, dass sie über die Reiter wachen und sie schützen«, wusste Lunis.

»Was ist mit allen anderen, wie den Sterblichen und den anderen magischen Geschöpfen?«, erkundigte sich Sophia.

»Andere Einrichtungen wachen über sie«, antwortete Lunis. »Das Haus der Vierzehn zum Beispiel ist für die magische Welt zuständig.«

»Und für die Sterblichen?«, fragte Sophia.

Er trottete vorwärts und beantwortete ihre Frage nicht.

»Ich liebe es einfach, wenn du mich ignorierst.« Sie schleppte sich hinter ihm her.

»Oh, gut. Dann werde ich es weiterhin tun«, scherzte er.

Sophias Magen knurrte, als sie eine Biegung erreichten. Sie seufzte. Das war nicht der Flur, in dem ihr Zimmer lag. »IImmmmm. Ich möchte wirklich nicht die ganze Nacht nach meinem Zimmer suchen.«

Der Flur vor ihr verschwamm, sodass sie blinzeln musste, um ihre Sicht zu klären. Als die Dinge wieder schärfer wurden, standen die Statue des Zentauren und das geflügelte Pferd am Ende des Ganges. Sie erschrak ungläubig. »Hat sich die Burg gerade neu organisiert?«

»Nun, du hast gesagt, du möchtest nicht mehr herumsuchen und scheinbar hat sie diesem Wunsch entsprochen.«

Sophia lächelte und eilte zu ihrem Zimmer.

Sie war dankbar, dass sie beim Eintreten ein Tablett mit Roastbeef-Sandwiches auf dem Tisch vor dem Kamin entdeckte. Neben dem Kamin stand ein riesiges Tablett mit

149

Fleisch. Lunis ließ sich nieder und brauchte mehr Platz als noch an diesem Morgen. Er würde nicht mehr lange hier reinpassen und das wussten sie beide.

Sophia erholte sich erst richtig, nachdem sie zwei Sandwiches gegessen hatte. Dann nahm sie das Buch, das neben dem Tablett lag, *Die unvollständige Geschichte der Drachenreiter*.

An einer zufälligen Stelle schlug sie es auf und gelangte auf eigenartige Weise zum Kapitel über Engel.

Lunis hob seinen Kopf. »Es ist ähnlich wie Bermuda Laurens Buch *Mysteriöse Kreaturen*.«

»Es versorgt den Leser mit dem, worüber er gerade nachdenkt oder was er am liebsten wissen möchte?« Sophia goss sich eine Tasse Tee ein. Ihre Schwester Liv arbeitete mit Bermuda, einer Riesin, die zugleich Expertin für magische Kreaturen war. Ihr Buch hatte scheinbar kein Ende und war die wichtigste Quelle zu allen Dingen, die sich mit magischen Kreaturen befassten.

Sophia las den ersten Abschnitt über Engel laut vor. »›Von den Drachenreitern, als den Judikatoren der sterblichen Welt wird angenommen, dass sie über einen tadellosen Moralkodex verfügen. Dies, so die Legende, ist ein Ergebnis des Engelsblutes, das durch ihre Adern fließt.‹«

Sie blickte auf. »Warte, ich stamme nicht von Engeln ab. In mir fließt das Blut der Gründer. Ich stamme von den ursprünglichen Gründern des Hauses ab.«

»Lies weiter.« Lunis leckte einen Oberschenkelknochen auf dem Tablett ab.

»›Als der Erzengel Michael während einer Schlacht fiel, versickerte sein Blut in der Erde. Dann breitete es sich aus und fand die tausend Dracheneier, die über den Planeten verstreut waren.‹«

Sie schaute auf. »Moment, es waren einmal tausend Dracheneier über die Erde verteilt?«

»So hat es angefangen«, erklärte Lunis. »So haben wir angefangen. Mit eintausend Eiern. Es wird keine weiteren mehr geben. So wie eine Frau ihr Leben mit so vielen Eizellen beginnt, wie sie jemals haben wird, so begann der Planet mit so vielen Dracheneiern, wie er jemals haben würde. Es werden keine mehr hinzukommen.«

»Wow, also deshalb dachten viele, Drachen wären ausgestorben.« Sophia dachte dabei an die anderen Eier, die vor ihr lagen, als sie sich mit Lunis' Ei verbunden hatte.

»Ja, aber wir sind es nicht. Es gibt noch mehr Eier da draußen, *wann* sie schlüpfen, ist die alles entscheidende Frage.«

Sie konzentrierte sich wieder auf den Text und las weiter laut vor: »›Das Blut des Erzengels infiltrierte die Eier der Drachen, alle tausend. Man glaubte, dass ein Drache und sein Reiter das gleiche Blut teilen, sobald sie sich verbunden haben. Daher fließt das Blut des Erzengels Michael in den Adern jedes Reiters und schützt ihn auf eine Art und Weise, wie es bei keiner anderen magischen Kreatur der Fall ist.‹«

Sophia fühlte sich plötzlich atemlos. »Wir sind also Judikatoren. Aber was bedeutet das?«

»Ihr seid wie Richter und führt den Vorsitz in Angelegenheiten der Sterblichen Welt«, erklärte Lunis.

»Wie Richterin Judy in der Fernsehserie?«, fragte sie.

Er rollte mit den Augen. »Ja, du gibst einen sensationellen Richter ab, der mit schnellen Witzeleien triviale Themen behandelt.«

»Okay, ich sehe ein, dass wir keine Fernsehrichter sind. Ich versuche nur, es zu verstehen. Dies ist das erste Mal, dass mir jemand erklärt, was die Aufgaben der Drachenreiter sind.«

»Nun«, begann Lunis und schob das Tablett aus dem Weg, damit er sich ordentlich hinlegen konnte, »scheinbar tun sie im Moment gar nichts.«

»Ja, was das angeht«, sagte Sophia. »Aber warum?«

»Ich denke, du musst noch mehr nachforschen, um das herauszufinden.« Er wies auf die Mulde, die er zwischen seinen Vorder- und Hinterbeinen geschaffen hatte. »Apropos Fernsehen, warum kommst du nicht hierher, rollst dich zusammen und wir schauen uns etwas auf YouTube an?«

Sophia lächelte. »Mein Handy funktioniert hier nicht, erinnerst du dich? Ich brauche Liv, um es zum Laufen zu bringen.«

»Versuche einen Hotspot zu erstellen«, schlug er vor.

Sie lachte. »Ich kann nicht fassen, dass mir ein antiker Drache technische Ratschläge erteilt. Aber deine Logik ist fehlerhaft. Wenn mein Handy nicht funktioniert, wie soll ich dann einen Hotspot erzeugen?«

»Nochmals, ich bin nicht der typische Drache«, erklärte er. »Versuche es mit Magie.«

»Ja, aber den Drachen heute ist nicht aufgefallen, dass du anders bist«, meinte sie und streckte sich.

»Doch, schon, aber sie wissen noch nicht, wie sie damit umgehen sollen. Es ist dem sehr ähnlich, wie Hiker deinetwegen empfindet.«

»Ja, ich denke, ich fordere diesen Mann auf allen Ebenen heraus.« Sophia schmiegte sich an Lunis, musste aber feststellen, dass der Boden unter ihr zu hart war, vor allem nach ihrem ausgedehnten Wandertag und dem Sitzen auf der Klippe mit Blick auf den See. Sie schaute sich um und suchte nach etwas, um die Sitzfläche weicher zu gestalten.

Als sie nichts finden konnte, sagte sie: »Ich wünschte, ich hätte den Sitzsack aus meinem Zimmer bei Liv.«

»Beschwöre ihn«, schlug Lunis vor.

»Ich weiß nicht«, meinte Sophia vorsichtig. »Ich bin mir nicht sicher, ob es der Burg gefallen wird, wenn ich sie mit modernen Möbeln ausstatte. Kannst du dir vorstellen, wie ein Sitzsack hier drinnen aussehen würde?«

»Bequem«, antwortete Lunis und schaute sich im Zimmer um.

Sie zuckte die Achseln. »Gut. Liebe Burg, stört es dich, wenn ich dem Raum ein paar persönliche Gegenstände hinzufüge?« Sophia blickte sich um, als warte sie auf eine Antwort. »Es ist nicht so, dass mir deine Einrichtung nicht gefällt. Ich denke nur, ich würde mich wohler fühlen, wenn ich etwas hätte …«

Wie auf ihre Frage hin bewegten sich die beiden Polstersessel zur Seite und machten Platz für einen dritten. Sophia grinste und erhob sich von ihrem Platz neben Lunis. »Danke, Burg. Ich denke, wir werden gut miteinander auskommen. Du bist sehr vernünftig.« Sie zeigte auf die Stelle neben ihrem Drachen und zauberte den leuchtend rosa Sitzsack aus Livs Wohnung herbei. In dem mit alten Möbeln ausgestatteten Raum sah er völlig lächerlich aus. Als sie es sich jedoch darin bequem machte, fühlte er sich perfekt an, als ob er absolut in den Raum gehörte.

»Okay«, begann Sophia und holte ihr Handy heraus. »Hotspot in einer Burg.« Sie blickte auf. »Oh, ist das auch okay, Burg? Darf ich hier moderne Technologie verwenden?«

Sophia wartete auf eine Antwort. Lunis legte seinen schweren Kopf auf ihre Schulter und murmelte: »Ich glaube, das war ein ›Ja‹.«

»Ich habe nichts gehört«, antwortete sie.

»Ich habe es so verstanden«, erklärte er. »Schhh. Hör zu.« Der Drache flüsterte dann aus dem Mundwinkel: »Tu es, Sophia.«

Sie warf ihm einen seitwärts gerichteten Blick zu. »Ist das dein Ernst? Du versuchst dich als Bauchredner?«

»Nein«, log er. »Das war die Burg.«

»Gut«, sagte Sophia. »Ich richte einen Hotspot ein, aber wenn die Burg sauer auf mich ist, bekommst du Ärger.«

»Kein Problem«, erwiderte er und schaute über seine Schulter zu dem Feuer hinter ihnen. »Jetzt zeig mir das Video von der Katze, die ihren Besitzer beißt. Das bringt mich immer zum Lachen.«

Kapitel 24

Die sich öffnende Tür weckte Sophia. Sie war eingeschlafen und lag an Lunis gelehnt, sein Kopf in ihrem Schoß.

Ainsley lächelte, als sie auf magische Weise die Vorhänge öffnete und das Feuer anzündete. »Nun, das ist so ziemlich das Süßeste, was ich je gesehen habe. Es geht nichts über ein Mädchen und ihren Drachen. Würde die Jungs nicht umbringen, ab und zu mit ihren Drachen zu kuscheln.«

Sophia gähnte, Lunis hob den Kopf und blinzelte verschlafen. »Oh, wir sind beim YouTube-Schauen eingeschlafen.«

Die Haushälterin nickte, als ob dies vollkommen nachvollziehbar wäre. »Ich auch.«

»Wirklich?« Sophia streckte sich.

»Nein, eigentlich nicht.« Ainsley schüttelte den Kopf. »Ich weiß nicht, was das ist. Ich wollte nur eine Beziehung herstellen. Ich bin eingeschlafen, nachdem ich dasselbe Buch zum hundertsten Mal gelesen hatte.«

»Kein Wunder«, sagte Sophia. »Ich würde auch einschlafen, wenn ich ein Buch so oft lesen müsste.«

Ainsley bewunderte das noch unbenutzte Bett, da sie keine Arbeit zu leisten brauchte, um es zu machen. »Nun, wir sind hier etwas beschränkt in Sachen neuer Materialien, obwohl ich ab und zu im Dorf etwas zu lesen bekomme, nicht dass die Auswahl sehr groß wäre. Hiker mag es selbstverständlich nicht, wenn ich neue Dinge in die Burg bringe.

Er behauptet, dass neue Sachen die Energie dieses Gebäudes durcheinanderbringen.« Sie sah sich mit einem Seufzer um. »Ja, die Energie hier ist wirklich in großer Gefahr, verletzt zu werden.«

»Oh.« Sophia zeigte einen nervösen Gesichtsausdruck, als sie versuchte, den Sitzsack hinter sich zu verbergen.

»Was ist denn das?« Ainsley deutete auf den Sitzsack.

Sophia drehte sich um. »Das?«, fragte sie. »Oh, das ist Lunis. Er ist ein Drache. Sie sind ziemlich selten.«

Ainsley lachte, dann ging sie hinüber und stellte sich neben Sophia. »Nein, ich glaube, wir wissen beide, dass ich von dem leuchtend rosa Klecks neben deinem Drachen spreche.«

»Oh, das.« Sophia hob ihre Hand und richtete ihre Magie auf den Sitzsack. »Das ist eigentlich nichts. Ich werde ihn einfach in meine alte Heimat zurückschicken.«

Ainsley schlug Sophias Hand zur Seite. »Nein, mach das nicht. Ich bin nur neugierig. Ich bin sehr neugierig. Was ist das?«

»Es ist eine Art Stuhl«, erklärte Sophia. »Ich habe mich gestern Abend damit zu Lunis gekuschelt und wir haben YouTube geschaut.«

»Riecht es deshalb hier drin nach Magie?« Die Gestaltwandlerin schnupperte in der Luft.

Sophia wurde noch nervöser. »Ääääähm, ich habe noch einen Hotspot eingerichtet, damit mein Telefon funktioniert und wir uns Katzenvideos anschauen konnten.«

Ainsley nickte wieder, als ergäbe diese Vorgehensweise Sinn. »Offensichtlich kostet es dich eine Menge Magie, das zu tun. Bist du sicher, dass es das wert war?«

»Vermutlich hast du dir bisher keine lustigen Katzenvideos auf YouTube angesehen«, erwiderte Sophia und zog ihr Handy aus der Gesäßtasche. »Schau mal!«

DIE AUSSERGEWÖHNLICHE DRACHENREITERIN

✦ ✦ ✦

Ainsleys Lachen hallte den ganzen Flur hinunter, als sie unten an der Treppe ankamen. »Ich kann nicht fassen, dass er einfach weiter seinem Schwanz nachgejagt ist«, bemerkte sie zu Sophia.

»Wer?« Evan blickte vom Frühstückstisch auf. »Lunis? Ich schätze, das ist normal bei jungen Drachen.«

Sophia schüttelte den Kopf. »Nein. Wir unterhalten uns über …« Sie verstummte, weil sie den ernsten Gesichtsausdruck von Hiker einfing.

»Worüber?«, fragte er mit zusammengekniffenen Augen.

»Oh, da gibt es dieses Ding namens YouTube auf S. Beaufonts Telefon«, antwortete Ainsley und lachte immer noch. »Es gibt Videos von Katzen, die die albernsten Dinge tun, sowie Musikvideos von diesem Mädchen namens Taylor Swift. Und S. sagt, es gibt noch andere Videos von Pandas, die ihren Zoowärtern richtig auf die Nerven gehen. Ich kann es kaum erwarten, die zu sehen.«

Hiker atmete langsam ein. »Bist du der Grund, warum die Burg das hier getan hat?« Er zog einen Kindle aus seiner Tasche und warf ihn auf den Tisch.

Sophias Augen huschten umher. »Das glaube ich nicht, aber vielleicht.«

»Was ist das?« Wilder schielte auf das Gerät.

»Ich bin mir nicht sicher, aber als ich heute Morgen in meine Bibliothek ging, waren alle meine Bücher weg. Hunderte von alten, einzigartigen Büchern waren verschwunden, aber auf meinem Schreibtisch lag dieses Ding«, antwortete Hiker. »Ich vermute, es ist das Werk der Burg, aber die Idee muss von irgendwoher gekommen sein.«

»Das ist ein Kindle«, verdeutlichte Sophia, beeindruckt vom Wissen der Burg über die moderne Welt. Sie ahnte, dass die Burg Gullington mit allem verbunden war und daher über das nötige Wissen verfügte, auch wenn sie es normalerweise nicht nutzte.

»Ich war einmal mit einem Mädchen namens Kendal verabredet«, prahlte Evan.

»Das warst du nicht«, spuckte Wilder. »Du hast sie nachts gestalkt, was gruselig war und nicht als Verabredung zählt, du Irrer.«

»Ich wollte mich mit ihr verabreden, aber dann hat sie einen Kerl mit eigener Kutsche und eigenem Haus geheiratet«, erklärte Evan mürrisch. »Leider hat es nicht sollen sein.«

Hiker klopfte mit den Fingern auf den Tisch. »Möchtest du etwas dazu sagen?«, fragte er, seinen erhitzten Blick auf Sophia gerichtet.

Sie schaute zu Lunis, der ihr und Ainsley hinterher getrottet war. Er hatte sich bereits vor seinen Fleischplatten niedergelassen und es sah nicht so aus, als wollte er sie unterstützen.

»Nun«, begann Sophia. »Ich vermute, dass alle deine Bücher jetzt auf dem Kindle gespeichert sind. Es ist ein elektronisches Gerät, das Tausende von Büchern speichern kann. Das ergibt eine wirklich kompakte Bibliothek. Ist das nicht cool?«

Dem Gesichtsausdruck von Hiker nach zu urteilen, fand er das überhaupt nicht cool. »Elektronisch? Gerät? Ist das dein Ernst? Hast du etwa Technologie hierher gebracht?«

»Und sie hat diesen wirklich coolen Sitzsack«, ergänzte Ainsley und war völlig aufgeregt. »Ich bin darin gesessen, als ich YouTube-Videos angeschaut habe, während sie duschte. Er ist wirklich bequem.«

»Ist das dein Ernst?«, fragte Hiker erneut.

»Sicherlich.« Ainsley nickte. »Sie duscht jeden Tag. Kannst du dir das vorstellen? Sie trägt auch frische Kleidung. Ich kann es selbst kaum glauben. Sie riecht nach einem Sommerregen.«

Wilder beugte sich vor und schnupperte an Sophia. »Sehr schön.«

Sie zog eine Grimasse. »Mach das nie wieder.«

»Bis du mich anbettelst, werde ich es nicht mehr tun«, versprach er herzlich.

Sie legte ein paar Streifen Speck auf ihren Teller und tat so, als bemerkte sie nicht, dass Hiker sie mit glühenden Augen ansah.

»Ich will keine Technologie hier drin«, sagte er schließlich und brach damit das angenehme Schweigen, das sich zwischen allen aufgebaut hatte.

»Ich habe zuerst die Burg gefragt«, gestand Sophia und behielt die Augen niedergeschlagen, während sie Kartoffeln auf ihren Teller löffelte und nach einem Gebäck griff. Sie wollte nicht schon wieder das Frühstück auslassen.

»Die Burg hat hier nicht das Sagen!«, schoss Hiker zurück.

Wie als Gegenbeweis geschah etwas mit seinem Stuhl. Er griff nach dem Tisch, um sich festzuhalten, die Augen weit aufgerissen.

»Alles in Ordnung, Hiker?« Ainsley neigte den Kopf zur Seite,

und verbarg ein Grinsen.

»Schon gut«, sagte er, drückte sich auf die Beine und trat den kaputten Stuhl hinter sich, wo er umkippte. »Und ich will nicht, dass du in deinem Zimmer weitere Säcke anhäufst.«

»Sitzsäcke«, korrigierte Ainsley.

Hiker bedachte sie mit einem strafenden Blick.

Sie warf die Hände in die Luft und machte sich auf den Weg in die Küche. »Ich versuche nur zu helfen. Ich möchte nicht, dass du wie ein Trottel dastehst, wenn wir endlich ins einundzwanzigste Jahrhundert aufbrechen!«

Sein Blick wanderte zurück zu Sophia. »Wir sind gut zurechtgekommen mit den Dingen, die wir hatten auch ohne elektronische Bibliotheken. Sie sind nicht gut für Drachen.«

»Eigentlich«, mischte sich Mahkah ein, aber als er von Hiker einen strengen Blick erhielt, schüttelte er den Kopf. »Ich werde in dieser Sache noch mehr recherchieren müssen, das wollte ich *eigentlich* sagen.«

»So oder so«, begann Hiker mit einem direkten Blick auf Sophia, »würde ich es begrüßen, wenn du nicht noch mehr Dinge in die Burg bringen würdest, die nicht hierher gehören.«

»Woher weiß ich, was auf dieser Liste steht?«, fragte Sophia. »Ich habe einfach eine Sitzgelegenheit aus meiner alten Heimat mitgebracht. Heute Morgen habe ich die Kleider, die ich trage, hergezaubert. Ich brauchte auch einige weibliche Sachen. Soll ich diese Dinge direkt mit dir klären? Wie Wimpernzange, Körperspray und …«

»Nein, nein, nein«, antwortete Hiker eilig. »Gut, hol die Dinge her, die du brauchst. Aber schränke es etwas ein, ja? Du hast eine Wirkung auf die Burg. Ich habe nicht die geringste Ahnung, wie ich meine Bücher auf diesem Ding finden kann.« Er zeigte auf den Kindle, der immer noch auf dem Tisch lag.

»Ich kann es dir zeigen«, bot Sophia an. »Es ist ganz einfach.«

»Ich will nicht, dass du es mir zeigst«, spuckte er. »Ich will meine Bücher zurück.«

»Ich glaube nicht, dass Sophia der Burg tatsächlich schadet«, bemerkte Wilder. »Ich meine, zur allgemeinen

Abwechslung ...« Der hitzige Gesichtsausdruck, mit dem Hiker ihn anstarrte, brachte den Reiter sofort zum Schweigen. Wilder schüttelte den Kopf. »Wie ich schon sagte, Sophia, dein Voodoo wird hier nicht toleriert. Ich für meinen Teil finde es vollkommen unangebracht, dass die Burg die Bodenbretter beleuchtet, wenn ich nachts ins Badezimmer taumle. Das war ein wirklich seltsamer Trick, den sie gestern Abend gezeigt hat. Völlig abstoßend, wenn auch unglaublich praktisch. Ich habe mir keinen einzigen Zeh gestoßen.«

Evan lachte. »Ich dachte, ich hätte zu viel Whiskey getrunken. Mir ist das gestern Abend auch passiert.«

»Das sind Nachtlichter, die durch Bewegungssensoren aktiviert werden«, erläuterte Sophia. »Wir hatten sie in meinem alten Zuhause in Los Angeles. Ich weiß allerdings nicht, wie das ohne Strom funktioniert.«

»Das nennt man Magie«, sagte Evan und stopfte sich den Mund mit Speck voll. »Es ist wie Elektrizität, nur besser.«

»Was ich gerne wüsste«, meinte Mahkah nachdenklich, »ist, wie die Burg all diese Informationen von Sophia erhält.«

»Sie reißt es aus ihrem Unterbewusstsein«, behauptete Ainsley, als sie aus der Küche zurückkehrte. »Oder, was wahrscheinlicher wäre, von Lunis. Er ist ein sehr intuitives Wesen.« Stolz blickte sie zu den Wänden hinauf.

»Ihre bloße Anwesenheit reicht aus und die Dinge aus ihrem modernen Leben erscheinen einfach so?«, fragte Wilder. Dann sah er den immer noch verärgerten Gesichtsausdruck von Hiker und fügte hinzu: »Wie diese schrecklichen Nachtlichter und Tausende von Büchern in einem winzig kleinen Gerät?« Er schüttelte den Kopf und sah Sophia direkt an. »Du bist eine Hexe der allerschlimmsten Sorte. Halte deinen Geist verschlossen und deine Bequemlichkeiten von diesem zugigen Ort fern, geht das?«

Hiker knurrte. »Wir werden diese Diskussion später fortsetzen. Fürs Erste möchte ich, dass ihr alle zum Training geht.«

Damit verließ er den Speisesaal, gerade als Quiet hereinkam. Seine Wangen waren rot und seine Kleidung wieder feucht, nachdem er aus dem Hochland zurückgekehrt war.

»Das letzte Gebäck, irgendjemand?«, rief Evan und hielt es hoch.

Wie am Tag zuvor watschelte Quiet zum Tisch und erhob unhörbar Anspruch auf das Gebäckstück.

»Na gut, wenn es keiner will.« Evan steckte es sich in den Mund, stand vom Tisch auf und ging hinter Hiker her.

Sophia schüttelte den Kopf und schob ihren Teller zu Quiet, als er sich setzte. Sie hatte den Speck und die Kartoffeln gegessen, aber neben den Krümeln lag ein unberührtes Gebäck.

Kapitel 25

Das Hochland war irgendwie noch schöner als am Tag zuvor. Der unerbittliche Wind peitschte durch die Bäume und ließ die Wiesen wie grüne Wellen auf dem Meer aussehen.

Sophia stand auf der Eingangstreppe des Schlosses und fragte sich, wo dieses Training stattfinden sollte. Sie war vor den anderen aus dem Speisesaal gestürmt und wusste nun nicht, was sie tun sollte. Lunis war noch nicht fertig und Sophia fühlte sich an diesem seltsamen Ort sehr allein.

»Wir treffen uns dort drüben.« Wilder war lautlos neben ihr aufgetaucht. Er wies auf einen Bereich, in dem Fässer mit Zielscheiben aufgestellt waren und verschiedene Waffen auf Heuballen lagen.

»Oh, dann fangen wir also mit Kampftraining an?«, fragte sie.

Er nickte. »Wir kämpfen immer als erstes morgens. Dann Drachen-Training und Pflege nach dem Mittagessen, weil sie normalerweise gerne ausschlafen.«

Sie blinzelte ihm zu, als hätte sie nicht verstanden. »Was? Drachen schlafen aus?« Lunis stand an oberster Stelle auf Sophias Terminplan.

Er schüttelte den Kopf. »Ich weiß eigentlich nicht genau, was sie tun. Das habe ich mir gerade ausgedacht. Aber das ist der Zeitplan und so war es von Anfang an.«

»Du warst also noch nie in der Drachenhöhle?«, wollte sie wissen.

Er schaute sie entsetzt an. »Nein, natürlich nicht. Wieso? Du denkst doch nicht ernsthaft darüber nach, da raufzugehen, oder?«

»Nun, wenn Lunis dort leben wird, möchte ich es zumindest gesehen haben«, erklärte sie.

Wieder schüttelte er den Kopf, als er sie den Weg über das Gelände leitete. »Du bringst dich gerne in Schwierigkeiten, nicht wahr?«

»Nicht, dass ich das geplant hätte, aber wahrscheinlich ja«, antwortete sie und studierte den Drachenreiter neben ihr.

Wilder war groß, aber nicht zu groß. Sie konnte an der Art, wie er sich bewegte erkennen, dass er stark war, obwohl sich seine Muskeln nicht so deutlich abzeichneten wie Hikers. Er hatte zwar junge Gesichtszüge, aber in seinen blauen Augen steckte eine alte Weisheit. Die Art und Weise, wie sein braunes Haar zur Seite fiel und über ein Auge hing, ließ ihn frech wirken. Auch das Lächeln, das er ihr zuwarf, vermittelte diesen Eindruck.

»Ich habe noch nie jemanden Hiker so unter die Haut gehen sehen wie dich«, meinte er bewundernd, als ob das ein Kompliment wäre.

»Nun, ich fordere ihn so ziemlich auf jede erdenkliche Weise heraus, denke ich.«

Wilder lachte. »Das tust du.«

»Ihr macht also tagein, tagaus immer das Gleiche?«, wollte Sophia wissen. »Wie lange schon?«

»Seit ich hier bin«, antwortete er. »Also, seit einigen hundert Jahren.«

Ihre Augen weiteten sich schockiert. »Ist das dein Ernst? Wie habt ihr einfach so in den Tag hineinleben können, ohne verrückt zu werden?«

»Wir trinken sehr viel«, lachte er.

Sie lachte mit, bis sein Gesicht wieder ernst wurde.

»Nein, im Ernst, so ist es«, fügte er hinzu. »Und ich weiß nicht. Ich habe Simi und sie hält mich im Herzen jung. Geduldig. Bescheiden. Eines Tages wird sich das ganze Training auszahlen.«

»Ich habe sie gestern getroffen«, sagte Sophia. »Sie ist unglaublich schön, aber ich stelle wohl nur das Offensichtliche fest.«

»Du hast was?«, fragte er überrascht. »Du meinst, du hast sie gesehen?«

Sophia schüttelte den Kopf. »Nein, sie war auf der Jagd und auf dem Weg zurück zur Höhle, als sie mich sah und umdrehte. Dann kamen die anderen ebenfalls.«

Er zeigte mit einem Finger auf sie, ein eigenartiger Ausdruck auf seinem Gesicht. »Du, Sophia Beaufont, bist vermutlich das seltsamste Exemplar, das mir je begegnet ist.«

»Auch Hiker war deshalb überrascht. Ich glaube, die Drachen waren einfach nur neugierig, da ich der erste neue Reiter seit langer Zeit bin«, vermutete sie.

»Nein, Drachen sind nicht neugierig. Nun, vielleicht Lunis, aber er ist genauso seltsam wie du. Bitte erzähl Mahkah davon, wenn ich dabei bin. Man kann ihn nur selten überraschen und ich muss den Ausdruck auf seinem Gesicht sehen.«

»Ja, gut. Aber zurück zu den Zielen der Reiter.«

Er schüttelte den Kopf und tat so, als wäre er beleidigt. »Du und deine Fragen! Du gibst nicht auf, oder?«

»Die Sterblichen können jetzt Magie sehen«, erklärte Sophia. Die Lektüre *Die unvollständige Geschichte der Drachenreiter* hatte ihr viele Informationen darüber gegeben, was die Reiter in den letzten Jahrhunderten getan hatten – also so gut wie nichts. Sie hatte auch erfahren, warum – weil es keinen Zweck hatte, wenn die Sterblichen sie nicht sehen konnten. Aber das hatte sich kürzlich geändert. »Ich verstehe nicht, warum sich die Drachenelite immer noch versteckt. Sie haben sich jahrhundertelang versteckt, aber es ist okay, jetzt herauszukommen.«

»Wir sind noch nicht bereit«, sagte Wilder und übernahm Hikers Rolle. »Die Welt ist noch nicht bereit für uns.«

Sie nickte. Die Dinge fingen an, Sinn zu ergeben. »Ihr habt euch also versteckt gehalten, weil die Sterblichen die Magie nicht sehen konnten. Jetzt, wo sich das geändert hat, wartet ihr worauf? Bis sich die Dinge nach dem Chaos beruhigt haben?«

»Sicher«, brummte Wilder, abgelenkt, weil er ein breites Schwert in die Hand nahm und dessen Gleichgewicht in seinen Händen testete. Er schüttelte den Kopf, als ob das Schwert nicht ganz in Ordnung wäre. Er nahm ein anderes Schwert, schwang es und schüttelte erneut den Kopf.

»Was tust du da?«, sie beobachtete ihn.

»Nun, die Schwerter sind alle zu groß für dich. Sie sind für größere …« Er wackelte mit seinem Kopf hin und her und versuchte anscheinend, das richtige Wort zu finden.

»Männer«, lieferte sie.

Er grinste schief. »Ja, ich schätze, das war es, was ich sagen wollte. Wenn du mir ein paar Wochen Zeit gibst, sollte ich in der Lage sein, dir etwas für deine Größe anzufertigen.«

»Danke, aber das ist nicht nötig«, sagte Sophia und rief ihr Schwert aus ihrem Zimmer in der Burg, wo sie es liegen gelassen hatte.

Wilder neigte seinen Kopf zur Seite, als sie das Schwert ihrer Mutter und die dazugehörige Scheide um ihre Taille schnallte. »Was ist das?«

»Mein Schwert«, antwortete sie, zog die Schnalle fest und schaute zu ihm auf.

»Wow, danke, Miss Offensichtlich.« Er streckte ihr die Hand entgegen. »Darf ich dieses Ding sehen, das du Schwert nennst?«

Sophia zog Inexorabilis aus seiner Scheide.

Wilder sprang rückwärts und sein Kopf hob sich überrascht. »Engel steht mir bei, Frau! Wo hast du das Ding her?«

Ihre Augen wanderten hin und her. »Es war das Schwert meiner Mutter. Guinevere Beaufont. Es ist von Elfen gefertigt.«

Er nickte schnell und kam wieder näher. »Ja, es ist elfengefertigt, hergestellt von keiner Geringeren als Hawaiki, einer der geschicktesten Schwertmacherinnen, die je gelebt haben.«

»Nun ja, eigentlich lebt sie immer noch«, tat Sophia kund und warf ihm einen vorsichtigen Blick zu. »Meine Schwester hat sie besucht, um die im Schwert gespeicherten Erinnerungen zu entschlüsseln. Warum hast du so reagiert?«

Er hielt seine Augen auf das Schwert gerichtet, Faszination in seinem Blick. »Zunächst einmal habe ich persönlich noch nie eines ihrer Schwerter gesehen. Ich habe immer nur von ihrer Handwerkskunst gehört. Nun, darüber gelesen eigentlich.«

»Woher wusstest du dann, dass es von Hawaiki gemacht wurde?«, fragte sie.

»Ich habe gewissermaßen eine Art Affinität zu Waffen«, erklärte er. »Ich kann die Kennung des Handwerkers spüren, wenn ich die Waffen sehe. Ich spüre die Kämpfe, die sie ausgetragen haben. Ich habe mehr Verständnis für Waffen als für Menschen, könnte man wohl sagen.« Wilder wurde plötzlich ernst, wodurch seine rauen Züge irgendwie noch ausgeprägter wirkten.

»Als ich also Inexorabilis zog, konntest du es fühlen oder was?«, fragte sie verwirrt.

»Ja«, antwortete er schroff. »Das Schwert deiner Mutter hat unglaubliche Dinge gesehen. Es hat in Schlachten gekämpft, von denen ich nur träumen konnte.« Er streckte seine Hände aus. »Darf ich?«

Vorsichtig reichte Sophia ihm das Schwert mit der gebogenen Klinge und dem kompliziert aussehenden Griff, der sich in ihren Händen perfekt anfühlte.

»Ja, Inexorabilis in der Tat.« Wilder huschte mit seinen Augen über die Details des Schwertes.

»Es bedeutet …«

»Unerbittlich«, unterbrach er. »Ein passender Name, gegeben von seinem Schöpfer.«

»Also kannst du, wie Hawaiki, die Erinnerungen im Schwert sehen«, erkundigte sie sich.

»Ich kann sicherlich nicht so viel sehen wie sie, aber ja. Das ist meine besondere Gabe.« Sein Gesichtsausdruck zeigte Bedauern. »Nun, man könnte es auch als Fluch betrachten. In den ersten Jahrzehnten in der Burg hatte ich viele Albträume.«

»All die Waffen, die die Wände zieren«, keuchte Sophia.

»Genau«, bekräftigte Wilder. »Ob meine Augen offen oder geschlossen waren, ich wurde von Visionen der Schlachten überschwemmt, in denen die vielen Waffen aus der Burg Jahrhunderte zuvor gekämpft hatten. Ich weiß jetzt, wie ich mich schützen kann, aber auf dein Schwert war ich nicht vorbereitet.« Er schüttelte ungläubig den Kopf. »Nein, darauf war ich ganz und gar nicht vorbereitet.«

»Also kannst du die Kämpfe sehen, die meine Mutter mit Inexorabilis ausgetragen hat.« Urplötzlich war sie unglaublich neidisch auf Wilders Gabe, auch wenn er nicht begeistert davon war.

»Oh, ja«, meinte er und schloss die Augen.

Sie beobachtete ihn, seine Augen bewegten sich unter den Lidern, als befände er sich tief in der REM-Schlafphase.

Als er seine Augen aufriss, lächelte er. »Du musst sehr stolz sein, die Tochter einer so unglaublichen Kriegerin zu sein.«

»Natürlich«, bestätigte Sophia sofort.

»Und hat dir deine Mutter das Kämpfen beigebracht, bevor sie dir ihr Schwert gab?«, fragte er.

Sie schluckte. Ihre Augen drifteten über die Umgebung hinter ihm. »Nein, sie starb, als ich noch sehr klein war. Ich erinnere mich nicht an sie. Meine Schwester Liv hat Inexorabilis von der Stelle geholt, an der meine Mutter es fallen ließ …«

»Am Matterhorn«, nickte er. »Ja, das habe ich gesehen. Sie wurde ermordet.«

»Wir kämpfen für Gerechtigkeit«, erklärte Sophia stolz.

»Es tut mir leid um deinen Verlust.« Er überreichte ihr das Schwert.

»Wir leben in einer Welt, in der es leider unvermeidlich ist, die zu verlieren, die wir lieben. Deshalb kämpfen wir für Gerechtigkeit. Oder wir sollten es tun.« Sophia blickte auf die Berge und dachte an die Welt außerhalb von Gullington, die dringend wieder Drachenreiter benötigte.

Evan war viel weniger vorsichtig unterwegs, als er sich näherte. Er machte genug Lärm, pfiff und stampfte durch das Gras, sodass er sich niemals so an Sophia heranschleichen konnte, wie Wilder zuvor. Neben ihm bewegte sich Mahkah eher wie ein Wolf als wie ein Mensch. Ein Bogen war über seine Schulter geschwungen.

»Sollen wir anfangen?«, fragte Wilder, als die anderen Männer sich ihnen anschlossen.

»Sicher«, antwortete Evan. »Ich kann unserem Neuling die Grundlagen beibringen, wenn du möchtest.«

Wilder dachte einen Moment lang nach. »Ja, okay, aber ich übernehme die Aufsicht.«

Sophia steckte Inexorabilis in die Scheide und nahm eine kämpferische Haltung ein. Evan reckte seinen Hals auf beide Seiten.

»Keine Sorge, Püppchen, ich werde dich schonen.« Einladend winkte er mit der Hand. »Zeig mir, was du drauf hast.«

Sophia bewegte sich nicht, stattdessen ruhten ihre Augen auf dem großen Kerl vor ihr. Evan war wie ein Football-Spieler gebaut, mit breiten Schultern und kräftigen Beinen.

Er versuchte mehrere Finten bei ihr, aber nicht ein einziges Mal fiel sie auf seine Tricks herein. Als er seinen eigentlichen Angriffsversuch unternahm, war Sophia bereit. Sie blockierte seine Hand, die auf ihre Schulter zuschnellte und lenkte sie ab. Sie wollte seinen Schwung gegen ihn verwenden, also beugte sie sich vor, schlang ihren Arm um seine Taille, hob ihn ein klein wenig an und stieß ihn rücklings auf den weichen Boden.

Evan hustete und schlug sich auf die Brust. »Was zur Hölle?«

Eilig legte sie ihre Hände auf die Knie und schaute auf Evan hinunter, der immer noch am Boden lag. »Wenn du wie ein Stier auf mich zukommst, werde ich dein Gewicht und deine Schnelligkeit einfach zu meinem Vorteil nutzen.«

»Wie hast du es geschafft, mich über die Schulter zu werfen, du Winzling?«, murrte er.

»Magie«, antwortete Sophia und reichte ihm die Hand.

Er nahm sie nicht, sondern setzte sich stattdessen auf, zog seine Knie an und schaute ihr beleidigt ins Gesicht.

»Ich habe Evan schon oft gesagt, dass es nicht der stärkste, größte Soldat ist, den man fürchten muss«, begann Wilder und stand mit erhobenen Fäusten vor Mahkah, obwohl sie nicht zu kämpfen schienen. »Es ist derjenige, der weiß, wie man die Bewegungen des anderen gegen ihn einsetzt.«

»Das war ein beeindruckender Schachzug«, stellte Mahkah fest.

»Nun, nicht wirklich, aber danke«, sagte Sophia. »Als ich abblockte, hatte er zu viel Schwung und dachte, sein Angriff würde mich überwältigen. Ich habe ihn einfach genutzt und ihm dabei geholfen, einen kleinen Salto zu machen, kombiniert mit einer winzigen Beschwörungsformel.«

»Einen Kampf wie diesen habe ich noch nie gesehen«, erklärte Mahkah.

»Ja, Magie einzusetzen ist Betrug«, protestierte Evan und stand vom Boden auf.

»Im Kampf gibt es keine Regeln«, sagte Wilder. »Ihr zwei macht weiter. Es sei denn, du bist verletzt, Evan, und möchtest zur Krankenschwester.«

Er schüttelte den Kopf. »Komm schon. Jetzt, da ich weiß, dass unser Winzling Tricks anwendet, lasse ich ihr das nicht mehr einfach so durchgehen.«

Sophia klimperte mit den Wimpern. »Oh, was soll ich nur machen? Bring mir nur bitte die Haare nicht durcheinander oder brich mir die Fingernägel ab.«

Er atmete aus und nahm wieder seine Kampfhaltung ein. »Ich kann keine Versprechungen machen. Du hast mein inneres Ungeheuer entfesselt.«

Diesmal hielt sich Evan nicht zurück, stürzte direkt auf Sophia zu und ging mit beiden Fäusten auf sie los. Sie wäre fast auf den Hintern gefallen, als sie die Nonstop-Angriffe abwehrte.

Ihr nervöser Gesichtsausdruck schien ihn anzustacheln. Er lachte schon siegreich, als er sich drehte und zu einem Fußtritt ausholte. Sie duckte sich, sein Bein schwang über ihren Kopf hinweg. Als es vorbei war, stand sie wieder auf, aber seine Beinarbeit war schnell und ein weiterer Tritt folgte aus der entgegengesetzten Richtung, der sie im Bauch traf und sie zu Boden warf.

»Okay, Pause«, entschied Wilder.

Sophia ignorierte ihn, stieß sich von der Erde ab, landete auf ihren Beinen und überraschte Evan damit, wie schnell sie sich erholen konnte. Diesmal winkte sie ihm auffordernd zu. Er lächelte und zwinkerte ihr zu.

»Oh, der Winzling will mehr«, sang er. »Das ist genau das, was sie bekommen wird.«

Er griff nach Sophia, drehte sie herum und drückte sie fest an seine Brust, während er ihre beiden Arme nach unten hielt. »Da hast du dich aber ganz schön in die Bredouille gebracht«, raunte er neben ihrem Gesicht.

»Die Sache ist die«, begann Sophia, »manchmal bringt man sich selbst in eine Situation und manchmal wird man dorthin gebracht.«

»Hm?«, fragte Evan.

Sie hob ihren Stiefel an und stampfte mit voller Wucht auf seinen Fuß. Er schrie auf und ließ sie sofort los. Sie ging hinter ihn, während er in gebückter Haltung seinen Fuß umklammerte und nahm ihn in den Schwitzkasten. »Ich wäre für einen Angriff nicht nahe genug an dich herangekommen, bis du mich so umklammert hast.«

»Das war also dein kläglicher Versuch, mir nahe zu kommen, ja?«, grunzte er und konnte seinen Mund kaum öffnen, da sie mit ihrem Arm die Bewegung des Kiefers teilweise behinderte.

Sie zog ihren Griff fester. »Ich wollte dich daran erinnern, in bessere Stiefel zu investieren. Die da haben ihre besten Tage schon hinter sich.«

»Danke«, murmelte er.

Wilder klatschte. »Okay, ich glaube, das war's dann wohl.«

Sophia ließ Evan frei und wich sofort nach hinten, um Abstand zwischen sie zu bringen, falls er einen Vergeltungsangriff unternehmen sollte.

Er rieb sich den Nacken und warf ihr einen trotzigen Blick zu. »Sie hat schon wieder betrogen.«

Wilder lachte. »Eigentlich muss ich wissen ... wo hast du gelernt, wie man kämpft? Ich habe noch nie solche Bewegungen gesehen. Das war mehr ein Tanz als die Demonstration von Stärke.«

»Da ging Strategie über physische Kraft, was sich perfekt für einen kleineren Reiter eignet«, bemerkte Mahkah.

»Vielen Dank«, lächelte Sophia. »Meine Schwester hat mich täglich mit Akio Takahashi trainieren lassen.« Sie schluckte, die Wunde in ihrem Herzen war noch frisch, nachdem sie den mächtigen Krieger erst vor kurzem verloren hatte.

»Meinst du einen Takahashi aus der renommiertesten Kämpferfamilie der magischen Welt?«, fragte Wilder.

Sie blinzelte ihm überrascht zu. »Ich bin schockiert zu erfahren, dass du in der *Blase*, in der sich Gullington befindet, überhaupt von ihnen gehört hast.«

Er rollte mit den Augen. »Weißt du, ich habe irgendwann einmal außerhalb dieser *Blase* gelebt. Wir erfahren hier Dinge. Die Burg sorgt dafür, ebenso wie unser Einsatz in Sachen Allgemeinwissen.«

»Oh, dann bitte ich um Entschuldigung«, sagte Sophia.

Wilder nickte. »Weiter geht's!«

Evan rollte seinen Hals. »Okay, aber dieses Mal, Winzling, gibt es keinen Mister Nice Guy mehr.«

Sophia zuckte mit den Schultern und presste ihre Hände an die Brust. »Erschreck mich nicht so, du großer, starker Mann.«

Wilder lachte und stieß Mahkah den Ellbogen in die Seite. »Ich wette, sie macht ihn fertig. Was sagst du dazu?«

»Bei dieser Wette bin ich raus«, antwortete er, seine Augen drifteten zur Vorderseite der Burg, von wo aus Hiker mit gewohnt ernstem Gesichtsausdruck aus der Ferne zusah.

Kapitel 26

Beim Mittagessen ging es im Speisesaal ohne den anwesenden Hiker lockerer zu. Ainsley teilte mit, dass er darum gebeten hatte, seine Mahlzeit in seinem Arbeitszimmer einzunehmen. Sie behauptete, er habe neue Schimpfwörter erfunden und versuche herauszufinden, wie er den Kindle bedienen musste, um an seine Bücher zu kommen. Anscheinend hatte er die Burg angefleht, sein Büro wieder so einzurichten, wie es vorher war, denn derzeit entsprach es aus welchen Gründen auch immer nicht seinen Anforderungen.

»Wenn er mich einfach nur helfen lassen würde, könnte ich ihm zeigen, wie man den Kindle benutzt«, sagte Sophia zu Lunis, als sie zur Höhle gingen, wo Mahkah das Training am Nachmittag angesetzt hatte.

»Ich glaube nicht, dass er es überhaupt lernen will«, erklärte er.

»Ich glaube nicht, dass er mich hier haben möchte«, fügte sie hinzu.

»Willst du denn hier sein?«, fragte er sie.

»Natürlich«, erwiderte sie und brauchte nicht einmal darüber nachzudenken. »Hier geht es nicht nur um mich. Möchtest du hier sein?«

»Ja, solange du einsiehst, dass Fortschritt auch sehr nach Enttäuschung aussehen kann.«

Sie verengte ihre Augen. »Was soll das bedeuten?«

»Es bedeutet, dass die Dinge nicht immer so laufen, wie wir meinen, dass sie sich entwickeln sollten, aber das bedeutet nicht, dass nichts vorwärtsgeht.«

»Oh, du sprichst wieder einmal in Rätseln«, sang Sophia.

Am Rande ihres Sichtfeldes blitzte eine Bewegung über ihrem Kopf auf. Sie blieb stehen und schirmte ihre Augen ab, während sich am Himmel ein Gewirr aus Violett und Weiß bewegte. Es dauerte einen Moment, bis ihr klar wurde, dass das Durcheinander aus zwei Drachen bestand, die in der Luft miteinander rangen. Das Kratzen von Krallen, knirschenden Zähnen und das wilde Gebrüll der Drachen erfüllte die Luft.

Coral, Evans Drache und Wilders Simi trennten sich und starrten sich mit erhitzten Blicken an, während sie etwa auf Höhe eines zweistöckigen Gebäudes schwebten.

Der violette Drache schoss einen sauberen Feuerstrahl auf den weißen Drachen ab, sodass Simi zur Seite flog, um dem Angriff knapp zu entgehen. Sie hechtete sofort nach vorne, schlang ihren langen Hals um den des anderen Drachen und umklammerte ihn wie einen Ball. Das Paar stürzte zu Boden und überschlug sich mehrfach.

Zur Ruhe gekommen, trennten sie sich voneinander und blieben sich zugewandt, während sie sich aufrichteten. Simi hielt ihre weißen Flügel neben ihrem Körper hoch, während die von Coral an ihren Körper geheftet waren.

»Warum tun sie das?«, fragte Sophia. »Drachen müssen sich doch nicht gegenseitig bekämpfen, oder?«

»Doch, das haben wir früher getan und ich vermute, wir werden es wieder tun«, antwortete Lunis. »Aber sie machen es, weil sie sich langweilen und keine andere Möglichkeit haben, ihre Aggressionen abzubauen.«

»Ja, das ergibt Sinn.« Sophia bemerkte Bell, den Drachen von Hiker und Tala, den Drachen Mahkahs, die aus der Ferne zuschauten. »Mehrere hundert Jahre ohne eine Aufgabe machen wohl jeden verrückt.«

DIE AUSSERGEWÖHNLICHE DRACHENREITERIN

»Drachen, die keine Reiter haben, sind auch ohne Aufgaben zufrieden«, erklärte er. »Doch sobald wir uns entscheiden, eine Bindung mit einem Reiter einzugehen, sind wir mit seiner Weltanschauung hinsichtlich Produktivität, Aufgabe und Gerechtigkeit einverstanden.«

»Sie hat ihr wehgetan!«, schrie Evan und eilte zu Coral, die eine blutige Wunde am Hals hatte.

Quiet war ihm auf den Fersen, ebenso Hiker.

Der violette Drache zischte, entfaltete seine Flügel und streckte sie aus, um die Männer fernzuhalten. Sophia schaute mit offenem Mund zu, ergriffen von dem eigenartigen Anblick, der wohl am wenigsten einer Norm entsprach. Sie hatte nie damit gerechnet, dass sie Reiter und einen Gnom beobachten würde, die versuchten, zu einem verletzten Drachen zu gelangen.

»Es geht ihr gut.« Mahkah war neben ihr aufgetaucht und hatte Sophia erschreckt.

Sie schüttelte den Kopf und verbarg ihre Überraschung. »Aber sie ist verletzt.«

»Ja, aber Drachen heilen recht schnell«, erklärte er und nickte Lunis zu. »Wäre es in Ordnung, wenn ich mich deinem Drachen nähere?«

»Du wirst ihn fragen müssen«, antwortete sie.

»Das habe ich bereits«, sagte er. »Jetzt bist du an der Reihe, deine Erlaubnis zu erteilen.«

»Oh.« Sophia schluckte verwundert. »Ja, es ist in Ordnung. Was passiert jetzt?«

Mahkah murmelte eine Beschwörungsformel und Goldstaub schwebte in der Luft um Lunis. »Ich werde zunächst einige Messungen vornehmen. Ich möchte sein Wachstum verfolgen, denn ich habe noch nie einen jungen Drachen aufwachsen sehen und kenne die Geschwindigkeit nicht.«

»Also, wann hat sich Tala mit dir verbunden?«, erkundigte sich Sophia.

Er blickte liebevoll auf den braunen Drachen, der neben Bell stand. »Als ich fünfundzwanzig war, vor zweihundertfünfundsiebzig Jahren, ein unvergessliches Erlebnis.«

»Ist das alles?«, fragte Sophia sarkastisch.

»Möchtest du ihn kennenlernen?« Er winkte mit der Hand in der Luft und ließ den Goldstaub verschwinden.

Sophia lächelte. »Danke, aber diese Ehre hatte ich gestern schon.«

»Ach, komm schon!«, beschwerte sich Wilder von hinten. »Du solltest doch warten, bis ich da bin, Mahkah die Neuigkeiten zu übermitteln.«

»Neuigkeiten?« Mahkah starrte Sophia und Wilder stirnrunzelnd an. »Du hast also die Drachen getroffen?«

»Sie sind extra heruntergekommen, um sie zu treffen, offenbar aus Neugierde«, erklärte Wilder.

Mahkah schüttelte den Kopf. »Nein, das würden sie nie tun. Aber ich glaube Sophia. Wie interessant.«

Wilder beugte sich zu ihr hinunter und flüsterte ihr ins Ohr: »Siehst du den überraschten Ausdruck auf seinem Gesicht?«

»Nicht wirklich«, gestand sie ehrlich.

»Ja, genau. Das beschreibt annähernd die Emotion, die bei diesem stoischen Krieger möglich ist«, erklärte Wilder. »Deshalb musste ich dabei sein.«

»Was haben die Drachen zu dir gesagt, als ihr euch getroffen habt?« Mahkah kniete neben Lunis, der ganz ruhig und königlich dastand.

»Ich erinnere mich nicht«, log sie. Was hätte sie ihnen erzählen sollen? Dass sie den Wandel einläuten sollte? Das klang prahlerisch und unnötig. »Ich glaube, sie haben mich für ein Abendessen gehalten.«

Wilder lachte. »Sie essen keine Menschen ... nicht mehr.«

»Sehr interessant.« Mahkah beschäftigte sich weiter mit Lunis.

»Ist alles in Ordnung?«, fragte sie.

»Nun, das kann ich nicht wirklich sagen«, antwortete er. »Ich weiß nicht, womit ich ihn vergleichen soll. Er sollte sein Feuer jeden Tag erhalten und es gibt viele andere magische Eigenschaften, die er vermutlich bekommen wird.«

»Was zum Beispiel?«, wollte Sophia wissen, während Lunis, scheinbar gelangweilt von der menschlichen Konversation, in Richtung der anderen Drachen trampelte.

»Es ist schwer zu sagen«, begann Mahkah. »Die Magie jedes Drachen ist einzigartig und basiert auf dem Element, das sie an die Erde bindet. Das haben sie geerbt von ...«

»Erzengel Michael«, lieferte Sophia.

Er nickte. »Das ist richtig. Sein Blut ist in die Erde gesickert und hat jedes Drachenei mit einzigartigen Eigenschaften ausgestattet. Alle Drachen sind mit einem Element verwandt und wenn es vorhanden ist, macht es sie stärker. Tala, zum Beispiel, ist verbunden mit ...« Er neigte den Kopf zur Seite und schaute sie fragend an.

»Erde, richtig?«

»Ja, man erkennt es an seinen braunen Schuppen und an seinem Namen, der ›Wolf‹ bedeutet«, erklärte er. »Am Boden ist er am stärksten, nicht in der Luft.«

Er zeigte auf Bell, den größten Drachen, rot mit grünen Augen. »Sie ist mit der Sonne verbunden und an sonnigen Tagen am stärksten.«

»Simi mit dem Wind«, lieferte Wilder.

Mahkah nickte. »Schließlich ist da noch Evans Drache, Coral. Sie ist am stärksten um den Ozean herum und fliegt schneller als jede andere Kreatur, die ich je gesehen habe.«

»Ich glaube, das geschieht nur, weil sie versucht, von ihrem Reiter wegzukommen«, lachte Wilder.

»Also, Lunis«, begann Sophia, »wird bei Vollmond stärker sein?«

»Ja, aber Vorsicht, denn es gibt immer einen Nachteil bei ihrer elementaren Verbindung«, erklärte Mahkah. »Es ist schwer zu erahnen, was es ist. Vielleicht wird er bei Neumond schwächer sein. Vielleicht in der Nacht mit einer Mondsichel? Dann fliegt er vielleicht nicht so schnell oder hoch. Es ist schwer zu sagen.«

»Er fliegt noch nicht.« Sophia beobachtete, wie er mit den anderen Drachen interagierte, es wirkte befremdlich, weil er von den massiven Biestern umgeben war.

»Das wird er«, meinte Mahkah voller Zuversicht.

»Aber wann?«, bohrte Sophia.

»Bald, glaube ich.«

»Dann werde ich ihn reiten können, oder?«, hakte sie nach.

Er schüttelte den Kopf. »Das kann ich nicht mit Sicherheit sagen. Es liegt an ihm. Nur weil wir Reiter genannt werden, heißt das noch lange nicht, dass wir es können. Es liegt an ihm.«

»Ach ja, richtig«, meinte Sophia lapidar.

Die anderen vier Drachen machten sich auf den Weg zur Drachenhöhle. Lunis sprintete neben ihnen her, allerdings konnte er nicht mithalten, sondern bekam eher den Schmutz ins Gesicht, als sie ihn zurückließen. Sie sprangen in die Luft und stiegen gleichmäßig höher. Lunis lief weiter, seine Flügel schlugen, aber seine Füße blieben fest am Boden. Er wurde langsamer, als er den steilen Hang erreichte, in dem sich die Höhle befand und blickte zum Einstieg hinauf, während die anderen Drachen darin verschwanden.

Sophias Herz schmerzte plötzlich wegen all der Dinge, die sie und ihr Drache durchstehen mussten, bevor sie vorankamen. Jetzt wurde ihr bewusst, dass dieser Prozess nur so vor Enttäuschungen strotzen würde.

Kapitel 27

Vielleicht lag es an der Erschöpfung nach einem ganzen Trainingstag oder vielleicht war es einfach überfällig, aber als es sich Sophia an diesem Abend mit *Die unvollständige Geschichte der Drachenreiter* im Sessel bequem machte, fuhr ihr ein stechender Schmerz in die Glieder.

Lunis blickte plötzlich auf und atmete Rauch durch seine Nasenlöcher aus. »Was ist los?«

Sie schlug mit der Hand auf ihre Brust. »Ich weiß es nicht genau.«

»Du hast Schmerzen«, bemerkte er. »Hast du dich während des Trainings verletzt?«

»Nein, aber jemand sollte nach Evan sehen. Ich glaube, ich habe ihm die Schulter ausgekugelt, obwohl er es nie zugeben würde.«

»Dein Schmerz kommt vom Herzen«, sagte er nach einem Moment, als hätte er darüber nachgedacht, ob er seine Beobachtung in Worte fassen sollte.

»Ich vermisse mein Zuhause«, gestand sie schweren Herzens. »Es ist nicht so, dass ich diesen Ort nicht mag, aber …«

Ein Klopfen an ihrer Tür unterbrach ihre Gedanken.

»Herein!«, rief Sophia.

Niemand trat ein. Sie seufzte, stand auf und schleppte sich in ihrem geschundenen Körper zur Tür. Sie hätte Magie eingesetzt, aber gerade war sie einfach zu erschöpft.

Als sie die Tür öffnete, befand sich niemand auf der anderen Seite. Sophia schaute im Korridor hin und her, fand aber von niemandem eine Spur. Nicht einmal einen kleinen Vogel, der Ainsley sein könnte.

Sie war gerade dabei, die Tür zu schließen, als ein Flüstern auf dem Korridor ihre Aufmerksamkeit forderte.

Mit einem Blick auf Lunis sagte sie: »Hast du das gerade auch gehört?«

Er stand auf und schüttelte sich wie ein Hund nach einem Bad, aber mit viel mehr Anmut. Er war schon wieder gewachsen. »Willst du, dass ich dich begleite?«

»Kommst du mit?«, fragte sie.

»Nachsehen?«, sagte er.

»Oh …« Sie warf einen Blick in den Flur. »Meinst du, ich sollte?«

»Ich glaube, wenn etwas an deine Tür geklopft hat, dann musst du herausfinden, warum es weggelaufen ist, bevor du es begrüßen konntest.«

Sophia überlegte einen Moment. »Okay. Aber du bleibst hier.« Sie konnte seine Erschöpfung fühlen und wusste, dass er sich ausruhen wollte.

»Okay, aber wenn du etwas brauchst … nun, ich bin hier.«

»Danke, Kumpel«, sagte sie und trat in den Flur hinaus. Sie hörte noch, wie ein YouTube-Video auf ihrem Handy gestartet wurde, als sie die Tür zuzog.

Sie lachte, als sie den Flur entlang ging. Die Schatten in der Burg waren heute Abend ziemlich unheimlich und zauberten seltsame Bilder an die Wände.

In einem neuen Flur voller nicht gekennzeichneter Türen angekommen, drehte sie sich um und fragte sich, ob sie in die falsche Richtung gelaufen war. Etwas sagte ihr jedoch, dass das nicht der Fall war.

Das Flüstern kam von der anderen Seite des Korridors. Sophia lief ein eisiger Schauer den Rücken hinunter und vermittelte ihr das Gefühl, sich an Halloween in einem Geisterhaus zu befinden.

Sie ging mehrere Meter, bevor das Flüstern wieder zu hören war, diesmal von der anderen Seite einer Tür. Sophia presste ein Ohr an die Tür und lauschte aufmerksam.

»Hallo?«, flüsterte sie mit gedämpfter Stimme.

Das Flüstern verstärkte sich. Sie legte ihre Finger leicht auf den Türgriff und atmete unentschlossen ein. Bevor sie ihre Meinung ändern konnte, drückte sie ihn herunter.

Sophia war sich nicht sicher, was sie erwartet hatte, aber ein mit Papieren und Büchern übersätes Schlafzimmer war es nicht. Sie blinzelte in die Dunkelheit und fand es leichter etwas zu erkennen, als sie gedacht hätte.

Versuchsweise ging sie ein paar Schritte in den Raum, der etwa so groß war wie der ihre.

»Hallo?« Sie versuchte es wieder.

Etwas streifte ihren Rücken und sie drehte sich um, die Arme kampfbereit. Da war nichts, aber die Tür hatte sich hinter ihr geschlossen. Plötzlich wünschte sie sich, sie hätte Lunis doch mitgenommen.

Eine Kühle, wie von dem Wind, der über das Hochland fegte, breitete sich in Sophia aus. Überall um sie herum wurde geflüstert. Sie schwang sich herum und suchte nach etwas. Irgendetwas, das erklären konnte, was dort vor sich ging. Obwohl sie zur Tür rennen wollte, erlaubte sie es sich nicht.

Stattdessen hörte sie aufmerksam dem Flüstern zu und schloss die Augen, um die Botschaft der Worte zu entschlüsseln.

»Folge seinem Weg«, forderten die Stimmen.

»Folge seinem Weg. Folge seinem Weg. Folge seinem Weg«, wiederholten sie immer wieder.

Sophias Augen sprangen in der Erwartung auf, in diesem chaotischen Raum einen beleuchteten Weg zu entdecken. Es gab keinen, aber sie bemerkte einen Schreibtisch wie den in ihrem Zimmer. Auf ihm lagen stapelweise Zeitungen. Sie ging hinüber und hob das erste zerknitterte Blatt auf.

Ihr Herz hüpfte, als sie das Datum las. Es war von vor weniger als einer Woche.

»Adam«, keuchte sie und das Flüstern verstummte.

Sie schielte auf das Zeitungspapier. Der Drachenreiter hatte einen Artikel auf der Vorderseite eingekreist. Sie zog das Papier darunter heraus. Dasselbe auch hier. Eine Schlagzeile war hervorgehoben. Es gab ein weiteres Dutzend solch markierter Zeitungen.

Sie sammelte die Papiere in ihren Armen und schaute durch das Zimmer. »Hier hat Adam also gewohnt?« Sophia fühlte sich, als spräche sie direkt mit der Burg. »Du wolltest, dass ich das hier finde, aber warum? Du möchtest, dass ich seinem Weg folge?«

Die Burg reagierte nicht so, wie sie es erhofft hatte. Sie hielt sich die Papiere an die Brust und dachte, sie würde die Antwort erst bekommen, wenn sie die von Adam eingekreisten Artikel studiert hatte.

Sophia ging zur Tür und wollte Lunis unbedingt erzählen, was sie gefunden hatte. Doch das Porträt einer Gruppe von Reitern, das neben der Tür hing, hielt sie auf. Eines der Gesichter war ihr bekannt, ohne dass sie wusste, woher.

Es waren etwa ein Dutzend Männer. Adam stand an einem Ende und erschien viel jünger als auf dem Porträt an der großen Treppe. Die meisten der anderen Männer waren unauffällig, aber es gab einen mit langem Bart in der Mitte, der aus irgendeinem Grund Sophias Aufmerksamkeit erregte. Sie las die Auflistung unter dem Bild und atmete

185

tief durch, als sie den Namen entdeckte, der zu dem langbärtigen Burschen passte.

»Oscar Beaufont«, flüsterte sie und suchte in ihrem Gedächtnis nach dieser Person. Sie konnte sich an keinen erinnern, aber das konnte kein Zufall sein.

Sie drehte sich um und sah sich ein letztes Mal im Raum um, bevor sie mit den Zeitungen an der Brust das Zimmer verließ.

Sophia musste Lunis erzählen, was passiert war und die Zeitungen durchsehen, die sie gefunden hatte. Als sie jedoch ihr Zimmer betrat, wurde sie ein weiteres Mal überrascht.

»Ich war es nicht«, versicherte Lunis, als sie stehenblieb und sich im Zimmer umschaute.

Die gelbe Bettdecke und die Vorhänge am Bett waren nun pinkfarben, ein kräftiger Kontrast zu den gedämpften Farben von vorher. An der Wand zwischen dem Kamin und der Tür zum Badezimmer hing ein großer Flachbildfernseher, aber das war noch nicht die auffälligste Veränderung. Es waren die Worte an der Hauptwand bei der Tür zum Korridor. Sie lauteten ›*Familia est Sempiternum.*‹

»Das ist das Motto meiner Familie«, erklärte sie.

»Ich weiß«, sagte Lunis. »Ich habe meine Augen für einen kurzen Moment geschlossen und als ich sie wieder öffnete, war der Raum neu gestaltet.«

Sie schüttelte den Kopf. »Nun, Hiker wird außer sich sein, aber diesmal kann ich nichts dafür.«

»Ja und wenn er schon wütend wird, können wir uns genauso gut zusammenrollen und etwas fernsehen.«

Sophia legte die Zeitungen auf den Tisch. »Ich würde ja, aber ich muss noch etwas tun.«

»Was hast du herausgefunden?«, fragte Lunis.

»Ich glaube, es ist etwas, von dem ein lange verschollener Verwandter wollte, dass ich es entdecke.« Sie breitete die

Zeitungen aus. Es würde die ganze Nacht dauern, um alle durchzusehen und das war für sie völlig in Ordnung. Liebevoll warf sie einen Blick auf die Worte, die schon immer eine Wand in dem Haus der Vierzehn geschmückt hatten, in dem sie mit ihrer Familie wohnte. Plötzlich fühlte sie sich nicht mehr so einsam. Wo auch immer ihre Familie war, sie war zu Hause. Sie lächelte Lunis an, machte es sich bequem und zog die erste Zeitung zu sich heran.

Kapitel 28

Sophia hatte geduscht und war bereits angezogen, als Ainsley ihre Gemächer betrat.

»Du hast bereits Feuer gemacht und die Kerzen angezündet«, beklagte sich die Haushälterin ein wenig beleidigt.

»Es tut mir leid«, erwiderte Sophia und sammelte die Zeitungen ein. »Ich war früh auf und brauchte das Licht.«

»Oh«, sagte Ainsley und sah sich im Raum um. »Du hast dich beschäftigt.«

»Eigentlich habe ich das nicht«, argumentierte Sophia. »Die Burg hat das getan.«

Im nächsten Moment wechselte Ainsley die Gestalt und Hiker stand vor ihr, die Hände auf den Hüften. »Hier ist zu viel Farbe drin. Ich glaube, ich muss kotzen. Wie kannst du es wagen, etwas Neues und Lustiges an diesen Ort zu holen? Wir bevorzugen langweilig.«

Sophia kicherte. »Wenn du denkst, dass er gestern wegen des Kindle verrückt gespielt hat, warte einfach ab.«

»Was ist das?« Ainsley wandelte sich zurück und ging weiter, während sie auf die Zeitungen zeigte.

»Ich möchte es dir erzählen, aber das muss noch warten.« Sie eilte zur Tür und wandte sich dann wieder der Haushälterin zu, die verletzt wirkte. »Es tut mir wirklich leid. Aber noch etwas anderes: Spukt es in der Burg?«

Ainsley nickte. »Spukt es? Das wäre eine Untertreibung. Hier gibt es Geister, Poltergeister und so ziemlich alles, was man sich vorstellen kann. Das beschreibt noch längst nicht, wie sie lebt. Die Burg ist eine Art Lebewesen. Die Geister sind nichts anderes als wir, nämlich Hausgäste.«

»Glaubst du, dass Adam hier ist?« Sophia sah sich um.

»Oh.« Ainsley staunte nicht schlecht, als sie an der Wand die lateinische Phrase *Familia est Sempiternum* entdeckte. »Ich weiß es nicht. Ich glaube nicht. Nicht im Augenblick. Oder noch nicht. Es ist schwer, darüber etwas zu sagen. Ich hoffe, dass er mir einen Besuch abstatten würde, wenn er hier wäre. Ich vermisse ihn sehr. Aber ehrlich gesagt, ich wette, er befindet sich in der Übergangsphase. Oder bei den Engeln. Ich hoffe, ihn irgendwann zu treffen, falls er sich entschließt, zurückzukehren. Es ist immer eine Entscheidung für jeden Einzelnen, aber wer kennt schon die Parameter? Nur die Engel.«

Sophia nickte. »Okay, gut, danke. Ich gehe jetzt schnell runter zum Frühstück.«

»Hat deine Eile etwas mit den Zeitungen in deinen Armen zu tun?«, erkundigte sich Ainsley.

Sie sah Lunis an und lächelte, nachdem sie mitten in der Nacht mit ihm über die kommenden Ereignisse beim Frühstück gesprochen hatte. »Nein oder ja. Ich will nur etwas erledigen, bevor die anderen unten sind.«

Ainsley grinste, lehnte sich nach vorne und flüsterte: »Ich liebe gute Geheimnisse, S. Beaufont.«

»Danke, Ains.«

✶ ✶ ✶

Sophia saß bereits vor einem vollen Teller, als die anderen zum Frühstück auftauchten.

Evan gähnte laut, kreiste seine Schulter, zuckte zusammen und zog eine Grimasse, als hätte er plötzlich Schmerzen. »Ich bin so hungrig, ich könnte ein Pferd verdrücken.«

»Ich auch«, stimmte Lunis zu, obwohl er bereits eine Riesenportion verdrückt hatte.

Evan warf ihm einen Blick über die Schulter zu. »Dein Drache ist so …«

»Entzückend?«, fragte Sophia.

»Er ist anders«, erklärte Evan. »Ich meine, ich mag ihn, aber es ist gewöhnungsbedürftig, wenn ein Drache Witze reißt.«

»Vielleicht tut Coral das auch, wenn du nach Sardinen stinkst«, schlug Ainsley vor, als sie durch den Speisesaal huschte.

»Und das an einem guten Tag«, beteiligte sich Wilder und nahm neben Evan Platz. Er schnüffelte und rutschte einen Stuhl weiter. »Im Ernst, das Wasser hier fließt wie Wein. Benutze es.«

Evan gähnte. »Ich habe es vergessen. Was bringt das überhaupt? Ich werde nach dem Frühstück wieder schwitzen und später auch. Immer wieder einseifen, abwaschen, schwitzen, ein ewiger Kreislauf!«

»Die Sache ist die, dass wir das alle immer wieder tun.« Wilders Augen waren auf den Stapel Zeitungen neben Sophia geheftet. Sie schüttelte leicht den Kopf und ermutigte ihn zu schweigen, weil Hiker gerade mit Mahkah den Saal betreten hatte.

»Nun, das ist mir egal«, brummte Hiker. »Ich möchte, dass du weiter nachforschst.«

Mahkah nickte. »Ja, Sir.« Er lächelte Sophia höflich an und nahm wie gewohnt den Platz ihr gegenüber ein.

Hiker kümmerte sich weder um Sophia noch um die anderen, als er den Stuhl am Kopfende des Tisches herauszog.

»Ich habe ewig gebraucht diesen Stuhl zu reparieren«, merkte Ainsley an und stellte einen Teller mit frischem Obst auf den Tisch. »Die Burg wollte wirklich nicht, dass du dort sitzt, aber ich habe sie überzeugt, dir eine zweite Chance zu geben.«

Hiker holte tief Luft, während er sich eine Tasse heißen Kaffee einschenkte. »Du übertreibst schon wieder, Frau.«

»Tue ich das?«, fragte sie aufgeregt. »Nun, du weißt, wie ich sein kann. Ganz hysterisch. Meine Gebärmutter ist schuld.«

»Wirklich? Ich wollte gerade essen.« Er schob seinen Kaffee weg, bevor er schluckte, als hätte sie ihm den Appetit verdorben.

»Gebärmutter, Gebärmutter, Gebärmutter«, lachte sie und nahm die erste von Lunis' Platten mit.

»Heute kein Obst für mich«, sagte Evan und schob den Teller aus dem Weg, als er nach der überquellenden Platte mit Gebäck griff. »Ich muss meine Reserven wieder auffüllen.«

Ein Schlag traf ihn, als er nach dem obersten Gebäckstück griff. Er riss seine Hand zurück und schaute angriffslustig auf den Teller. »Was? Wofür war das denn?«

Ainsley drehte sich neugierig um. »Das ist eigenartig.«

»Was ist jetzt in die Burg gefahren?« Evan schüttelte seine Hand, als täte sie noch weh.

Wilder griff um ihn herum, um sich ein Stück zu holen. Breit grinsend nahm er sich ein großes. »Scheint mich nicht zu betreffen.«

Mahkah betrachtete den Teller sorgfältig, bevor er ebenfalls einen Versuch unternahm. Er war erfolgreich und ließ das Gebäck auf seinen Teller plumpsen.

»Nun, das ist unfair«, beklagte sich Evan und blickte neidisch auf den Teller. »Das muss Zufall gewesen sein.« Er griff noch einmal zu und kippte fast aus seinem Stuhl, weil die Servierplatte einen weiteren Stromschlag durch ihn hindurchsandte. »Was zum Teufel …?«

Ainsley lachte und schüttelte den Kopf. »Das ist verdammt brillant.«

Evan stand auf und zitterte. »Was ist in die Burg gefahren? Ich habe nicht ein einziges böses Wort verloren seit ... nun, seit einem Tag.«

Die Haushälterin atmete tief durch und sah sich um. »Ich glaube nicht, dass die Burg diejenige ist, die das tut.«

Evan runzelte verwirrt die Stirn, bevor ihm die Realität dämmerte. Er konzentrierte seinen Blick auf Sophia. »Dann muss es unser Winzling gewesen sein. Hast du das Serviertablett so verzaubert, dass ich kein Gebäckstück nehmen kann?«

»Vielleicht«, meinte sie beiläufig, nahm einen Bissen von ihrem Muffin und schloss die Augen, während sie kaute, als wäre er das Beste, was sie je gegessen hätte.

»Tja, du hattest deinen Spaß! Warum hebst du den Zauber nicht auf?«, ermutigte er sie und winkte in Richtung Teller, hielt aber Abstand.

»Das werde ich«, bestätigte sie. »Nachdem Quiet seine bekommen hat.«

Evan knurrte und deutete auf sie. »Hiker, du musst dem ein Ende setzen. Sie ist ... sie ist ... sie ist ... sie ist ...«

Der Anführer der Elite schüttelte den Kopf. »Ich mische mich nicht ein.«

»Wenn du dich entschließt mit dem Mobbing aufzuhören, kannst du ein Gebäck bekommen.« Sophia betonte jedes Wort sorgfältig.

Evan rollte mit den Augen. »Oh, Quiet ist nur ein ...«

»Beende diesen Satz und ich schlage dir jeden einzelnen deiner Zähne aus, sodass Ainsley dein Essen pürieren muss, damit du es durch einen Strohhalm schlürfen kannst«, drohte Sophia.

»Oh, toll!«, brummte Ainsley und warf ihre Hände in die Luft. »Jetzt machst du mir noch mehr Arbeit!«

»Nein«, gestand Sophia. »Es war nur … Ich werde ihm nicht wirklich die Zähne ausschlagen. Das gäbe eine Riesensauerei. Ich will dir nicht noch mehr Arbeit aufbürden.«

Ainsley lächelte und knickste. »Vielen Dank, S. Beaufont. Gute Arbeit mit der elektrifizierten Platte. Einfach brillant.« Sie winkte mit der Hand über Evan. »Du qualmst immer noch, aber es ist auf jeden Fall eine Verbesserung gegenüber dem anderen Geruch, den du ausdünstest.«

Er rümpfte beleidigt die Nase und lehnte sich in seinem Stuhl zurück. »Das ist lächerlich. Warte nur ab, Sophia.« Evan blickte sehnsüchtig auf den Teller mit dem Gebäck.

»Ich werde warten«, lächelte sie und richtete ihre Aufmerksamkeit auf Hiker. »In der Zwischenzeit, nun, ich war letzte Nacht wach und etwas hat mich zu Adams Zimmer geführt.«

»Was?!«, schrie Ainsley und drehte sich um, nachdem sie vor Lunis eine weitere leere Platte aufgehoben hatte. »Das ist seit seinem Tod verschlossen. Ich habe alles versucht, um da reinzukommen!«

Hiker hob eine Hand und brachte die Haushälterin zum Schweigen. »Du bist in Adams Zimmer gegangen?«

»Nun, ich wusste ursprünglich nicht, dass es seins war«, erklärte Sophia. »Ich hörte ein Flüstern. Ich glaube, die Burg wollte, dass ich hineingehe, weil Geister oder was auch immer mich dorthin geleitet hatten. Das ist alles noch Neuland für mich.«

»Warte nur, bis die Burg all deine langen Unterhosen versteckt«, sagte Wilder. »Das war Neuland für mich.«

Hiker warf ihm einen frustrierten Blick zu.

»Du hast recht.« Wilder wandte seinen Blick seinem Teller zu. »Meine Eier werden kalt. Macht ruhig weiter.«

»Jedenfalls, als ich in seinem Zimmer war, fand ich all diese Zeitungen.« Sophia zog den Stapel heran und schob ihn in Hikers Richtung. »Es geht um Weltereignisse, bei denen zwei Seiten nicht miteinander auskommen und …«

»Ich weiß verdammt gut, um was es geht«, schrie Hiker wütend. Hinter dem Wikinger war Ainsley ernst geworden und schüttelte den Kopf, als ob sie Sophia zum Aufgeben bewegen wollte.

Diese weigerte sich jedoch. »Okay, nun, ich wusste nicht, worum es geht, aber es scheint, als hätte Adam nach Missionen für die Drachenreiter gesucht, damit sie weitermachen. Jetzt, wo die Sterblichen Magie sehen können, dachte ich einfach …«

»Dein Drache kann noch nicht einmal fliegen«, warf Hiker mit rotem Gesicht ein. »Er liegt hier und frisst neben uns wie ein räudiger Hund.«

»Das ist nicht fair«, argumentierte Sophia. »Er entwickelt sich erst. Wie kannst du es wagen?«

»Ich wage es«, brummte er mit zusammengebissenen Zähnen.

»Und ich bin brandneu hier, aber ich weiß, die Männer suchen …«

Wilder schüttelte sofort den Kopf. Sogar Evans Augen weiteten sich, als forderte er sie zum Aufhören auf. »Okay, gut. Es ist meine ganz persönliche Beobachtung, dass die anderen hier eine Aufgabe brauchen. Adam schien auch nach etwas zu suchen. Er fand Fälle, an denen ihr arbeiten könnt. Dinge, bei denen ihr tatsächlich etwas bewirken könnt.«

Hiker senkte sein Kinn und betrachtete sie vor Wut schäumend. »Wir sind noch nicht bereit. Die Welt ist noch nicht bereit.«

»Das verstehe ich«, fuhr Sophia fort. »Aber deshalb fangen wir irgendwo klein an. Schaut her.« Sie blätterte die

Zeitungen durch. »Hier gibt es Streit um Öl. Landstreitigkeiten. Es gibt alle möglichen Stellen, wohin man als Judikator gehen könnte. Und Adam …«

»Rede mit mir nicht über ihn«, unterbrach Hiker. Er war vom Tisch aufgestanden und zitterte vor Wut. »Du weißt nichts über ihn.«

»Die Burg führte sie in sein Zimmer und hat es geöffnet«, flüsterte Ainsley.

Hiker bewegte sein Kinn zur Seite und blickte die Haushälterin an.

»Was? Quiet?« Sie sah sich um, als hörte sie den Gnom nach ihr rufen. »Du steckst im Brunnen fest? Ich bin gleich da.« Ainsley eilte in die Küche.

Hiker schüttelte über Sophia den Kopf. »Es wird keine weitere Diskussion darüber geben. Du wirst nicht mehr in Adams Zimmer gehen und du wirst diese Zeitungen entsorgen. Habe ich mich klar genug ausgedrückt?«

Sophia wollte widersprechen. Sie hatte das Gefühl, dass es richtig war, es zu tun. Die Eindringlichkeit in den Augen der drei Männer, die am Tisch saßen, veranlasste sie jedoch, diese Mission aufzugeben. »Ja, Sir. Ich habe verstanden.«

»Sehr gut.« Hiker marschierte aus dem Speisesaal. »Training, Männer! Ich meine, Reiter! Ich möchte, dass ihr heute alle besonders hart trainiert.«

Evan knüllte seine Serviette zusammen und warf sie auf den Tisch. »Oh, schau einer an! Wir dürfen trainieren heute! Das ist ja so anders als gestern!«

Quiet betrat den Speisesaal, seine Wangen waren rot und sein Gesichtsausdruck verwirrt, weil er gerade beinahe von Hiker überrannt worden wäre.

»Guten Morgen, Quiet.« Sophia fühlte sich völlig erschlagen, als sie vom Tisch aufstand, denn sie hatte nicht viel gegessen. »Ich habe dir etwas Gebäck aufgehoben. Ich hoffe, es schmeckt dir.«

Der Gnom blickte auf das Serviertablett mit den Gebäckstücken, lächelte und murmelte etwas, das sie nicht verstehen konnte.

Kapitel 29

och vor den anderen befand sich Sophia bereits auf dem Hochland, eine Axt in der Hand, während sie auf das etwa sechs Meter entfernte Ziel starrte.

Sie presste ihren Kiefer zusammen, hielt die Axt hinter sich in einer Hand und schleuderte sie mit einem wilden Schrei. Diese taumelte durch die Luft und polterte gegen das Ziel, dann schepperte sie zu Boden.

Nichts von dem, was ihr durch den Kopf ging, ergab auch nur im Entferntesten Sinn. Etwas hatte sie in Adams Zimmer geführt, das für alle anderen verschlossen war. Sophia fragte sich, wenn es nicht so gewesen wäre, hätte Ainsley dann die Zeitungen weggeräumt oder wäre Hiker sie losgeworden? Und dann fragte sie sich, wer sie dorthin geführt hatte. War es die Burg oder der Geist eines ihrer Verwandten, der einst Drachenreiter war? Verwirrender als all das war jedoch Hikers Reaktion.

Sie schnappte sich eine weitere Axt, hielt sie bereit und schleuderte sie dann Richtung Ziel. Dieses Mal traf sie es nicht einmal annähernd, sondern flog seitlich vorbei und landete im Gras.

»Obwohl es den Anschein hat, dass du das Axtwerfen beherrschst, habe ich mich gefragt, ob ich dir ein paar Tipps geben könnte«, machte sich Wilder von hinten bemerkbar, die Hände in die Taschen gestopft und mit einem schelmischen Grinsen im Gesicht.

Sophia seufzte und machte sich auf den Weg, die Äxte vom Boden zu holen. »Sicher. Das wäre super.«

»Nun, zunächst einmal«, begann Wilder und nahm eine der Äxte, die neben ihm auf dem Heuballen lagen, »bist du ein bisschen aufgebracht.«

»Also muss ich mich erst einmal beruhigen«, antwortete sie. »Ich habe verstanden.«

Er wartete, bis sie bei ihm war. Mit Leichtigkeit holte er aus und warf die Axt. Sie rauschte auf das Ziel zu und traf direkt ins Schwarze.

»Hey, gut gemacht«, rief Sophia bewundernd.

»Nun, du solltest mir nicht zu viel Anerkennung zollen. Ich habe das so ziemlich jeden Tag seit ein oder zwei Jahrhunderten trainiert.«

Sophia hob ihre Arme. »All dieses Geschick und diese Anstrengung könnten zu etwas nutze sein. Du könntest draußen sein und etwas in der Welt bewirken, anstatt hier in Gullington Zeit zu verschwenden.«

Wilder lächelte nicht mehr. »Hey, nun, ich glaube nicht, dass meine Zeit hier verschwendet wurde. Für Reiter vergeht sie anders. Du wirst sehen, Kleine.«

»Es ist lieb, dass du mich so nennst und es bringt mich absolut nicht dazu, eine Axt nach dir zu werfen«, witzelte sie.

»Schon gut«, beschwichtigte er. »Ich habe viele, viele Jahre Zeit, um dich damit aufzuziehen, dass du jung und unerfahren bist. Ich werde die Witze sparsam einsetzen, damit du nicht im ersten Jahrzehnt schon genervt bist.«

Sophia atmete kräftig durch, holte mit der Axt aus und schleuderte sie auf das Ziel. Sie surrte daran vorbei und blieb im Dreck stecken.

»Nun, du hast es diesmal fast geschafft, also weiter so!« Wilder stupste sie an und stellte sich in Position. Er warf die

Axt in seiner Hand, ohne sich überhaupt auf das Ziel zu konzentrieren und traf erneut ins Schwarze.

Sophia atmete tief ein und versuchte ihre Emotionen in den Griff zu bekommen.

»Soph, warst du jemals in einem Kampf?« Wilder studierte sie.

»Nun, nein, aber ich meine, ich habe …« Sie schluckte und resignierte. »Nein, eigentlich. Nein, war ich nicht. Aber das heißt nicht, dass ich …«

Er hob seine Hand, um sie zu unterbrechen, ein sensibler Blick in den Augen. »Es ist alles in Ordnung. Ich verurteile dich nicht. Wenn überhaupt, bin ich noch mehr beeindruckt, dass du eine Drachenreiterin bist.«

»Du hast in Schlachten gekämpft, bevor du dich mit Simi verbunden hast?«, fragte sie.

»Oh ja, in einer Menge«, sagte er. »Aber in keiner, seit ich hier bin.«

Sophia öffnete den Mund, um über Hiker zu sprechen, aber Wilder hob noch einmal die Hand.

»Wir können zu deiner rechtschaffenen Mission wegen des Einsatzes der Drachenreiter zurückkehren, aber zuerst möchte ich, wenn es dir nichts ausmacht, über Emotionen im Kampf sprechen.«

»Ja, okay«, stimmte Sophia zu und drehte die Axt in ihrer Hand.

»Emotionen sind wirklich wertvoll, wenn man in einen Kampf verwickelt ist. Sie machen den Unterschied zwischen Sieg und Niederlage. Also nein, ich gehe eigentlich nicht davon aus, dass man sich erst beruhigen muss, bevor man eine Axt wirft. Was du tun musst, ist, diese Energie zu bündeln und sie als Antrieb zu nutzen.«

»Also sollte ich mir das Gesicht von Hiker als Ziel vorstellen?«, maulte sie.

Er schüttelte den Kopf und pfiff durch die Zähne. »Wenn du in deine erste Schlacht ziehst, will ich es miterleben. Du bist temperamentvoll.«

Sophia arbeitete daran, sich auf das Ziel zu konzentrieren und lenkte ihre Emotionen als Energie in ihre Arme, anstatt sie in alle Richtungen explodieren zu lassen. Sie zog die Arme hinter den Kopf, diesmal hielt sie die Axt mit beiden Händen. Zuerst atmete sie aus, dann ließ sie die Axt los. Die Waffe schwebte durch die Luft, traf das Ziel und blieb am äußeren, oberen Rand stecken.

»Nun, schon besser.« Wilder ging zur Zielscheibe hinüber und holte die Axt.

»Was ist mit Adam passiert?«, wollte Sophia wissen.

Wilders Blick wanderte auf das Gras, er presste die Lippen zusammen und zögerte plötzlich.

»Oh, gut, also noch mehr Geheimnisse.« Sophias Emotionen waren bereit hochzukochen.

»Nein«, erwiderte Wilder, sein Ausdruck wurde weicher. »Die Wahrheit ist, ich weiß es nicht. Keiner von uns weiß es.«

»Was?« Sie atmete tief durch, denn diese Antwort hatte sie nicht erwartet.

Er fuhr sich mit einer Hand durch die Haare. »Eines Nachts ... na ja, in der Nacht, in der du auf dem Elite-Globus erschienen bist, sind Adam und Kay-Rye abgestürzt.« Er blickte auf das Hochland und deutete in eine Richtung. »Es war da draußen, kurz hinter der Barriere. So nah an unserem Zuhause.« Er schüttelte den Kopf und kämpfte offensichtlich mit der Erinnerung, die sich in seinem Kopf abspielte. »Sie waren schon tot, als wir ankamen und wahrscheinlich waren sie es schon eine Weile.«

»Das tut mir leid.« Sophia verzog schmerzlich die Lippen.

»Danke.« Wilder nickte, um Sophia zu ermutigen, einen weiteren Versuch zu wagen.

Sie warf die Axt erneut. Wie zuvor blieb sie in der oberen Außenkante der Zielscheibe stecken.

»Adam und Hiker standen sich sehr nahe«, erklärte Wilder.

»Ausgerechnet jetzt bin ich in sein Zimmer gegangen und habe seine Papiere rausgeholt! Hiker wird mich für immer hassen, nicht wahr?«

Wilder schüttelte den Kopf. »Nein, das war genau richtig so!« Plötzlich lachte er. »Du hast mich heute Morgen so sehr an Adam erinnert. Wenn du einen Bart hättest, hätte ich den Unterschied vielleicht gar nicht bemerkt.«

»Äh, soll ich mich jetzt bedanken?«

Er lachte wieder. »Ich meine nur, du hast geklungen wie er, so voller Überzeugung. Er und Hiker sind in letzter Zeit ununterbrochen aufeinander losgegangen. Adam wusste, dass es für die Drachenreiter an der Zeit war, ihre Rolle als Judikatoren wieder aufzunehmen. Aber Hiker bestand darauf, dass wir noch nicht bereit wären.«

»Und dass die Welt noch nicht bereit ist«, fügte Sophia hinzu.

»Auch dieses«, bestätigte Wilder.

»Aber ich dachte, du hättest behauptet, sie hätten sich sehr nahegestanden?«, fragte Sophia.

»So war es auch«, erklärte er. »Beste Freunde, seit ich hier bin. Hiker respektierte Adam mehr als jeden anderen, aber wir alle wissen, dass die Person, die wir am meisten lieben, uns normalerweise auch am meisten herausfordert. Noch bevor wir erfahren haben, dass Sterbliche wieder Magie sehen können, stritten die beiden sich ständig. Das war einfach ihre Art. Adam wollte nicht, dass wir uns in Gullington einschlossen, auch als die Sterblichen keine Magie sehen konnten. Er mochte es nicht, nichts über die Welt zu erfahren und hat sich oft hinausgewagt. Er hat mich auf ein oder zwei Exkursionen mitgenommen.«

»Und er hatte die Zeitungen«, fügte Sophia hinzu.

»Das ist richtig«, stimmte Wilder zu. »Ich fürchte, obwohl Hiker uns nicht erlaubt hat, uns mit Fällen zu beschäftigen, ist Adam trotzdem losgezogen und hat einige Schwierigkeiten aufgedeckt. Er wusste mehr über die Welt als jeder von uns – wir leben hier in einer Blase – und Adam war der Älteste von uns.« Er seufzte tief. »Es ist nicht richtig, dass Hiker uns in Gullington einsperrt, aber er hat recht damit, dass wir nichts über die moderne Welt wissen und es Zeit braucht, etwas darüber zu lernen. Der Versuch allein damit zurecht zu kommen, führt nur zu Problemen. Ich befürchte, dass das, was Adam getötet hat, wahrscheinlich etwas war, das er nicht zu bekämpfen verstand. Wir brauchen neues Wissen über die Welt, bevor wir uns wieder hinauswagen … für mich wird es das erste Mal als Drachenreiter und Judikator sein.«

Ein schiefes Grinsen beherrschte sein Gesicht und blitzte in seinen Augen. »Wenn wir nur jemanden hätten, der in der jetzigen Welt aufgewachsen ist und sich mit Technik, demografischen Daten und was weiß ich nicht alles auskennt …«

»Hiker würde das niemals zulassen«, meinte sie schließlich.

»Nein, vor allem nach dem Auftritt, den du heute Morgen hingelegt hast«, stimmte Wilder zu. »Aber ich vermute, mit der Zeit wird er mürbe.«

Sophia schnappte sich eine weitere Axt. »Was bleibt sonst? Sollen wir in der Zwischenzeit einfach alt werden?« Sie warf die Axt, die die Unterseite der Zielscheibe streifte.

»Nein, in der Zwischenzeit musst du an deinem Ziel arbeiten.« Wilder ging auf die Zielscheibe zu, streckte seine Hand aus und ein roter Apfel erschien in seiner Handfläche. Während er sich umdrehte, legte er den Apfel auf seinen Kopf und ging rückwärts, bis er direkt vor der Zielscheibe stand.

»Was zum Teufel tust du da?« Sophia stand das blanke Entsetzen ins Gesicht geschrieben.

»Es ist einfach so, dass nur Üben einen nicht weiterbringt. Ich habe gelernt, dass etwas auf dem Spiel stehen muss, genau wie in einem Kampf, wenn wir trainieren, sonst werden wir nicht besser.« Er lachte. »Evan und ich schließen beim Sparring normalerweise eine Wette ab. Simi ist dafür bekannt, dass sie mich abwirft, wenn ich nicht ernsthaft an mir arbeite. Du, Soph, brauchst auch zusätzliche Motivation, um besser zu werden.«

»Warum wetten wir dann nicht?«, schlug sie vor, ihre Hand mit der Axt war schweißnass.

Er schüttelte den Kopf. »Das wäre nichts. Ich habe nichts, was du willst, denn du kannst dir zaubern, was immer du möchtest. Evan kann das nicht, bei ihm funktioniert es also.«

»Was bekommst du, wenn du gewinnst?«, erkundigte sich Sophia.

Er seufzte, ein friedlicher Ausdruck auf seinem Gesicht. »Ruhe. Er willigt ein, eine Woche lang Ruhe zu geben. Es hält nie so lange an, aber die ersten paar Tage sind magisch.«

Sie lachte. »Okay, nun gut, ich werfe dir diese Axt nicht an den Kopf, also vergiss es.«

»Ich bitte darum, sie mir nicht *an den Kopf* zu werfen. Dein Ziel ist *der Apfel*.« Wilder wirkte albern mit dem Stück Obst auf seinem Kopf. Er lächelte sie an. »Komm schon,

Soph. Du hast es gut geschafft, deine Emotionen in die richtigen Bahnen zu lenken. Jetzt brauchst du nur noch die richtige Motivation, um das Ziel zu treffen.«

»Du meinst den Apfel«, korrigierte Sophia.

»Wenn du ihn getroffen hast, können wir ihn teilen und essen, denn ich habe bemerkt, dass du fast nichts gefrühstückt hast.«

»Wirklich, gibt es denn keine andere Möglichkeit?«, plädierte Sophia. »Der Apfel schwebt vor dem Ziel über dir oder so?«

Er schüttelte den Kopf, der Apfel fiel fast herunter. »Nein, das wäre dann kein Anreiz für dich.«

»Aber der Gedanke, dass ich dich mit der Axt treffen könnte, soll meine Motivation sein?«, fragte Sophia.

»Hey, wenn es dir hilft, ich glaube, dass du das kannst«, bot er an.

Sie senkte die Axt. »Hast du keine Angst?«

»Mehr als nur ein bisschen«, lachte er. »Aber den besten Dingen im Leben geht Angst voraus und folgt dann auf sie auch meist.«

Sie schüttelte den Kopf. »Ihr Drachenreiter seid kranke, eigenartige Leute.«

Er zwinkerte. »Willkommen in der Truppe. Du bist jetzt eine von uns.«

Sophia nahm nicht an, dass sie noch um die Geschichte herumkäme und sie erkannte die Logik in Wilders Methode. Vorher hatte sie einfach nur versucht das Ziel zu treffen. Jetzt hatte sie eine wichtige Aufgabe: Wilder nicht zu töten. Das bedeutete, dass sie nicht einfach nur das Ziel treffen durfte. Sie musste den Apfel teilen.

Sie atmete aus. Kanalisierte ihre Emotionen. Sie schärfte ihren Blick auf den Apfel.

Als sie die Axt warf, biss sie sich auf die Zunge. Die Sekunden zwischen dem Loslassen der Axt und dem Treffen des Apfels waren die längsten ihres ganzen Lebens.

Der Apfel wurde perfekt in zwei Hälften gespalten, eine Seite landete in Wilders Hand. Er holte die andere vom Kopf und lachte erleichtert. »Schön. Ich wusste, dass du es schaffst.«

Sie wollte schreien. Herumhüpfen. Stattdessen lächelte sie, als ob diese Leistung keine große Sache wäre.

Wilder kam ihr entgegen und hielt ihr eine Apfelhälfte hin.

Sie nahm sie. »Danke. Obwohl sie etwas unorthodox sind, schätze ich deine Lehrmethoden.«

Er nahm einen Bissen. »Es ist schön, einen neuen Schüler zu haben und zwar einen, der nicht so dumm ist wie Evan.«

Kapitel 30

Du hast mich nie auf einen Apfel auf deinem Kopf zielen lassen«, klagte Evan, als sie auf das Gebiet vor den Höhlen zumarschierten.

»Weil ich nicht dumm bin«, antwortete Wilder. »Du hast eine Zeit lang kein Ziel getroffen. Ich bin mir nicht einmal sicher, ob du jetzt einen Kürbis auf meinem Kopf treffen könntest.«

»Nun, ich möchte zumindest eine Chance bekommen«, rechtfertigte sich Evan und tat so, als hätte ihn Wilders Aussage verletzt. Während des ganzen Mittagessens starrte er Sophia immer wieder an. Sie ließ sich von seiner Griesgrämigkeit nicht abschrecken. Tyrannen verdienten ihr Mitleid nicht.

»Nach reiflicher Überlegung habe ich beschlossen, dass ich niemals, wirklich zu keiner Zeit erlauben werde, dass du mir eine Axt an den Kopf wirfst«, stellte Wilder fest und klang dabei großzügig.

Evan schenkte ihm ein Lächeln. »Okay, gut, denk noch einmal darüber nach und lass es mich wissen, wenn du deine Meinung geändert hast.«

»Wir fangen heute mit einem Ausritt an, um Sophia eine Vorstellung davon zu geben, wie es funktioniert«, erklärte Mahkah. Er streckte den Arm zum Feld aus, wo Lunis mit den Flügeln schlagend hin und her rannte. »Lunis hat bereits mit einigen Übungen begonnen.«

Es erwärmte Sophia das Herz, ihren Drachen sprinten zu sehen, wie er sich anstrengte, stärker zu werden. »Was soll ich tun?«, fragte sie Mahkah.

»Aufpassen«, befahl er und zeigte auf Coral und Simi, die neben den anderen Männern landeten.

Sowohl Evan als auch Wilder schnippten mit den Fingern. Eine Sekunde später erschienen Ledersättel in ihren Händen. Sie waren glatt, der Hauptteil bestand aus einem dünnen Stück Leder, von dem Seile und dicke, geflochtene Riemen baumelten.

Mahkah wies auf die anderen Reiter. »Ich werde dir einen Sattel anfertigen, wenn Lunis ausgewachsen ist und du ihn reiten kannst.«

Sie nickte und sah zu, wie die beiden Jungs die Sättel in die Luft warfen. Sie verschwanden und tauchten dann wieder auf, eng um ihre Drachen gebunden. »Ich glaube, ich habe nicht gesehen, wie sie die Schnallen um den Unterbauch befestigt haben.«

Mahkah lächelte vorsichtig und zeigte seine Belustigung kaum. »Früher haben wir die Sättel selbst aufgelegt. Das war ziemlich umständlich und für gewöhnlich war unsere Reaktionszeit zu langsam. Ich habe mir diesen Zauberspruch ausgedacht. Er funktioniert fast immer, um die Sättel schnell und richtig anzubringen.«

»Du bist schon so lange hier wie die anderen, oder?« Sophia beobachtete, wie Wilder auf seinen Drachen stieg, Simi hatte sich zuerst gebückt, sodass er auf den Flügel steigen konnte, den sie abgespreizt hatte. Dann stieg er auf, indem er in einer schnellen, fließenden Bewegung ein Bein schwang und über ihren Rücken grätschte. Er erinnerte Sophia an einen Reiter auf einem Pferd, auch wenn das Tier unglaublich alt war, eines der schönsten Geschöpfe, die sie je gesehen hatte und viel größer als jedes Pferd.

»Ich bin seit etwa dreihundert Jahren hier«, stellte er sachlich fest.

»Dann warst du also auch auf keiner Mission?«, fragte sie.

Er verengte die Augen und zögerte. »Tala und ich waren noch nie zusammen in einem Kampf verwickelt oder auf einer Mission, aber er hat viel erlebt und ich auch.«

»Das ist mir klar«, sagte sie schnell. »Das soll auch kein Versuch sein, die Bedeutung dessen, was ihr hier getan habt, herunterzuspielen.«

»Einige von uns werden ein paar hundert Jahre brauchen, um sich auf das vorzubereiten, was die Welt in Zukunft von uns benötigen wird«, erklärte Mahkah, die Hände auf dem Rücken und das Kinn hoch erhoben, während er über das Hochland blickte. »Es gibt auch einige, die viel schneller dafür bereit sein werden.«

Sie studierte ihn und fragte sich, ob er sie damit meinte. Instinktiv mochte sie Mahkah. Er war eher reserviert, im Gegensatz zu Evan und Wilder. Aus irgendeinem Grund wusste sie, dass sie ihm vertrauen konnte. Er war ein ausgesprochen verlässlicher Mann.

Er zeigte auf Simi, als sie sich zu bewegen begann. »Der Start ist für Reiter am schwersten zu erlernen. Pass gut auf.«

Wilder beugte sich auf seinen Drachen hinunter, die Hände an den Zügeln, die Stiefel fest an ihre Seiten gepresst. Simi startete, ihre kraftvollen Beine bewegten sich so schnell, dass sie verschwammen. Ihre Flügel hoben sich langsam, schlugen dann aber kräftig nach unten. Sie wiederholte dies, bis Wilder an den Zügeln zog. Ihr Kopf hob sich, sie stieß sich vom Boden ab und der Flügelschlag steigerte sich. Wilder schien mit seinem Drachen zu verschmelzen, als sie sich in den grauen Himmel erhoben und in den Wolken verschwanden. Coral und Evan waren nicht weit hinter ihnen.

»Er hat ihr gesagt, wann sie starten musste«, stellte Sophia fest und war überrascht von dieser Erkenntnis.

»Das ist richtig«, bestätigte Mahkah stolz. »Weißt du, warum?«

Sie wünschte sich plötzlich, sie hätte die Nacht damit verbracht, *Die unvollständige Geschichte der Drachenreiter* zu lesen, anstatt Adams Zeitungen durchzublättern. »Nein, da bin ich mir nicht sicher.«

»Ein Drache kann, wie du weißt, ohne Reiter fliegen«, begann er. »Doch wenn der Reiter auf seinen Drachen aufsteigt, werden sie im Flug eins. Sie können erst abheben, wenn der Reiter bereit ist. Der Drache mag derjenige sein, der fliegt, aber wenn er seinen Reiter trägt, übernimmt dieser die Kontrolle. Das ist es, was uns verbindet. Der Drache ist die wildeste und unabhängigste Kreatur auf diesem Planeten, aber er gibt diese Freiheit auf, um sich mit seinem Reiter zu verbünden. Wie in jeder guten Beziehung muss jeder einen Teil von sich aufgeben, um mit einem anderen Eins zu werden.«

»Er hat nicht gezögert«, bemerkte Sophia und beobachtete, wie die beiden Drachen in und um die Wolken fegten, hinter ihnen verschwanden und dann wieder auftauchten.

»Nein, denn wenn er es getan hätte, hätte Simi einen Fehlstart hingelegt, der auch oft zu Verletzungen führt.«

Sophia schluckte, ihr Blick schweifte wieder hinunter zu Lunis, der weiterhin über das Hochland rannte, während Bell und Tala ihn aus der Nähe beobachteten. Sie wollte ihm niemals wehtun und der Gedanke, dass sie es könnte, weil sie von Anfang an nicht gut genug aufpasste, ließ ihr Herz schmerzen.

»Und die Landung?«, fragte Sophia. »Ist sie so knifflig wie der Start?«

»So ähnlich«, antwortete er. »Das Wichtigste, woran du denken musst, ist, dass dein Drache tut, was du von ihm forderst, ob es in seinem besten Interesse ist oder nicht. Er wird dir bedingungslos vertrauen. Fehler passieren nur Reitern, die nicht an sich selbst glauben. Seinem Reiter zu vertrauen, bestimmt das Schicksal des Drachen. Evan mag für die eine oder andere Sache aufgezogen werden, aber täusche dich nicht – wenn er auf seinem Drachen sitzt, erhält er das Vertrauen, das nötig ist, um zu beeindrucken. Deshalb wird Coral ihm gehorchen, egal worum er sie bittet.«

Sophia sah den Drachen und den Reiter am Himmel, Evan beugte sich tief hinunter. Coral schraubte sich in einer Spirale durch die Luft und er rührte sich nicht vom Fleck, selbst als der Drache sich über Kopf drehte. Als sie wie eine Rakete aufwärts schoss, hielt er sein Gesicht in den Wind, Mut strahlte von ihm aus.

»Jetzt hast du sicher eine Frage an mich.« Er konzentrierte sich wieder auf die Landschaft.

»Hmmm ...« Sie war jetzt eingeladen, ihn etwas zu fragen. Sie wollte nichts Dummes sagen, also kaute sie stattdessen auf ihrer Lippe herum und dachte nach.

Sie sah zu, wie Lunis neben Bell über den Boden rannte. Der größere Drache ließ ihn spielend hinter sich. Sophia wollte zu ihrem Drachen hinüberlaufen. Ihn anfeuern. Ihm sagen, er würde stärker und schneller werden. Aber sie blieb neben Mahkah wie festgenagelt stehen und schaute hilflos zu.

Schließlich fiel ihr etwas ein. »Stimmt es, dass Elektronik und Elektrizität Drachen beeinflussen?«

Er wölbte eine Augenbraue und wandte sich ihr zu. »Das glaube ich nicht.«

»Nicht?« Sie fragte sich, ob sich ihr Wunsch, diese Antwort zu bekommen, durch eine Gehirnwäsche bei Mahkah erfüllt hatte. Als sie noch ein Kind war, musste sie sehr vorsichtig sein. Da sie ihre Magie so früh erhalten hatte, war es für sie schwer gewesen, sie zu kontrollieren. In seltenen Fällen konnte sie Kinder, die nicht ihrer Meinung waren, in manchen Situationen mit ihrer Magie manipulieren. Sobald sie sich dessen bewusst wurde, hatte sie sich darum bemüht, es zu unterbinden.

Für Sophia hatte es sich schon als Kind nicht richtig angefühlt, Menschen dazu zu bringen, etwas zu tun, was sie nicht selbst wollten. Was hatte es für einen Sinn, wenn jemand ihrer Meinung war, weil sie ihn dazu gezwungen hatte? Sie wollte, dass andere die Dinge taten, die sie auch tun wollten. Alles andere war primitiv.

»Nein, ich glaube nicht, dass Elektrizität oder technische Geräte Drachen beeinflussen«, holte Mahkah aus. »Ich habe mich kürzlich auf Wunsch von Hiker damit befasst. Die Informationen, die wir vorher hatten, stammen aus einer Zeit, als Technologie aufkeimte. Ich habe meine eigenen Experimente durchgeführt und ich denke, dieser Glaube ist aus der Angst vor Veränderung entstanden.«

Er atmete tief durch und überlegte. »Drachen und ihre Reiter sind wahrscheinlich die mächtigsten magischen Geschöpfe, die es je gegeben hat. Wir halten sehr an den alten Traditionen fest. Ich glaube, das liegt daran, dass die Geschichte der Drachen von Anfang an ein Teil ihres Bewusstseins ist. Es muss schwer sein, das Neue zu akzeptieren, wenn die alten Traditionen durch ihre Erinnerungen fließen. Lunis hat damit aber nicht so sehr ein Problem wie die anderen. Ich vermute, es liegt daran, dass er seit dem Schlüpfen bei dir ist.«

»Schon vor dem Schlüpfen«, erzählte Sophia. »Wir haben uns immer zusammen auf der Couch zusammengekuschelt, als er noch im Ei war und haben *Beetlejuice* und *Sabrina, die Teenager-Hexe*, angeschaut.«

Mahkah warf ihr einen merkwürdigen Blick zu. »Bitte entschuldige, dass ich keine Ahnung habe, wovon du sprichst.«

Sie errötete und fühlte sich albern.

»Nichts wichtiges, nur populäre Serien von vor etwa dreißig Jahren«, gestand sie. »Selbst ich bin nicht ganz auf der Höhe der Zeit.«

»Nun, um deine Frage zu beantworten«, fuhr er fort, »ich glaube nicht, dass du dir Sorgen machen musst. Ehrlich gesagt, ob wir es wollen oder nicht, die Welt wird uns in die Moderne drängen. Ich denke, das ist Teil deiner Mission, obwohl ich sicher bin, dass du noch viele andere wichtige Aufgaben haben wirst, wenn es um die Elite geht.«

»Heißt das also, dass du Hiker sagen wirst, dass Elektronik in der Burg gar keine so schlimmen Auswirkungen hat?«, fragte Sophia voller Hoffnung.

»Ich denke«, begann er und zog das Wort in die Länge, »es spielt keine Rolle, was ich ihm sage. Manche Dinge müssen wir einfach selbst entscheiden.«

Sophia nickte und sah zu, wie Bell und Lunis wieder starteten. Doch dieses Mal ließ sie ihn nicht so schnell hinter sich. Er hielt tatsächlich gut mit ihr Schritt, seine Flügel an seinen Körper gedrückt und voll konzentriert.

»Woohoo!«, schrie sie und fühlte, wie sein Stolz in ihrer Brust aufkeimte. So war es, Drache und Reiter zu sein. Seine Siege waren ihre und ihre … nun, sie hoffte, dass er sie fühlen würde, sobald sie sie tatsächlich hatte.

»Es gibt noch etwas anderes, dessen man sich bewusst sein muss«, verkündete Mahkah stolz.

»Die Verbindung unserer Gefühle?« Sophia dachte an den Moment, den sie gerade miteinander geteilt hatten.

»Ja, ganz genau«, antwortete er. »Aber du wirst auch bald merken, dass ihr beide nicht nur stärker werdet, weil ihr trainiert, sondern weil ihr zusammen seid. Deine Sehkraft wird sich so weit entwickeln, dass du wie ein Adler sehen kannst. Das ist die Gabe des Drachen.«

»Und ich werde länger leben, so wie ihr alle«, fügte sie hinzu.

»Ja, aber dein Drache wird auch deine Emotionen stärker empfinden. Das ist der Beitrag des Reiters«, erklärte er. »Denn wenn der Drache einen Reiter auswählt, entscheidet er sich für Kameradschaft, Loyalität und ein Band wie kein anderes. Er gibt seine Freiheit auf, aber beide erhalten Geschenke voneinander.«

»Dann werde ich auch stärker und schneller werden?«, wollte sie wissen.

Er schaute sie an. »Wenn du es nicht schon bist. Ich bin mir nicht sicher, ob ich schon viele kennengelernt habe, die das Axtwerfen nach einer einzigen Übungsstunde beherrscht haben.«

Sie errötete und sah zu, wie Evan und Wilder durch die Wolken herabglitten, ihre Drachen mit gesenkten Köpfen und ausgestreckten Vorderbeinen. Es erinnerte Sophia an die Landung eines Flugzeugs, aber lebendig und fließend, nicht so, wie es ein starres Flugzeug jemals tun könnte.

Als wären sie eins mit der Erde, glitten Drache und Reiter zu Boden und mussten sich nicht erst auf die Landung vorbereiten. Es wirkte so einfach wie die Landung auf einer Wolke und doch so komplex.

Sophia war angespannt und plötzlich froh, dass sie Zeit hatte, sich auf Lunis vorzubereiten. Es kam ihr so vor, als würde es viel mehr Vertrauen als Geschicklichkeit erfordern. Viel mehr Vertrauen als Können. Sicherlich mehr Fantasie als Mut.

Überraschenderweise lächelte sie über diese Erkenntnis. Vielleicht hatte sie das Drachenreiten vorher nicht auf diese Art betrachtet, aber jetzt wollte sie es nicht mehr anders haben.

Kapitel 31

Wochenlang wachte Sophia auf, duschte, machte sich fertig und erhielt von Ainsley Lob für kleinere Erledigungen. Jeden Tag schaffte sie es frühzeitig zum Frühstück und schützte das Gebäck für Quiet vor Evan. Er hatte seit Wochen keinen einzigen dieser großartigen Leckerbissen mehr verspeist. Sie hätte ihm eine weitere Chance gegeben, aber jedes Mal, wenn sie darüber nachdachte, sagte er etwas Selbstgefälliges und verdiente sich damit eine weitere Woche der Strafe.

Während der ganzen Zeit blieb Hiker schweigsam, als wäre er nicht sicher, ob er Sophia für ihre Spielchen belohnen oder bestrafen sollte. Bei jedem Frühstück – die einzige Mahlzeit, an der er teilnahm – kämpfte er mit sich.

Sophia hätte schwören können, dass sie Hiker ein paar Mal tatsächlich darüber grinsen sah, wie sie Evan im Zaum gehalten hatte. Das Funkeln in seinen Augen verschwand jedoch, wenn sie ihm einen fragenden Blick zuwarf.

Sie lernte Hiker zu ignorieren und er hatte das scheinbar auch in Bezug auf sie perfektioniert. Die beiden bewegten sich wie Schatten umeinander herum, sprachen nicht miteinander und akzeptierten die Gegenwart des jeweils anderen nicht wirklich.

Nach einiger Zeit bemerkte sie nicht einmal, dass er wegen ihrer Streiche mit den Augen rollte. Sie nahm nicht wahr, dass er auf der Eingangstreppe der Burg stand und ihr beim Sparring mit Wilder zuschaute. Sie sah ihn nie in der

Ferne lauern, während sie an Mahkahs Seite die Drachen beobachtete.

Die junge Reiterin war so gut geworden, dass Evan es ablehnte, das Kampftraining gegen sie zu absolvieren. Mahkah behauptete ständig, er müsse nach den Drachen sehen. So musste Wilder im Schwertkampf herhalten, was immer dazu führte, dass beide atemlos, mindestens einer blutverschmiert und jeder verdammt fertig war.

»Du bist gut geworden«, sagte Wilder eines Morgens und griff sich an die Seite.

»Gut?«, keuchte Sophia und holte tief Luft.

»Mit ›gut‹ meine ich offensichtlich, dass du mir nur den Arsch versohlen und dich – um Himmels Willen – ansonsten zurückhalten solltest.« Er hob sein Schwert, als wollte sie ihn wieder angreifen.

»Danke«, antwortete sie, froh darüber, dass sie nicht noch einmal versuchen musste, ihm in den Arsch zu treten. Sie hatte Angst, dass sie diese Anstrengungen nicht überleben würde, aber sie würde antreten, selbst wenn es sie umwerfen sollte.

Das Training mit den Drachen war weiter fortgeschritten, aber anscheinend nicht mehr wie früher, da bisher nie ein Neugeborener dabei war. Lunis hatte Fliegen gelernt. Ihn mit Bell und Tala an seiner Seite über dem Hochland schweben zu sehen, erfüllte Sophia mit einer Liebe, die sie noch nie zuvor empfunden hatte. Ihr fehlte nicht, dass sie nicht auf seinem Rücken sitzen konnte. Er hatte gesagt, er wäre noch nicht stark genug, sie zu tragen und sie hatte es sofort verstanden.

Es war merkwürdig, denn Sophia hatte sich anfangs gefragt, weshalb die Männer in all den Jahren in der Burg Gullington nicht vereinsamt waren. Doch als sich ihre

Bindung zu Lunis vertiefte, wurde ihr klar, dass ihre Liebe zu ihm, die Einsamkeit vom Rest ihres Lebens fernhalten würde.

Sophia tat während des Drachentrainings nicht viel mehr, außer zuzuschauen. Allerdings besaß sie verbessertes Sehvermögen, woran sie sich erst einmal gewöhnen musste. Mit ihrer herausragenden Sehkraft hatte sie Wilder beim Aufsteigen von Simi und dem Start so oft zugesehen, dass sie die Aktionen im Schlaf durchführen könnte, gierig auf den Moment, an dem sie auf Lunis reiten konnte.

Für Drachenverhältnisse war er allerdings klein, obwohl er kaum noch in ihr Zimmer passte. Wenn er sich nachts hinlegte, beanspruchte er den größten Teil der freien Fläche. Die nicht notwendigen Möbel waren entfernt worden und er legte seinen Kopf auf ihr Bett, sein sanfter Atem ließ sie wie ein Luftzug durch ein Fenster einschlafen.

Sophia war durch das Training stärker geworden, ebenso ihr Drache. Die Leute um sie herum verspannten sich nicht mehr, wenn sie den Raum betrat. Nun, außer Hiker, aber der fluchte laut Ainsley auch nicht mehr so viel.

Sophia begann mit der Zeit, die Burg als ihr Zuhause zu betrachten. Sie wusste nicht, warum, aber die Burg gab ihr etwas, das sie im Haus der Vierzehn nie empfunden hatte. Es versorgte sie mit etwas, von dem sie nicht geahnt hatte, dass es ihr gefehlt hatte – mit einer Verbindung.

Dennoch war sie immer noch rastlos. Das Training war gut, aber es genügte ihr nicht. Für sie sollte das Training zu etwas führen, aber jedem Tag folgte der nächste, ohne dass ein Ende in Sicht war. Ihr Herz begann zu schmerzen.

An einem jener Morgen hatte sie sich so lange mit diesem Thema herumgequält, dass sie zum ersten Mal seit mehreren Wochen zu spät zum Frühstück kam.

Sie kam an und entdeckte Evan vor dem Teller mit dem Gebäck, ein siegreiches Grinsen auf seinem Gesicht, während er sie ansah.

»Na, sieh mal einer an! Seht mal, wer ausgeschlafen hat!« Er hielt den Teller fest und zuckte mit den Schultern.

»Spar dir das«, sagte sie. »Ich hoffe, du hast deine Lektion gelernt. Sei kein Idiot. Teile das Gebäck. Ende der Geschichte.«

Seine Zunge wischte über seine Zähne. Die anderen Männer sahen die beiden an, als warteten sie auf den nächsten Schritt. »Oh ja, ich habe meine Lektion gelernt und hier kommt sie!«

Sophia drehte sich um und entdeckte Quiet, der wie üblich spät eintraf. Er kam erst zum Frühstück, wenn die Truppe sich bereits niedergelassen hatte.

Sie rollte mit den Augen und richtete ihren Blick auf Evan. »Im Ernst?«

Er lachte hämisch. »Ja. Im Ernst, S.«

Hiker behielt seine Tasse Kaffee im Auge.

Wilder und Mahkah blieben mit versteinerter Miene sitzen. Ainsley stellte ihr Tablett ab und trat zur Seite, als wartete sie auf den Beginn der Show.

Sophia schüttelte den Kopf, bereit, ihren üblichen Platz einzunehmen, aber Evan schnappte sich das einzige Gebäckstück, das noch auf dem Teller lag und hielt es hoch in die Luft.

»Oh, hallo, Quiet«, rief er. »Möchtest du das haben?«

Quiet hob sein Kinn. Er murmelte: »Ja, das möchte ich.«

Sophia seufzte. »Tu es nicht, Evan.«

»Was nicht tun?«, argumentierte er. »Machen, was ich will? Nachdem du das so lange verhindert hast?«

»Tu es nicht«, wiederholte sie.

Er hielt das Gebäck nach oben. »Wie wäre es damit? Wenn der kleine Kerl es erreichen kann, gehört es ganz ihm. Komm schon, Quiet. Spring doch! Würdest du das tun?«

Der Gnom dachte darüber nach. Sein Blick verlagerte sich auf die Obstplatten und auf die Reste vom Fleisch, dann stellte er sich unter das Teigteilchen. Er beugte die Knie, wollte springen, seine Augen huschten hin und her.

»So ist es richtig, kleiner Kerl«, ermunterte Evan. »Zeig mir, wie sehr du es willst.«

»Stopp«, forderte Sophia, aber es half nicht.

Quiet sprang, aber seine Fersen hoben kaum vom Boden ab.

»Oh, ein guter Versuch, aber ich glaube, ich nehme einen Bissen, da du nicht rangekommen bist, kleiner Kerl.« Evan führte das Gebäckstück in die Nähe seines Mundes.

Sophia konnte sich nicht mehr zurückhalten. Sie griff sich ein Messer vom Tisch und warf es quer durch den Raum. Mit beeindruckender Präzision traf es das Gebäck nur einen Zentimeter von Evans Gesicht entfernt und nagelte es an die Wand.

Während seine Hand noch immer neben seinem Gesicht schwebte, als würde er das Gebäck halten, weiteten sich Evans Augen. Er schrie wie ein kleines Mädchen, das stark gezwickt wurde. Es war ein durchdringendes Geräusch, das eine Weile anhielt. So lange, dass sich der Gnom einige Schritte entfernte und Hiker sich wegen des Gekreisches die Ohren zuhielt.

Alle waren erstarrt und schauten den völlig verängstigten Evan an. Sophias Hand befand sich noch in der Luft, nachdem sie das Messer losgelassen hatte. Quiet hatte den Ausdruck des Sieges im Gesicht.

Dann brach alles los.

Zum ersten Mal seit der Ankunft von Sophia Beaufont in Gullington, lachte Hiker. Sehr laut und voller Freude. Das Lachen füllte den gesamten Speisesaal und steckte alle im Raum damit an. Der Rest fügte sich schnell ein, Wilder, Mahkah und Ainsley lachten auf Evans Kosten mit.

Quiet war flink auf einen Stuhl gesprungen und hatte sich das Gebäck von der Wand gegriffen, einen Bissen genommen und Sophia zugezwinkert.

»Du hättest mich fast im Gesicht getroffen«, klagte Evan.

»Das Messer war Meter von deinem Gesicht entfernt«, erwiderte Sophia und lachte mit den anderen, was sie als sehr heilsam empfand.

»Nein, es hat mich fast erwischt!«, beschwerte er sich.

»Es war meilenweit weg«, schüttelte Wilder lachend den Kopf.

»Aber es hätte fast deinen Kopf gestreift«, fügte Ainsley hinzu.

»Und dein Gesichtsausdruck«, prustete Hiker, seine Wangen waren vor Lachen gerötet. »Das war das Beste, was ich seit Jahrhunderten gesehen habe.«

Alle hörten auf zu lachen, sahen ihren Anführer an und stellten plötzlich fest, dass sich die Dinge in der Burg Gullington geändert hatten.

Kapitel 32

Während der ganzen Zeit, seit sich Sophia in der Burg befand, hatte sie dem Büro von Hiker keinen Besuch abgestattet. Die Männer hingen dort offenbar an vielen Abenden herum, tranken und redeten über alles, was sie zu besprechen hatten. Sie wusste nur darüber Bescheid, weil Ainsley es ihr erzählt hatte. Die Haushälterin winkte ab, als sie die Lippen schürzte und nach links schaute.

»Oh, du möchtest doch nicht an diesem langweiligen Fest teilnehmen.« Die Gestaltwandlerin hatte viel Zeit damit verbracht, YouTube-Filmchen mit Sophia anzuschauen und ihre Ausdrucksweise zeigte es deutlich. Hiker hatte erwähnt, dass er nicht einmal mehr die Hälfte von dem verstehen konnte, was sie sagte.

»Nun, du hörst mir sowieso nie zu, also wen kümmert's?«, hatte Ainsley erwidert.

Eines Abends jedoch wurde Sophia davon überrascht, dass sie eine Nachricht von Hiker erhielt, in der er sie um ihre Anwesenheit in seinem Arbeitszimmer bat. Sie wusste nicht, wo sein Büro war, aber das spielte in der Burg keine Rolle. Sie musste nur darüber nachdenken, wohin sie gehen wollte und der Weg wurde ihr gewiesen. Das war ein paar Mal problematisch geworden, wenn sie sich zum Training schleppen wollte, die Burg sie aber immer wieder in ihr Zimmer geführt hatte, weil sie so erschöpft war. Egal, wie oft sie versucht hatte an die Haustür zu gelangen, es hatte nicht funktioniert. Jede Tür führte in ihr Schlafzimmer.

Jetzt brachte sie der Gedanke an Hikers Büro sofort dorthin. Das musste daran liegen, dass sie von dem, was er mit ihr besprechen wollte, völlig fasziniert war. Sie hatte es Ainsley nicht gesagt, aber sie hoffte, dass die anderen Jungs da waren und sie in den ›Jungsclub‹, wie die Haushälterin es nannte, eingeladen war.

Die Hoffnung ließ sie noch schneller gehen, als sie darüber nachdachte, dass er vielleicht wieder anfangen würde, die Reiter auf Missionen zu schicken. Sie konnte kaum atmen, wenn sie an die Möglichkeiten dachte. Die Jungs sollten auf jeden Fall auf Missionen gehen, bis sie und Lunis bereit wären, aber sie würden mit Geschichten zurückkehren und das wäre der Beginn einer neuen Ära von Drachenreitern.

Sie unterdrückte ihre Aufregung an der Tür zu seinem Büro und streckte ihren Kopf hinein. »Sir, du wolltest mich sprechen?«

Hiker blickte von seinem Schreibtisch auf, den Kindle vor sich und einen finsteren Blick im Gesicht. Das Büro war groß, mit einer langen Fensterfront, die einen unglaublichen Blick auf Loch Gullington bot. Die Sonne ging über dem Wasser unter und erzeugte ein wunderschönes Funkeln, das kilometerweit schimmerte.

»Ja, komm rein.« Er richtete seinen Blick wieder auf den Kindle.

Das Büro sah irgendwie aus, als hätte er angefangen zusammenzupacken, alle Regale an den Wänden waren völlig leer. Sophia wusste, dass Hiker kein einziges Buch verräumt hatte, sondern dass die Burg etwas damit gemacht und die Bände auf den Kindle geladen hatte. Sie hatte keine Ahnung, wie dieses Gemäuer das bewerkstelligen konnte. Das war Magie, wie sie sie noch nie zuvor gesehen hatte.

»Hast du herausgefunden, wie man ihn benutzt?«, fragte sie und zeigte auf den Kindle.

Er schüttelte den Kopf. »Nein, das ist keine Magie, die ich nachvollziehen kann. Ich weiß nicht einmal, welcher Zauber ihn zum Funktionieren bringt.«

Sophia behielt ihr Lächeln für sich. »Eigentlich ...« Sie zeigte auf das Gerät, hielt aber inne und las seinen Gesichtsausdruck.

»Sag schon«, drängte er und schien ein wenig zu resignieren.

»Nun, du musst ihn nur einschalten«, erklärte sie. »Da ist eine Taste an der Seite.«

»Taste?«, fragte er und sah sich das Gerät von allen Seiten an. Als er den Einschalter fand, weiteten sich seine Augen. »Wer hat sich diese Dinge nur ausgedacht?«

»Sterbliche«, antwortete sie und grinste.

Der Kindle erwachte zum Leben und leuchtete hell in den Händen des Wikingers. Er legte ihn ab und schob ihn weg.

»Warum bittest du die Burg nicht einfach, dir deine Bücher zurückzugeben?«

Er warf ihr einen zweifelnden Blick zu. »Das könnte funktionieren, wenn ich du wäre, aber die Burg tut nichts mehr, worum ich sie bitte.«

»Hmmm. Ich frage mich, warum«, sinnierte sie und versuchte, nicht zu belustigt zu klingen.

»Wer weiß?«, meinte er mit Blick auf den Kindle.

»Du kannst durch die Liste der Bücher blättern und auswählen, was du lesen möchtest«, erklärte sie weiter, lehnte sich nach vorne und starrte das Gerät an.

Hiker blieb vorsichtig und schwebte mit dem Finger ein paar Zentimeter über dem Bildschirm, als hätte er Angst, er könnte ihm einen Schock versetzen, so wie der Teller mit Gebäck Evan jeden Morgen einen Stromschlag verpasst hatte.

Sophia fühlte, dass er nicht wollte, dass sie ihn dabei beobachtete und wandte ihre Aufmerksamkeit einem riesigen Globus zu, der sich in einem wunderschönen Ständer neben seinem Schreibtisch befand. Sie wusste sofort, dass es kein normaler Globus war.

Ihre Finger flogen über die Oberfläche, bis sie die Stelle fand, an der sie Gullington vermutete, irgendwo in Schottland. Über der grünen Landmasse schwebten fünf rote Punkte.

»Dieser Globus?« Ihre Augen studierten ihn noch immer.

»Das ist der Elite-Globus«, sagte Hiker. »Er zeigt den Standort unserer Reiter an und gibt mir einen Hinweis, wenn sie in Gefahr sind.«

Sophia nickte, nachdem sie das bereits vermutet hatte. Dann drehte sie den großen Globus, bis sie die Westküste der Vereinigten Staaten fand. Ihr Finger landete auf Los Angeles und sie dachte an ihre alte Heimat. »Es gibt also noch mehr von uns auf der Welt?«, fragte sie Hiker und ihre Augen blieben auf den Globus geheftet.

»Du meinst von den Drachenreitern?«, hakte er nach.

»Ja.« Sie erinnerte sich daran, dass *Die unvollständige Geschichte der Drachenreiter* es so klingen ließ, als hätte es einmal Dutzende von ihnen gegeben.

»Wir sind die Elite«, erklärte Hiker. »Wenn sich ein neuer Reiter mit einem Drachen verbindet, sagt es mir der Globus in der Regel. Er war ein bisschen spät dran, mich über dich zu informieren, daher habe ich inzwischen berechtigte Zweifel an seiner Zuverlässigkeit.«

Sie hielt es nicht für angebracht, ihn darüber aufzuklären, dass ihre Schwester mit Riesen befreundet war, die sie und

Lunis geschützt hatten, sodass Hiker sie nicht finden konnte, bevor sie bereit war, das Haus der Vierzehn tatsächlich zu verlassen.

»In der Vergangenheit gab es schon andere Reiter, aber wenn sie sich entschieden, nicht zur Drachenelite gehören zu wollen, verschwanden sie vom Globus«, fuhr er fort. »Ich könnte sie immer noch ausfindig machen, aber ich habe mich entschieden, meine Magie nicht für solche Dinge einzusetzen. Ich will niemanden hier haben, der nicht auch wirklich hier sein möchte.« Seine Stimme hatte eine gewisse Schärfe angenommen.

»Es gibt also noch andere Reiter da draußen?«, erkundigte sich Sophia.

»Ja, natürlich.«

»Gehen sie denn auf Missionen?«, bohrte sie nach.

»Ich habe keine Ahnung.«

Sie schaute auf und spürte die Spannung in seiner Stimme. Er beobachtete sie, seine Augen zuckten hinunter zu der Stelle, an der ihr Finger noch auf Los Angeles ruhte.

Hiker deutete auf den Globus. »Das war eigentlich der Grund, warum ich dich heute Abend hergebeten habe.«

Sophia blickte auf den Globus hinunter, die Stirn in Falten gelegt. »Wegen Los Angeles? Planst du eine Reise? Halte dich von der 101er fern.«

Er schüttelte den Kopf. »Was ist die 101 ... Egal. Nein, du hattest erwähnt, dass du eine Royal für das Haus der Vierzehn warst und als Krieger infrage kommen würdest.«

»Ja«, antwortete Sophia. »Aber Liv ist derzeit Kriegerin für das Haus.«

»Mir ist auch bewusst, dass du die Nächste in der Reihe bist und es keine anderen berechtigten Beaufonts mehr gibt«, erklärte er.

»Richtig …« Sie zog das Wort in die Länge und fragte sich, worauf er hinauswollte.

»Meine Frage an dich lautet: Was wirst du tun, wenn deiner Schwester etwas passiert, was die Engel hoffentlich zu verhindern wissen?«

Sie blinzelte ihn an. »Nun, ich würde nach Hause gehen. Ich würde ihre Stelle einnehmen. Die Familie geht immer vor.«

Er nickte. »Das dachte ich mir.«

»Aber warum ist das wichtig?« Sophia spürte seine Enttäuschung. »Liv ist die beste Kriegerin, die das Haus je hatte. Sie arbeitet direkt für Vater Zeit. Ich glaube nicht, dass sie für mehrere hundert Jahre irgendwo verschwinden wird und wenn sie es tut, sind hoffentlich schon ihre Nachkommen da, die ihre Rolle übernehmen können. Entweder das oder mein Bruder Clark wird es tun.«

Er räusperte sich. »Ich muss wissen, ob du für immer hierbleibst.«

Sie neigte verwirrt den Kopf. »Warum sollte das im Augenblick wichtig sein?«

»Weil ich gerne weiß, was mich erwartet«, antwortete er.

»Nun, du kannst davon ausgehen, dass ich hier bin«, sagte sie. »Also, wenn du mich loswerden möchtest, wird das nicht funktionieren.«

»Dich loswerden?«, fragte er. »Ist es das, was du denkst?«

»Erst seit dem Moment meiner Ankunft«, antwortete sie.

»Nun, ich will nicht behaupten, dass es einfach war, aber ich denke, wir machen langsam Fortschritte.«

Sie nickte. »Ja und in ein paar Jahrhunderten hoffe ich, einen Fall zu bekommen und dann sehen wir weiter.«

Hiker hob einen Zettel auf, der auf seinem Schreibtisch lag. »Warum möchtest du unbedingt auf Mission gehen?«

»Dafür sind wir doch da«, behauptete sie mit fester Überzeugung. »Wir sollten da draußen sein und der Welt helfen, nicht hier drinnen eingesperrt.«

Er seufzte. »Genau deshalb glaube ich, dass du, wenn du die Wahl hast, in das Haus der Vierzehn zurückkehren wirst. Vielleicht wird deine Schwester des Kriegerdaseins müde und tritt zurück. Du bist jetzt alt genug, um sie zu ersetzen, woher weiß ich also, dass du uns gegenüber loyal bist?«

Sie schielte ihn an, als ob sie ihn plötzlich nicht mehr klar wahrnehmen konnte. »Du stellst meine Loyalität in Frage? Ich bin jeden Tag hier gewesen und habe alles getan, was du von mir verlangt hast.«

»Das läuft erst ein paar Wochen. Gib dir ein paar Jahre Zeit und schau, ob du das dann immer noch tun möchtest.«

Sophia schüttelte den Kopf. »Das ist nicht fair. Ich bin hier, weil ich es will. Ich bin eine Drachenreiterin. Ich wurde auserwählt. Ja, ich möchte nützlich sein und auf Missionen gehen, die der Welt helfen. Ich möchte unsere Rolle als Judikator zurückerobern und das will ich viel mehr, als die magische Welt überwachen, wie es die Rolle meiner Schwester erfordert.«

Er schüttelte den Kopf und reichte ihr ein Stück Papier. »Ich glaube dir nicht. Ich schätze, wenn du einmal auf den Geschmack gekommen bist, wirst du nichts anderes mehr wollen. Ich glaube, du willst da draußen sein und Dinge tun, nicht hier drinnen, um dich nur darauf vorzubereiten.«

»Nun, was du denkst, ist falsch.« Sie schnappte sich den Zettel. »Was ist das?«

»Das«, begann er, »ist dein erster Fall.«

»Mein was?« Sie konnte es nicht fassen. »Aber warum?«

»Weil ich dich nicht hier haben will, wenn du lieber einer dieser abtrünnigen Drachenreiter wärst, die nicht auf dem

227

Elite-Globus erscheinen. Die Männer sind hier, weil sie an mich als ihren Anführer glauben. Andere sind gegangen, um ihr eigenes Ding zu machen und du kannst dich entscheiden, das auch zu tun oder zurück ins Haus der Vierzehn gehen und Kriegerin werden. Die Entscheidung liegt bei dir, also gebe ich dir einen Fall. Wenn du ihn abgeschlossen hast, komm zu mir zurück. Dann sag mir, ob du hierbleiben und trainieren kannst, in dem Bewusstsein, dass es Missionen gibt, die du stattdessen erfüllen könntest. Oder du gehst und bist auf dich allein gestellt.«

Sophia wusste nicht mehr, was sie sagen sollte. Sie bekam, was sie wollte, aber nicht auf die Art und Weise, wie sie es wollte. Wenn es ihr gefiel, auf eigene Faust auf Missionen zu gehen, wenn sie das erfüllte, dann wollte Hiker, dass sie verschwand. Wenn nicht … nun, dann blieb nur das Training und die Eintönigkeit auf Burg Gullington, aber das konnte sie sich nicht einmal vorstellen. Sie war sich nicht sicher, was genau vor sich ging, aber das roch gefährlich nach einer Falle.

Kapitel 33

Am nächsten Morgen verließ Sophia mit Lunis das Schloss, bevor die Sonne aufging. Den Zettel, den Hiker ihr gegeben hatte, hielt sie in ihren Händen, obwohl sie den Inhalt bereits auswendig kannte.

»Hiker versucht mir die langweiligste Mission der Welt zu geben, um entweder meinen Geist zu brechen oder meine Erwartungen zurückzuschrauben«, sagte sie, während sie die Sonne über den Bergen aufgehen sah.

»Unsere Jobs können nicht immer einzigartig sein«, erklärte Lunis, der jetzt über ihr thronte, nachdem er in den letzten Wochen stark gewachsen war.

»Bitte sag mir, wann unser Job jemals einzigartig war? Weißt du noch, als du in Loch Gullington abgestürzt bist, dich in diesem Netz verheddert hast und ich es dir aus den Hörnern schneiden musste? Oder als Coral aus Versehen die Schafe aus der Luft fallen gelassen hat und du abtauchen musstest, um mich aus dem Weg zu schubsen, bevor ich zerquetscht wurde?«

»Wir sind noch in der Ausbildung«, brummte er einfach.

»Du klingst schon wie Hiker«, murrte sie.

»Er hat nicht ganz Unrecht.«

»Nun, warum dann dieser langweilige Auftrag?«, fragte Sophia.

»Ich glaube, er will dich nicht hier haben, wenn du rastlos wirst. Er will, dass du wie die anderen Männer bist oder eben gehst.«

Sie schüttelte den Kopf. »Wie vielen hat er das wohl schon angetan? Sie weggestoßen, als sie darum baten, ein Ziel zu erhalten?«

»Diese Frage kann ich dir nicht mit Sicherheit beantworten«, stellte er fest.

»Die anderen wollen es mir nicht sagen«, murmelte sie. »Und ich weiß, dass Adam anders war, aber das würde Hiker niemals zugeben.«

»Ich glaube, er gab dir diesen Auftrag, weil er ganz in der Nähe liegt und nicht zu kompliziert ist, da du als Reiter noch relativ neu bist«, erklärte Lunis.

»Es ist nicht weit, aber ich will nicht wirklich zu Fuß laufen müssen«, sagte sie mit Blick auf das Hochland. Bei der Mission ging es darum, einen Streit zwischen zwei Pferdebesitzern östlich der Burg Gullington zu schlichten, nur wenige Kilometer entfernt. Anscheinend stritten die Züchter um eine Pferdeherde, von der beide behaupteten, der jeweilige rechtmäßige Besitzer zu sein. Die beiden feindeten sich bereits seit geraumer Zeit an und hatten sich wirklich gemeine Dinge angetan, um sich aneinander zu rächen.

»Soll ich dir einen Vorsprung geben?«, fragte Lunis.

»Nein, ich hätte lieber einen Ausritt«, klagte sie.

Der Drache schüttelte den Kopf. »Ich wünschte, ich könnte, aber du bist zu schwer.«

Sie maulte. »Und schon wieder nennst du mich fett.«

»Ich nenne dich nicht fett«, meinte er stumpfsinnig. »Ich bin einfach noch nicht groß genug, um dein Gewicht während eines Fluges zu tragen.«

»Nun, anstatt mir Komplexe zu bereiten, solltest du vielleicht lieber mehr trainieren«, schlug sie vor.

»Ich trainiere jeden Tag stundenlang«, argumentierte er.

»Ja, aber es funktioniert offensichtlich nicht. Vielleicht versuchst du mal dein Training zu modifizieren?«

»Wie denn?«, fragte er mit gesenktem Kinn und skeptisch glänzenden blauen Augen.

»Ich weiß es nicht. Vielleicht mit Pilates.«

Lunis schüttelte den Kopf und marschierte los. »Du bist kindisch, Sophia.« Nach ein paar langen Schritten startete er in die Luft, breitete seine Flügel aus und schwebte dem Sonnenaufgang entgegen.

»Okay, wenn du Stunden vor mir da bist, warte bitte, ja?«, schrie sie ihm hinterher.

✶ ✶ ✶

Sophia war völlig außer Atem, als sie die Anhöhe erreichte, auf der Lunis saß und auf die beiden Farmen hinunterblickte. Aus der Ferne wirkten sie fast idyllisch, mit dem Rauch, der aus den Schornsteinen aufstieg. Die weißen Zäune, die die beiden Bauernhöfe voneinander trennten, waren eher unauffällig, aber Sophia wusste, dass diese Grenzen aus vielen Gründen wichtig waren. Sie hielten die Pferde auf der einen Farm zurück und stellten sie gleichzeitig dem anderen Rancher zur Schau.

»Das sind also die fraglichen Pferde?«, fragte sie mit den Händen auf den Knien und versuchte nach dem langen, mühsamen Aufstieg wieder zu Atem zu kommen. Eine Herde von gut zwanzig Pferden graste auf den grünen Weiden.

»Erinnerst du dich an die erste Regel der Drachenreiter?«, erkundigte sich Lunis und konzentrierte sich auf die Häuser unten.

»In jedem Streitfall bringen die Judikatoren zunächst beide Seiten dazu, zusammenzukommen und zu reden«, sagte sie, wobei sie die Hände auf die Hüften stemmte.

»Und zweitens?« Er klang wie ein Oberlehrer.

»Wir bringen sie dazu, zu verhandeln«, antwortete sie.

»Das ist richtig«, sagte er. »Wie möchtest du vorgehen?«

»Wir bitten beide Parteien zum Gespräch«, antwortete Sophia, Unsicherheit schwang in ihrer Stimme mit.

»Okay«, stimmte er zu. »Dann tu das.«

Sophia murmelte eine Beschwörungsformel. Zwei Schriftrollen materialisierten sich in der Luft, schwebten vor ihrem Gesicht und flogen dann zu den beiden Höfen. Sie beobachtete aus der Entfernung, wie die beiden Züchter ihre Türen öffneten. Beide waren überrascht, als jeder vor sich eine Schriftrolle in der Luft schweben sah. Ihr Adlerblick gab ihr die Chance, dies so zu erkennen, als würde es direkt vor ihren Augen geschehen.

Die Beiden öffneten die Schriftrollen und lasen, Lunis und Sophia tauschten neugierige Blicke aus.

»Bereit für den ersten Auftritt?«, fragte sie.

»Wie wäre es, wenn du zuerst gehst?«, schlug er vor.

»Welche Rolle spielst du dabei?« Sie rollte mit den Augen.

»Ich bin hier, wenn etwas schief geht«, erklärte er.

»Das ist ein klarer Fall.« Sie schüttelte den Kopf, während sie den Hügel hinuntereilte. »Das wird nicht passieren, also nimm dir frei, Drache.«

Sophia brauchte weniger Zeit, als sie erwartet hatte, um über die Felder zu den Bauernhäusern zu gelangen. Sie nahm eine eigenartige Energie wahr, als sie die Grundstücksgrenze überquerte, ignorierte sie aber und erregte beim Näherkommen die Aufmerksamkeit der Männer. Sie gesellten sich entsprechend der Notiz, die sie ihnen hatte zukommen lassen, auf der jeweils eigenen Seite des Zauns zu ihr, als sie ankam. Ein schwarzer Hund lief hinter einem der Viehzüchter herum und hütete freilaufende Hühner.

»Hallo«, grüßte sie und wandte sich abwechselnd den beiden Männern zu. »Danke, dass ihr gekommen seid.«

»Warum sind wir hier?«, fragte Mister Lightbody.

»Ja, ich sehe sein Gesicht nicht gerne«, fügte Mister Hopper hinzu.

»Nun, ich habe einen Weg gefunden, euren Streit zu schlichten und …«

Sophia wurde sofort durch das Gezänk der beiden Männer unterbrochen. Sie brüllten so laut über sie hinweg, dass völlig klar war, dass keine Magie der Welt sie beruhigen würde. Sophia warf ihnen einen Blick zu und fragte sich, ob sie bereits versagt hatte.

Ihren Gedanken folgend flog Lunis nach unten und brachte die Männer sofort zum Schweigen. Beide richteten sich auf und wandten sich dem majestätischen Drachen zu, während er mit hoch erhobenem Kinn seine Flügel schüttelte.

»Ohaaaaa!«, schrie Mister Lightbody und schlug sich mit der Hand an die Stirn.

»Du bist …« Mister Hopper war die gesamte Farbe aus dem Gesicht gewichen.

»Ich dachte, ihr wärt alle weg.« Mister Lightbodys Stimme zitterte. »Mein Urgroßvater hat erzählt …«

»Wir sind wieder da«, unterbrach Sophia ihn und ging zu Lunis. »Wir sind hier, um zu helfen.«

»Nun, da kann man nichts machen«, stellte Mister Hopper sachlich fest. »Er will haben, was rechtmäßig mir gehört.«

»Aber es gibt offensichtlich ein Problem«, sagte Sophia. »Was geht hier also vor?«

Mister Lightbody zeigte auf Mister Hopper. »Er hat vor langer Zeit meine Pferde gestohlen. Er hat sie von meinem Großvater gestohlen und ich will zurück, was mir gehört. Da sind einige preisgekrönte Pferde darunter.«

»Er irrt sich und will nicht zuhören. Unsere Großväter hatten eine Vereinbarung«, argumentierte Mister Hopper. »Die Pferde sollten auf meinem Grund bleiben. Das war sehr klar.«

»Woher willst du das wissen?«, hakte Sophia nach. »Hast du die Vereinbarung vorliegen?«

»Nein. Mein Großvater hat es mir erzählt«, antwortete Mister Hopper. »Sie hatten diese Vereinbarung aus einem wichtigen Grund. Er behauptete, die Pferde müssten hier drüben bleiben. Das hat er sehr bestimmt gesagt.«

»Nun, ich habe keine Vereinbarung und will meine Pferde zurück«, erklärte Mister Lightbody.

»Okay«, sagte Sophia. »Ich denke, wir können hier zu einer neuen Vereinbarung kommen.«

Die Männer studierten sich gegenseitig und schienen nicht annähernd einer Meinung zu sein.

Lunis knurrte, sodass beide erschraken. Es war ein leises Grollen, das in Sophia widerhallte und etwas in ihr zum Schwingen brachte. Dem Ausdruck auf den Gesichtern der Männer nach zu urteilen, geschah etwas Ähnliches mit ihnen.

Lunis' Augen schimmerten nun und Rauch strömte aus seinen Nasenlöchern. Das war eine winzige Machtdemonstration, aber ziemlich wirkungsvoll, basierend auf dem Ausdruck, der über die Gesichter der Männer huschte.

»Eine Vereinbarung«, erklärte Sophia erneut. »Ich möchte, dass ihr beide miteinander redet.«

Die Männer unterhielten sich eine ganze Stunde lang, es ging hin und her, manchmal schrien sie, manchmal bedrohten sie sich gegenseitig. Sophia entließ sie nicht und ihre Magievorführung von vorhin und definitiv Lunis' Anwesenheit brachte die beiden dazu, sie ernst zu nehmen.

Sie war im Begriff selbst Drohungen auszusprechen, als sich das Verhalten von Mister Hopper änderte und er leicht resignierte.

»Ich schätze, ich hatte die Pferde schon lange genug«, tat Mister Hopper kund, seine Augen auf Lunis gerichtet. »Was wäre, wenn ich sie dir für eine Weile überlassen würde?«

Mister Lightbody nickte herzlich, sein vorsichtiger Blick wanderte ebenfalls zu Lunis. »Okay und ich gebe sie dir in einem Jahr wieder.«

Mister Hopper klatschte in die Hände. »Das ist ein guter Plan. Du hast sie jedes zweite Jahr. Wir können uns abwechseln.«

Die beiden lächelten sich an und schüttelten sich die Hände.

»Okay«, konstatierte Sophia und führte Lunis zu der Weide, auf der die Pferde standen. »Dann lasst sie uns bewegen. Wir haben eine neue Vereinbarung.«

Sie lächelte und erkannte, dass ihre erste Mission schneller erledigt war, als sie es für möglich gehalten hatte. So erwachte der Wunsch, es wieder zu tun. Vielleicht hatte Hiker recht und sie musste die Drachenelite verlassen. Vielleicht musste sie sich mit denen zusammentun, die etwas ändern wollten, anstatt zu viel nachzudenken?

Sie nickte, als Lunis die Pferde über die Grenze von einem Hof zum anderen trieb. Ja, es sah so aus, als wäre sie nicht für die Elite geschaffen. Sie brauchte einen Ort, an dem sie das machen konnte, was sie hier tat – eine echte Veränderung herbeiführen.

Kapitel 34

»Wir werden sie auf diese Weide bringen«, erklärte Mister Lightbody und zeigte dabei auf den Zaun auf der anderen Seite seines Hauses.

Sophia winkte mit der Hand, löste problemlos die Schlösser und öffnete so die Tore, die die beiden Weiden voneinander trennten. Ein weiterer kleiner Zauber trieb die Pferde an. Sie hatte beobachtet, wie Quiet diesen speziellen Zauberspruch viele Male benutzt hatte, um die Schafe zusammenzutreiben. Was er tat, war subtil, aber mit der Zeit hatte sie bemerkt, dass es sich eher um eine Kunstform handelte, wie er sich um das Burggelände und die Herde kümmerte.

Lunis stand an der Seite und beobachtete die Pferde mit einem skeptischen Gesichtsausdruck. Er neigte den Kopf, als sähe er etwas, was nicht da war.

»Was ist los?«, fragte sie ihn. Die Bauern waren zu den Pferden gegangen und arbeiteten wahrscheinlich zum ersten Mal in ihrem Leben zusammen.

»Das war zu einfach«, raunte er.

Sie rollte mit den Augen. »Hast du gesehen, wie sie sich eine Stunde lang gestritten haben? Daran war nichts einfach.«

»Ja, aber etwas stimmt nicht«, sagte er. »Ich empfange eine seltsame Energie an diesem Ort.«

»Ja«, stimmte Sophia zu, während sie die Weiden absuchte. »Ich habe etwas bemerkt, als wir hier runterkamen.«

»Es hat mit Drachen zu tun«, sagte Lunis, er verengte die Augen und schnupperte in der Luft.

»Was meinst du?«, fragte sie.

Er schüttelte den Kopf. »Ich weiß es nicht. Ich spüre nur, dass auf diesem Land ein Fluch liegt, der mit Drachen zu tun hat.«

»Nun, die Burg Gullington liegt nur ein paar Kilometer entfernt, das ergäbe also Sinn.« Sophia beobachtete, wie Mister Lightbody die Pferde auf die gegenüberliegende Weide führte. Die ersten waren fast dort angelangt. »Aber Hiker erwähnte nichts in dem Bericht, den er mir gab.«

»Das ist es, was mich daran am meisten stört«, gestand Lunis. »Ich habe das Gefühl, dass hier etwas absichtlich nicht offenbart wurde.«

»Warum?«, wollte Sophia wissen.

»Wenn es einen Fluch auf dem Land so nahe der Burg Gullington gäbe, sollte Hiker mit Sicherheit davon wissen.«

Sophia nickte, die Augen auf die Pferde gerichtet, als diese auf die Weide trabten. Mister Lightbody gab einem der Pferde einen Klaps auf das Hinterteil, sodass es nach vorne stürmte und die anderen vor ihm überholte.

Hätte Sophia nicht genau hingesehen, wäre ihr nicht das kleinste Detail aufgefallen, das darauf hindeutete, dass etwas nicht stimmte. Die Pferde, die bereits auf der Weide waren, verhielten sich seltsam und warfen ihre Köpfe zurück. Sie wieherten, als hätten sie plötzlich Schmerzen.

Dann begannen diese Veränderungen auf alle Pferde überzugreifen, angefangen mit denen, die am weitesten auf die Weide gelaufen waren. Die Muskeln in ihren Hälsen zuckten und dann wurden wie unter Röntgenstrahlen die Knochen sichtbar.

Sophia zog ihr Schwert und Lunis stand plötzlich auf. »Was geht hier vor?«, fragte sie.

»Ich weiß es nicht, aber wir müssen verhindern, dass sie noch weiter gehen«, forderte er eindringlich.

Die beiden Bauern, die jahrzehntelang nicht miteinander ausgekommen waren, arbeiteten nun nahtlos zusammen und brachten die Pferde schnell auf die Weide.

Sie bemerkten nicht, dass sich die Pferde vorne verwandelten. Licht flimmerte über ihre Körper und ließ sie verkrampfen. Sophia konnte die Skelette und auch das Fleisch erkennen. Teile davon schienen bereits verfault, als wären sie Leichen.

Sie atmete tief ein. »Was sind sie?«

»Zombies«, antwortete Lunis mit gesenktem Kinn.

»Was sollen wir tun?«

»Wir bringen sie schnellstens von diesem Land wieder herunter«, erklärte er.

Sophia startete zur gleichen Zeit, als sich Lunis in den Himmel erhob. Der Schlag seiner Flügel sandte einen Energieschub durch die Luft, der die besessenen Pferde blitzschnell vorwärts galoppieren ließ. Die ersten durchbrachen den Holzzaun auf der anderen Seite, so gelangten sie auf eine Weide mit grasenden Kühen.

Die Viehzüchter bemerkten jetzt die Aufregung und rissen die Augen weit auf beim bizarren Anblick der Pferde, die über die Weide trampelten.

»Holt sie zurück!«, schrie Sophia die Männer an.

Sie erstarrten, offensichtlich wussten sie einen Moment lang nicht, was sie tun sollten. Für Sterbliche, die gerade Magie entdeckten, musste dies wie ein seltsamer Albtraum wirken.

»Los!«, rief Sophia und zeigte auf die offene Weide, von der die Pferde gekommen waren. Es lag definitiv ein Fluch auf diesem Land, aber wer wusste, warum er auf den Pferden lastete und nicht auf den anderen Tieren wie den Hühnern, Kühen und dem frei laufenden Hund. Sobald Sophia sich diese Frage stellte, bissen die beiden Pferde vorne nach einer Kuh, die die angreifenden Monster mit purer Panik betrachtete.

»Lunis!«, schrie sie.

Aus der Luft hatte der Drache die potenzielle Katastrophe bereits gesehen. Er öffnete sein Maul, schoss einen heftigen Feuerstrahl und trennte so die Bestien von ihrer Beute. Die Kuh muhte laut und rannte in die entgegengesetzte Richtung davon.

Lunis schwang sich in der Luft herum, bewegte sich in einer Weise, die Sophia noch nie zuvor gesehen hatte und änderte auf der Stelle seine Richtung. Direkt vor den angreifenden Pferden schwebend, jagte er einen weiteren Feuerstrahl auf sie, in der Hoffnung, sie zurückzudrängen. Die Zombiepferde kannten jedoch keine Angst, trampelten direkt in die Flammen und fingen sofort Feuer.

Sie sprinteten durch das Feuer, standen jetzt selbst in Flammen und rannten über die Weide, wobei sie das Gras in Brand setzten. Das Feuer breitete sich unkontrolliert aus. Die brennenden Kreaturen waren ein eigenartiger Anblick, wie sie über die Weide rannten und die Flammen wie Fahnen im Wind hinter sich herzogen.

Im Einklang sprangen die besessenen Kreaturen über den nächsten Zaun und machten sich auf den Weg zu einigen Gebäuden.

»Halte sie auf!«, schrie Sophia.

Lunis beschleunigte und bewegte sich schneller als je zuvor. Er schoss durch die Luft, als hätte er plötzlich einen Energieschub erhalten. Es war inspirierend für Sophia zuzusehen, aber sie wusste, dass sie diese Ablenkung nicht riskieren durfte. Sie blickte wieder zurück zur Herde.

Eine weitere Gruppe von verwandelten Pferden trabte in Richtung der Bauern, die von Chaos umgeben waren, weil die noch normalen Tiere sie umkreisten, bockten und die Köpfe schüttelten, kurz vor ihrer Verwandlung.

Sophia blieb stehen, warf ihre Hand nach oben und kehrte den Zauber um, mit dem sie die Pferde Richtung Weide getrieben hatte. Sie wurden in die Richtung zurückgeholt, aus der sie gekommen waren. Diejenigen, die sich bereits verwandelt hatten, widersetzten sich am stärksten. Eines lief los, hob ein Huhn hoch und riss es in Stücke. Da sie noch nie erlebt hatte, wie Pferde angreifen konnten, war es eine Herausforderung für Sophias Wahrnehmung. Es war zu bizarr, um wahr zu sein und doch wusste sie, dass das, was sie sah, der Realität entsprach.

Sie konnte zwar das Huhn nicht mehr retten, aber als das Pferd, das nun von seinem Hühnerschmaus blutüberströmt war, auf Mister Lightbody zu galoppierte, hatte es Sophia plötzlich eilig. Sie warf sich vor den Bauern und hielt ihr Schwert ruhig, als das Zombiepferd angriff.

Sophia verengte die Augen und bewegte sich kaum sichtbar, während das Monster immer näher kam. Sie positionierte sich vorsichtig und als das Ungeheuer schließlich über sie herfiel, blieb ihr nichts anderes übrig, als ihm das Schwert durch die Brust zu stoßen und es zur Seite zu reißen.

Das Pferd schrie auf und überschlug sich. Aus der Nähe erkannte Sophia, wie deformiert das Monster doch war. Sie konnte von unten direkt in seinen Körper blicken und das freiliegende Fleisch und seine Rippen sehen. Es stank schrecklich, als hätte es tagelang in der Sonne vor sich hin gefault und doch waren die Augen der Kreatur lebendig und voller Wut.

»Es tut mir leid«, bedauerte Sophia die unschuldige Kreatur, die besessen war und deshalb leiden musste. Sie griff

Inexorabilis mit beiden Händen und hielt es über ihrem Kopf. Ein gutturaler Schrei löste sich aus ihrer Kehle, als sie die Klinge tief in die Brust des Monsters bohrte und direkt durch sein Herz stieß. Sie hatte es geschafft, aber Sophia war keine Ruhepause gestattet.

Um sie herum herrschte Chaos. Zombiepferde labten sich an den Hühnern. Die beiden, die in Flammen standen, verteilten das Feuer, während sie mit Lunis auf den Fersen, der weitere Angriffe auf sie abschoss, in Richtung der Berge davon galoppierten. Auf der verfluchten Weide hatten zwei der Monster eine Kuh gestellt, rissen ihr die Eingeweide heraus und genossen scheinbar jeden Bissen.

Sophia schaute über die Schulter. Die einzig gute Nachricht an diesem Morgen war, dass die Bauern endlich zusammenarbeiteten und die restlichen Pferde auf die erste Weide zurück verfrachteten. Der schwarze Hund bellte die Pferde an und erschreckte sie so, dass sie sich fügen mussten.

Sie selbst marschierte zielstrebig und furchtlos auf die beiden Zombies zu, die die arme Kuh verschlangen. Sie war sich dessen bewusst, dass sie von einer anderen Gruppe von Pferden eingekreist wurde.

»Das Wichtigste zuerst«, sagte Sophia zu sich selbst, nahm eine Hand hoch und sandte einen mächtigen Zauber auf das erste Pferd, das dadurch vom Boden abhob. Sie holte mit der Hand weit aus, ließ das Tier durch den Himmel fliegen, auf der sicheren Weide landen und im Gras mehrfach wälzen. Die Kreatur krümmte sich vor Schmerz, aber zu ihrer Erleichterung verwandelte sich das Pferd in seine ursprüngliche Gestalt zurück. Sophia glaubte jedoch nicht, dass ihre Magie ausreichen würde, dies zu wiederholen. Der Transport des Monsters hatte sie viel Energie gekostet.

Das andere Zombiepferd blickte auf, sein Gesicht war blutüberströmt und in seinen seelenlosen Augen lag ein wahnsinniger Ausdruck. Sophia schwang ihr Schwert durch die Luft, nicht nur als Machtdemonstration, sondern auch als Vorbereitung auf das, was sie als Nächstes tun musste.

Das Monster rannte mit weit aufgerissenem Maul und wehender Mähne in ihre Richtung. Als es nah genug war, sprang Sophia in die Höhe, überschlug sich in der Luft und landete auf dem Rücken des Ungeheuers.

Es versuchte sofort sie abzuschütteln. Sie presste ihre Oberschenkel in das weiche Fleisch des Zombies und Sophia drehte sich der Magen um. Trotzdem schlang sie ihre Arme um den Hals des Tieres, ihr Schwert in der Position, ihm die Kehle aufzuschlitzen, wenn es dazu kommen musste, obwohl sie die eigentlich unschuldige Kreatur dahinter nicht töten wollte. Sie wollte das Pferd retten, aber dazu musste es in Sicherheit gebracht werden.

Obwohl sie noch nie geritten war, fühlte sie sich seltsamerweise gut dabei, besonders nach all der Zeit, in der sie den Anderen beim Reiten zugesehen hatte. Sophia lenkte das Zombiepferd und hielt es irgendwie unter Kontrolle, indem sie sowohl ihre restliche Magie einsetzte als auch mit ihren Händen und durch Druck ihrer Oberschenkeln in die entsprechende Richtung drängte.

Mehrmals versuchte das Tier sie abzuwerfen, aber sie klammerte sich fest, ihr Stiefel bohrte sich in die offene Brusthöhle. Etwas derartiges hatte sie sich niemals vorgestellt, aber sie zögerte zu keinem Zeitpunkt, brüllte und leitete das Pferd über die Grenze zur Farm auf die sichere Weide.

Das Tier verwandelte sich unter ihr und warf sie ab, als seine Haut heilte. Sophia flog über den Kopf und überschlug sich mehrmals auf dem Boden.

Sie hatte keinen Moment zum Durchatmen, als sie zum Liegen kam und für weniger als eine Sekunde flach lag. Stattdessen stieß sie sich hoch und sah Lunis zurückkehren, nachdem er seine beiden Zombiepferde verkohlt hatte, denen er hinterhergeflogen war. Es war nur noch eines übrig, das hinter einer Kuh her war, die verzweifelt zu entkommen versuchte.

Sophia blieb nichts anderes übrig, als ehrfürchtig zuzusehen, wie Lunis mit ausgestreckten Krallen und leuchtenden Augen Richtung Boden abtauchte. Er rauschte im Sturzflug durch die Luft, krallte sich das besessene Pferd und stieg wieder nach oben. Rasch schwebte er über ihren Kopf, kam herunter und ließ die Kreatur auf die Weide fallen, wo sie zuvor gewesen war.

Sophia setzte ihre Magie ein, um die Tore zu schließen und damit die Pferde wieder in Sicherheit der Weide einzusperren, wo sie schon seit geraumer Zeit gewesen waren. Jetzt, da sie ihren Schweiß und das Blut eines Zombiepferdes von der Stirn wischte, wusste sie auch sehr genau, warum.

Kapitel 35

Die Brände auf den Weiden rundherum hatten damit begonnen zu verlöschen. Die Angst in den Augen von Mister Hopper und Mister Lightbody war jedoch noch lange nicht verschwunden.

Sie standen fassungslos da und begutachteten das Chaos, das die Zombiepferde hinterlassen hatten.

»Wie?«, fragte Mister Hopper.

Sophia schüttelte den Kopf, als Lunis neben ihr landete. »Ich weiß es nicht, aber ich werde alles tun, damit so etwas nie wieder passiert.«

»Die Vereinbarung«, sagte Mister Lightbody immer noch völlig schockiert.

»Ja, das muss der Grund gewesen sein, warum unsere Vorfahren verlangten, dass die Pferde dort drüben auf meinem Land gehalten werden, obwohl sie deiner Familie gehörten«, vermutete Mister Hopper.

Der andere Bauer fuhr sich mit der Hand durch seinen langen Bart und schüttelte den Kopf. »Ich habe so etwas noch nie gesehen ...« Er verstummte, als sich seine Augen Lunis zuwandten, der nach seiner ersten Schlacht zu glühen schien. Er hielt seinen Kopf mit den Händen und schüttelte ihn. »Ich glaube, ich könnte einen Drink vertragen.«

»Ich auch«, stimmte Mister Hopper zu. »Komm schon, Nachbar. Ich schenke uns etwas ein.«

Beide machten sich auf den Weg zum Haus und kümmerten sich weder um Sophia noch um die Trümmer, die

die Zombiepferde zurückgelassen hatten. Sophias Magiereserven waren nach dieser ersten Schlacht im Alleingang äußerst gering. Sie hatte jedoch nicht vor, die Beseitigung dieses Chaos den unschuldigen Männern zu überlassen. Es war schlimm genug, dass sie so viele Tiere verloren hatten. In Zusammenarbeit mit Lunis reinigte sie die Farmen und hinterließ buchstäblich nicht einmal einen verbogenen Grashalm.

Als sie fertig waren, wandte sich Sophia den Hügeln zu, die dieses Gebiet von Gullington trennten. »Ich wünschte wirklich, du könntest mich tragen«, seufzte Sophia und wanderte auf den Kamm zu.

»Ich wünschte, du könntest mich tragen«, stöhnte Lunis, der auf dem Boden neben ihr blieb.

»Hey, ich habe gesehen, wie du das Pferd in die Luft gehoben hast«, rief sie aus.

»Ja und ich habe dich auf diesem Zombie reiten sehen«, antwortete er stolz. »Gute Arbeit.«

»Danke«, sagte sie. »Wenn du allerdings ein Pferd aufheben und tragen kannst, warum lässt du dich dann nicht von mir reiten?«

Seine Augen glitten zur Seite. »Das ist etwas anderes.«

»Wirklich?«, fragte sie, ihre Füße bewegten sich wie von selbst, obwohl sie sich hinlegen wollte, da sie völlig erschöpft war. »Ich wiege nicht annähernd so viel wie ein Pferd.«

»Das war ein Zombiepferd«, erklärte er.

»Und das macht es warum anders?«, forderte sie.

»Sie haben weniger Teile«, argumentierte er.

Sie schüttelte den Kopf. »Nein, das kaufe ich dir nicht ab.«

»Nun, ich schätze, in dem Augenblick war es das Adrenalin, aber im Moment habe ich keine Möglichkeit, dich zu tragen.«

»In Ordnung«, gestand Sophia ein. »Aber gute Arbeit. Für unsere erste Schlacht haben wir uns gut geschlagen, denke ich.«

»Obwohl die ganze Sache insgesamt eine totale Katastrophe war?«, brummte er.

»Ja, trotzdem«, erwiderte sie und schaute über die Schulter zu den Bauern bei ihren Häusern. »Wenigstens verstehen sich Mister Hopper und Mister Lightbody jetzt wieder.«

»Sie wissen jetzt auch, dass sie diese Pferde niemals auf diese Weide lassen dürfen«, antwortete Lunis.

Sophia konnte immer noch nicht glauben, was sie erlebt hatten. Es schien nicht einmal vor ihrem geistigen Auge real zu sein. Sie versuchte es bis zur Burg zurück zu verarbeiten. Selbst als sie die Barriere überquerte, konnte sie immer noch kaum begreifen, was sie gesehen und durchgemacht hatten.

In der Burg angekommen, blieb Sophia nicht stehen, um Ainsley zu begrüßen. Stattdessen steuerte sie direkt Hikers Büro an.

»Es ist schön, auch dich zu sehen«, erwiderte Ainsley den Nicht-Gruß von Sophia. »Wie geht es dir, Ainsley?«, sagte die Gestaltwandlerin und nahm die Gestalt von Sophia an. Dann verwandelte sie sich zurück. »Mir geht es sehr gut, S. Beaufont. Vielen Dank der Nachfrage.«

Sophia blieb auf dem ersten Treppenabsatz stehen, obwohl sie wusste, dass sie mit Zombiepferd-Blut bespritzt war. »Entschuldige, Ains. Lass uns das später nachholen. Für den Augenblick muss ich einen Wikinger auseinandernehmen.«

Die Haushälterin richtete ihre Augen auf Sophia. »Grüße ihn von mir und sag ihm, dass er mit meinem Lohn zwei Jahrzehnte im Rückstand ist.«

Sophia neigte ihren Kopf zur Seite. »Ist er das? Warum bleibst du dann noch hier?«

Ainsley lachte. »Das ist ein guter Witz, S. Warum ich hier bleibe? Weil es sehr gut funktionieren würde, wenn ich eine andere Stelle bräuchte und meine einzige Referenz von Hiker wäre.« Sie winkte ab. »Weiche deine Klamotten bitte ein, ja? Zombie-Blut ist wirklich schwer herauszubekommen, obwohl es schon eine Weile her ist, dass ich vor dieser Herausforderung gestanden bin. Danke, dass du wieder Würze in mein Leben bringst.«

Sophia betrachtete die Gestaltwandlerin, als wäre sie eine Außerirdische. »Du bist sehr seltsam.«

»Vielen Dank.« Ainsley knickste. »Ich finde dich ebenfalls absolut bizarr.«

Sophia schüttelte den Kopf und ging dann in Richtung Hikers Büro.

✶ ✶ ✶

Sophia wartete nicht darauf, dass Hiker sie hereinbitten würde. Stattdessen stapfte sie in sein Büro und blieb direkt vor seinem Schreibtisch stehen.

»Du hast mich ausgetrickst«, sagte sie bitter.

Er schaute kaum von seinem Kindle auf. »Ich gab dir einen Fall. Das war das, worum du gebeten hast.«

»Du hättest mir sagen können, dass die Pferde sich verwandeln, wenn sie bewegt werden«, argumentierte sie.

Er neigte seinen Kopf hin und her. »Details, nach denen du nicht gefragt hast.«

Sie ballte ihre Fäuste. »Das ist nicht fair. Du hast mich quasi zum Scheitern verurteilt.«

»Nein«, sagte er und schaute endlich auf. »Du hast dich selbst zum Scheitern verurteilt. Hast du Fragen zu der Vereinbarung gestellt?«

»Die Beiden kannten keine Details«, antwortete sie.

»Hast du versucht, etwas herauszufinden?«, fragte er.

»Wie hätte ich das machen sollen?«, argumentierte sie.

»Ich dachte, es wäre einfach. Ich bringe sie dazu, die Pferde untereinander aufzuteilen und alle sind glücklich.«

»Aber um in Verhandlungen erfolgreich zu sein, müssen wir als Judikatoren alle Details des Falles kennen. Andernfalls werden wir immer mehr Schaden als Nutzen anrichten.«

»Ach, weißt du«, begann Sophia, »das hättest du mir in der zeitaufwendigen Schulung, die du mir zu diesem Thema gegeben hast, doch sagen können.«

Er schaute sie finster an. »Ich habe dich nicht in Sachen Verhandlungen geschult.«

»Exakt!«, schoss Sophia zurück. »Du lässt mich kämpfen, Lunis beobachten und *Die unvollständige Geschichte der Drachenreiter* lesen, aber hast du dir eine Sekunde Zeit genommen, dich hinzusetzen und mir etwas von dem zu erzählen, was du mir jetzt gerade mitteilst?«

»Du bist noch nicht bereit«, sagte er.

»Das scheint deine Antwort auf alles zu sein«, zischte sie durch zusammengebissene Zähne.

»Was ist mit den Pferden passiert?« Hiker schaute sie an, als wäre die Antwort nicht durch ihr Aussehen offensichtlich. »Hast du sie alle getötet?«

Sie zuckte zusammen, schockiert über seine Frage. »Nein. Natürlich nicht. Wir haben uns sehr bemüht, sie abzuwehren und mussten nur einige wenige töten. Leider haben wir auch ein paar Kühe und Hühner verloren.«

Überrascht hob er eine seiner Augenbrauen an. »Ist das alles?«

»Ist das gut?«, wollte sie wissen.

»Nun, es ist schon lange her, dass jemand versucht hat, diesen Streitfall zu lösen, aber zuletzt führte es zu einem Massaker an allen Pferden.«

Sie senkte ihr Kinn. »Was meinst du damit, als das letzte Mal versucht wurde, diesen Streit beizulegen?«

»Nun, das war vor den jetzigen Bauern«, brummte er und schob den Kindle beiläufig auf dem Schreibtisch herum.

»Gibst du diesen Fall immer neuen Reitern, um ihren Geist zu brechen?«, bohrte sie nach.

Er rutschte vom Schreibtisch weg und warf ihr einen beleidigten Blick zu. »Natürlich nicht. Ich gab ihn dir, damit du erkennst, wie heikel es ist, Recht zu sprechen. Dass es nie einfach ist. Eine Lösung für beide könnte den Tod aller bedeuten. Gewöhnlich bedeutet ein Kompromiss, dass alle etwas verlieren, aber dein Wunschdenken ist, dass die Reiter einfach da rausgehen und ein Abkommen treffen können und alles großartig wird, weil sie einen majestätischen Drachen an ihrer Seite haben. Ich bin hier, um dir zu sagen, Mäuschen, dass die Dinge in den meisten Verhandlungen mit Drachenreitern nicht so einfach sind.«

»Also sind die anderen gegangen, oder?«, wagte sie zu fragen.

»Sie dachten, sie wüssten es besser«, antwortete er.

Sie warf ihre Hand in Richtung des Elite-Globus. »Und was tun sie da draußen? Du hast keine Ahnung, weil du sie abgeschrieben hast!«

»Und soll ich dich auch abschreiben?«, konterte er. »Oder bist du bereit zu erkennen, dass noch viel mehr Training von deiner Seite aus erforderlich ist? Dass die Welt noch nicht bereit für uns ist? Sonst wären diese Viehzüchter nicht in Panik geraten, nicht wahr?«

Sophia schüttelte den Kopf. »Ich bin eigentlich nicht bereit, diese Frage zu beantworten. Ich möchte wissen, warum sich diese Pferde verändern, wenn sie die Grundstücksgrenzen überschreiten.«

Er zuckte die Achseln. »Es ist ein alter Zauberspruch. Diese Pferde sind Teil eines Abkommens. Sie werden leben, aber wenn sie das Territorium wechseln, verwandeln sie sich.«

»Du warst das, nicht wahr?«, erkannte sie. »Du hast diese Pferde so gemacht. Damit hast du eine Möglichkeit, Reiter zu testen. Sie loszuwerden.«

»Ich habe schon lange keinen Reiter mehr loswerden müssen, nicht seit Evan«, erklärte Hiker, der plötzlich müde klang. »Zwischen Wilder und Mahkah gab es ziemlich viele. Aber ja, in der Vergangenheit musste ich Männer … ich meine, Reiter, darüber aufklären, wie komplex unsere Aufgaben sind.«

»Nun, ich will nicht gehen«, sagte sie mit Bestimmtheit.

»Dann wirst du aufhören, nach Fällen zu fragen«, erklärte er.

Vehement schüttelte sie den Kopf. »Nein. Ich möchte mehr darüber erfahren, wie Reiter verhandeln. Mehr über die Regeln der Rechtsprechung. Ich möchte, dass du es mir beibringst.«

»Gut«, gestand er zu. »Aber keine Fälle.«

»Keine für mich, aber was ist mit den anderen?«, fragte Sophia. »Sie können an Fällen arbeiten. Sie sind bereit. Die Welt kann Drachen und Magie sehen. Die Welt hat Probleme, bei deren Lösung die anderen helfen könnten.«

Er schüttelte den Kopf. »Nein, die Welt ist noch nicht bereit.«

»Das behauptest du immer wieder, aber du glaubst es nicht wirklich.«

»Natürlich tue ich das«, zischte er.

»Nein und willst du nicht wissen, was Adam getötet hat?«, fragte sie. »Weil es da draußen ist? Wir könnten Zeit und Mühe dafür aufwenden, es herauszufinden.«

Seine Augen verengten sich. »Wie kannst du es wagen?«

»Ich wage es«, schoss sie zurück. »Irgendetwas hat ihn getötet und du ermittelst nicht einmal. Auch all diese Fälle, die er in den Zeitungen recherchiert hatte, die du dir nicht einmal ansehen möchtest, obwohl du drei starke Reiter hast, die nichts zu tun haben.«

»Vergiss nicht, wo du stehst!«, wütete er.

»Oder was?«, fragte sie. »Du hast bereits versucht, mich mit einem Trick dazu zu bringen, dass ich gehe.«

»Ich versuche jeden loszuwerden, der nicht hier sein will«, maulte er.

»Nun, die Dinge haben sich geändert. Ich möchte hier sein, aber nicht unter den gegenwärtigen Umständen«, antwortete sie.

Hiker stand auf, legte die Hände auf den Tisch und beugte sich vor. »Du hast nicht das Recht, die Umstände in dieser Burg zu bestimmen.«

»Selbst wenn man den Kopf in den Sand steckt und so tut, als gäbe es nichts, was wir tun könnten, um der Welt zu helfen?«

»Sei vorsichtig«, warnte er.

Sie schüttelte den Kopf. »Nein, du versuchst mich loszuwerden, weil du weißt, dass ich recht habe. Du bist andere Reiter losgeworden, weil sie sich nicht damit begnügten, herumzusitzen, aber das erlaube ich dir nicht. Die Elite hat etwas Schönes an sich und ich möchte ein Teil davon sein, aber nur, wenn du uns die Zügel wieder in die Hand gibst. Mach uns zu dem, was wir einst waren.«

»Du weißt nichts von dem, was wir waren«, warf er ein.

»Nein, vielleicht nicht, aber ich weiß, was im Geschichtsbuch steht.«

»Es ist unvollständig«, antwortete er.

»Ja, daher der Titel: *Die unvollständige Geschichte der Drachenreiter*. Ich habe das meiste davon gelesen«, bestätigte sie selbstbewusst. »Aber ich habe auch einen Drachen, der die Vergangenheit sieht. Der weiß, dass es eine Welt gibt, in der wir etwas bewegen können.«

»Dann geh und mach diesen Unterschied«, zischte er mit zusammengebissenen Zähnen.

»Nein«, widersprach sie entschieden. »Ich bleibe. Ich will die Ausbildung durch dich. Ich will, dass du uns anführst. Ich will …«

»Raus hier!«, brüllte er zornig.

»Nein«, lehnte sie ab. »Ich werde dieses Büro nicht verlassen, bis du mich angehört hast.«

Hiker zeigte auf die Tür. »Ich meinte nicht das Büro. Verlasse sofort die Burg und komm nie wieder zurück. Ich brauche keine Leute wie dich, die versuchen, uns das zu verderben, was wir haben.«

Sie schäumte vor Wut und machte einen Schritt zurück, weil sie nicht glaubte, dass er sie tatsächlich rausgeworfen hatte.

»Ich meine es ernst«, brummte er. »Raus hier. Nimm deine selbstgerechte Besserwisserhaltung und verschwinde. Nimm das, was du über diese Welt zu wissen glaubst und bring sie selbst in Ordnung. Nimm alles mit, was du in die Burg gebracht hast und verschwinde von hier. Wir wollen deinen Typ nicht hier haben.«

Sophia öffnete ihren Mund, um zu widersprechen, aber sie erkannte, dass es nutzlos war. Hiker würde sie niemals anhören. Sie hatte versagt. Sie hatte komplett versagt. Sie hatte Lunis enttäuscht. Sie hatte ihre Familie enttäuscht.

Sie konnte nirgendwo hingehen, aber sie wusste, dass sie gehen musste.

Kapitel 36

Sophia stürmte die große Treppe hinunter, rannte fast in Evan rein, der mitten auf der Treppe sitzend sein Messer wetzte.

»Hey, was ist los mit dir?« Er klang beleidigt.

Sie wandte sich der Eingangstür mit dem Buntglasengel zu. »Sorry, aber ab sofort wird dein Leben wieder leichter.«

»Was soll das heißen?«, fragte er.

»Ich werde gehen«, antwortete sie. »Das ist es, was Hiker die ganze Zeit gewollt hat. Das war es doch auch, was du wolltest, oder? Und wahrscheinlich auch alle anderen hier.«

Evan stand auf, schüttelte den Kopf, seine Erschütterung war ihm anzusehen. »Nein, ich wäre ganz und gar nicht begeistert, wenn du gehen würdest. So viel Spaß hatte ich nicht mehr seit … naja, ich kann mich nicht mehr erinnern. Du lässt dir nichts gefallen und es ist eigentlich ziemlich erfrischend.«

»Aber ich habe dir wochenlang das Gebäck vorenthalten«, meinte sie überrascht.

»Ich war ein Idiot, der nicht teilen wollte«, argumentierte er. »Ich habe den armen Quiet schikaniert. Ich habe sogar darüber nachgedacht, mich zu entschuldigen.«

»Wirklich?«, fragte sie.

»Nun, es könnte ein paar Jahre dauern, bis ich mich tatsächlich entschuldigen kann, aber ich möchte es tun und das sollte etwas wert sein.«

»Warum bist du so ein Idiot geworden?«, fragte sie kopfschüttelnd.

»Ich war der Jüngste von sieben Geschwistern«, erklärte er. »Sie haben immer auf mir rumgehackt. Ich schätze, ich habe die Gelegenheit genutzt, um auf Quiet rumzuhacken, weil ich es konnte.«

Sophia wusste nicht, was sie dazu sagen sollte. Ihr Herz fühlte sich an, als würde es direkt aus ihrer Brust springen, während sie sich in der Burg umschaute, dem Ort, den sie im Begriff war, für immer zu verlassen.

»Ich war noch nie gut darin, ich selbst zu sein«, fuhr er fort. »Die Jungs machen sich über mich lustig, so wie sie es wahrscheinlich auch tun sollten. Ich versuche wohl immer, alles und jeden zu übertreffen. Aber …« Er blickte sich um und schaute sie schließlich wieder an: »Mir gefällt es, dass du mich auf raffinierte Weise in meine Schranken gewiesen hast. Du bist einzigartig, Sophia Beaufont. Wenn du das jemandem erzählst, werde ich es leugnen, aber ich bin froh, dass du hier bist.«

Es fühlte sich an wie der letzte Nagel zu ihrem Sarg. Sie versuchte sich zu rechtfertigen. »Nun, dann habe ich schlechte Neuigkeiten …«

Sie starrte hinauf zum oberen Ende der großen Treppe, wo Hiker stand und auf sie herabblickte.

Evan schaute nach oben. »Was geht hier vor?«

»Ich verschwinde«, sagte Sophia und bevor er dazu Einspruch erheben oder sie ihre Meinung ändern konnte, bevor ihr Herz noch schlimmer brach, öffnete sie die Eingangstür und rannte hinaus in das Hochland, gerade als es begann, wie aus Eimern zu schütten.

* * *

Innerhalb von dreißig Sekunden war Sophia völlig durchnässt. Aber das war ihr egal. Es fühlte sich an, als ob das

Universum oder vielleicht die Engel oder wer auch immer auf sie hinunterschaute und versuchte, ihre Probleme wegzuspülen.

Sie warf einen Blick auf die Drachenhöhle, aber in diesem Unwetter konnte sie sie nicht sehen. Dort könnte Lunis sein. Er war nicht in die Burg gekommen und sie hatte das Gefühl, dass er nach seinem ersten Kampf vielleicht bei den anderen Drachen sein wollte, obwohl er normalerweise immer die Nacht bei ihr verbrachte, selbst wenn er der Höhle einen Besuch abgestattet hatte.

Sie wusste, dass sie nicht ohne ihn gehen durfte. Technisch gesehen könnte sie es über ein Portal, aber das würde sie niemals tun. Sie hatte ohnehin nicht vor zu verschwinden, obwohl sie nicht wusste, was sie mit sich selbst anfangen sollte. Nach Hause, ins Haus der Vierzehn, war zu diesem Zeitpunkt keine Option. Das Gefühl, sich selbst enttäuscht zu haben, würde immer bleiben. Auch, als hätte sie alle im Stich gelassen.

Deshalb rannte sie los, obwohl sie keine Ahnung hatte wohin, über das Hochland, das Kinn erhoben, der Regen tropfte auf ihr Gesicht und floss über die Wangen.

Sophia wagte es nicht, Lunis zu sich zu rufen. Sie musste mit ihren Problemen allein sein und ihn nicht damit belasten. Am Morgen würde alles besser werden oder zumindest hoffte sie, dass es besser werden könnte.

An einem großen Felsen auf dem Gelände angekommen, ließ sich Sophia nieder und plante, dort zu übernachten. Es war nicht der beste Ort, an dem sie je geschlafen hatte. Eigentlich war es der absolut schlimmste. Obwohl es nicht dunkel war, fühlte es sich durch das Unwetter so an.

Sophia bemerkte, wie ihre Stiefel im Schlamm versanken und wusste, dass sie bald mehrere Zentimeter im

Wasser sitzen würde. Dennoch erlaubte sie sich nicht, zu verzweifeln.

Was hieß es schon, dass man sie rausgeworfen und sie dadurch ihre einzigen Freunde verloren hatte? Was spielte es für eine Rolle, dass sie allein war und ihr Drache sich in der warmen Höhle befand? Was bedeutete es, wenn sie nicht mit der Elite trainieren konnte? Und was sollte es, wenn die Welt zur Hölle fahren würde, während die Drachenreiter in der Burg Gullington immer in den Tag hineinlebten?

Sie legte ihre Arme auf die Knie, beugte sich vor und redete sich ein, es wäre egal.

Der Regen wurde stärker, aber Sophia redete sich ein, dass er bald nachlassen würde.

»Nur noch fünf Minuten«, murmelte sie und kostete das Regenwasser.

Als der Regen tatsächlich abrupt aufhörte, dachte Sophia schon, sie könne hellsehen. Dann blickte sie auf, bemerkte den Schatten über sich und ihr Herz klopfte erfreut. Neben ihr im Schlamm saß Lunis, der lautlos, ohne ein Rauschen oder etwas anderes zu ihr gekommen war. Er hatte einen seiner Flügel über ihr ausgebreitet, der sie vor dem Regen schützte, den sie auf ihn niederprasseln hörte.

»Vielen Dank«, sagte Sophia. »Ich wollte dich nicht stören.«

»Sophia, auch wenn du auf der anderen Seite der Welt wärst, würde ich fühlen, dass dein Herz bricht, so wie jetzt«, erklärte er, sowohl laut als auch in ihrem Kopf.

»Lun, ich habe es versucht, aber er …«

Lunis schüttelte den Kopf und blickte über seinen Flügel auf sie herab. »Er ist noch nicht bereit.«

Sie kicherte. »Das ist Hikers Text.«

»Es passt zu ihm. Deshalb sagt er es auch ständig«, murrte Lunis.

DIE AUSSERGEWÖHNLICHE DRACHENREITERIN

Sie schmiegte sich enger an ihren Drachen. »Ich weiß einfach nicht, was ich tun soll. Ich kann nicht aufgeben.«

»Ich weiß«, sagte er. »Deshalb bist du hier und ich denke, die guten Möglichkeiten werden dich finden. Was ich an dir schätze, ist, dass du Wege vorbereitest, lange bevor du sie beschreiten musst.«

»Ich weiß nicht, was du meinst«, antwortete sie.

Er deutete mit dem Kopf Richtung einer kleinen Laterne, die im Regen immer näher kam. Jemand war zu ihnen unterwegs, das Licht schwang hin und her. Es war jemand Kleines, der beim Gehen watschelte.

Sophia konnte es kaum glauben, als sie sah, wie Quiet durch das Unwetter auf sie und Lunis zulief.

Kapitel 37

Sophia beobachtete Quiet durch den Regen. Er blieb stehen, als er nur noch wenige Meter entfernt war, seine Laterne schwang im Wind.

Er öffnete den Mund und sprach, aber sie konnte kein einziges Wort verstehen, der Regen prasselte zu laut. Sie bezweifelte, dass sie es auch ohne könnte, da er so leise sprach.

»Komm näher«, drängte sie und bot ihm Deckung unter Lunis' Flügel an.

Der Gnom blickte auf, als wollte er den Drachen um Erlaubnis bitten. Lunis nickte dem Gnom zu, als Bestätigung, dass er sich zu Sophia gesellen durfte.

Als er bei ihr war, wusste Sophia nicht, was sie sagen sollte. Es war einfach ungünstig, sich Nase an Nase mit einem Gnom während eines sintflutartigen Regengusses zu unterhalten. Sie blinzelte ihm in der Dunkelheit zu und wartete darauf, zu erfahren, was er sagen wollte.

Schließlich flüsterte er: »Ich muss dir etwas zeigen.«

Sophia neigte ihren Kopf zur Seite und fragte sich, ob sie ihn richtig verstanden hatte. »Mir? Bist du sicher? Was ist es denn?«

Er schüttelte den Kopf. »Ich möchte, dass du es mit eigenen Augen siehst. Ich weiß nicht, wie ich es erklären soll. Wirst du mir folgen?«

Sophia stand auf und gleichzeitig hob Lunis seinen Flügel an, um Platz für sie zu machen. »Ja, natürlich. Wohin gehen wir?«

Quiet drehte sich um und zeigte auf die Berge, die wegen des Regens und der tiefhängenden Wolken nicht zu sehen waren, aber Sophia wusste, dass sie da draußen waren. Sie hatte sich diese Hügel gemerkt. Das Hochland. Die Burg Gullington.

»Außerhalb der Barriere?«, erkundigte sich Sophia.

Er nickte ruhig.

»Okay, ist es sicher?«, fragte sie.

Er starrte sie nur an, eine eigenartige Weisheit in seinen Augen.

»Okay, gut, ich folge dir überall hin, Quiet«, sagte sie ihm.

Er nickte. »So lautet mein Name nicht.«

»Wie dann?«, wollte sie wissen.

Zum ersten Mal überhaupt lächelte er. »Ich werde ihn dir eines Tages verraten, aber um ihn zu erfahren, musst du hierbleiben.«

Sophia wollte weinen. Schreien. Ihm sagen, dass sie alles tun würde, um bei der Drachenelite zu bleiben. Stattdessen erwiderte sie einfach sein Lächeln. »Ok, ich werde mein Bestes geben. Du gehst voraus, Quiet.«

✷ ✷ ✷

Sie wanderten einige Zeit, ohne dass jemand etwas sagte. Sophia dachte nicht, dass es eine Rolle spielen würde, wenn sie es täten. Sie konnte Quiet ohnehin nicht verstehen, es sei denn, er war direkt in der Nähe ihrer Ohren. Außerdem wusste sie, was Lunis dachte und er was sie dachte. Tatsächlich war diese ganze Mission ein Mysterium und sie hatte nichts dagegen.

Als sie an eine Schlucht kamen, die schwer zu überwinden war, ließ der Regen schließlich nach, als würde er ihnen angesichts des beschwerlichen Weges, den sie vor sich hatten, eine Pause gönnen. Das Gelände war glitschig und oft verlor Sophia den Halt. Dennoch folgte sie Quiet, beeindruckt davon, wie der Gnom den rutschigen Boden überwand und dabei nie einen Fehltritt machte.

Sie war bereit, ihm ohne Frage noch einige Stunden lang hinterherzulaufen, als er sich plötzlich zu ihr umdrehte.

»Hier«, hauchte er. Sie sah seine Worte eher, als dass sie sie verstand.

Sophia blinzelte in die Dunkelheit und erkannte zunächst nicht, worauf er sich bezog. Es dauerte ein wenig, bis sich ihre Augen daran gewöhnt hatten, aber sobald es passiert war, atmete sie scharf ein.

»Was tut das denn hier?« Ihre Augen waren auf das abgestürzte Flugzeug gerichtet. Sie war nicht so versiert in diese Art von Technik, aber sie erkannte es, obwohl sie vom Cockpit fernblieb, denn sie wusste, dass dort jemand verrottete, der schon vor langer Zeit gestorben war.

»Adam«, sagte Quiet. »Das hier.«

Sophia keuchte, schaute zwischen den Trümmern und Quiet hin und her. »Das hat Adam getötet? Aus Versehen?«

Sie dachte urplötzlich, es musste ein Unfall gewesen sein. Er war zu hoch geflogen. Es ergab Sinn. Er war außerhalb seines Territoriums gewesen. Das war genau der Grund, warum die Welt über Drachenreiter Bescheid wissen musste. Nun und auch, weil sie die Welt in Ordnung bringen konnten.

Quiet schüttelte den Kopf. »Nein, mit Absicht.«

»Was?« Sophia blickte zu Lunis, bevor sie ihren Blick wieder auf Quiet richtete. »Woher weißt du das?«

Als würde er immer in normaler Lautstärke sprechen, sagte der Gnom. »Hinter diesem Kamm findest du das, was

Adam untersucht hat. Das kam von dort. Ich dachte, du könntest helfen …«

Sophia holte tief Luft. »Natürlich, das werde ich.« Obwohl sie es ausgesprochen hatte, wusste sie nicht, wie sie tatsächlich helfen sollte. »Hast du das Hiker gezeigt?«

Er schüttelte den Kopf. »Seinetwegen weiß ich davon. Ich bin ihm in der Nacht, in der Adam starb, hierher gefolgt.«

Sophia war schockiert über diese Nachricht. »Was? Er weiß, was Adam getötet hat?«

»Ja, aber er hat versucht, es zu vertuschen«, erklärte der Gnom. »Er verbarg es so, dass man es nicht sehen konnte, aber ich konnte seinen Zauber schließlich rückgängig machen.«

Sophia schaute zu Lunis, der einen genauso ernsten Gesichtsausdruck wie Quiet hatte. »Warum sollte er das vertuschen wollen?«

Der Geländewart zuckte nur mit den Achseln.

»Okay, gut, ich werde bei den Ermittlungen helfen. Lunis und ich werden es gemeinsam tun«, meinte Sophia voller Überzeugung.

Sie nahm ihr Handy heraus und begann Fotos von dem abgestürzten Flugzeug zu machen. Adam war ermordet worden, wie sie es vermutet hatte. Aber von wem? Was lag auf der anderen Seite des Bergkamms? Alles, was Sophia sicher wusste, war, dass sie Verstärkung brauchte. Sie brauchte Informationen. Sie konnte es nicht alleine schaffen, aber eines war sicher – sie musste etwas tun.

Kapitel 38

Der Eingang zum Haus der Vierzehn befand sich in Santa Monica, direkt an der Strandpromenade. Es war als ein zweistöckiger Handleseladen getarnt, der dauerhaft geschlossen war. Die Touristen und Hipster nahmen die seltsamen Leute nie zur Kenntnis, die den Laden betraten und keiner ahnte, dass das bescheidene Gebäude nur die Fassade für ein mehrstöckiges Haus darstellte, das sich aufgrund der Menschen, die sich darin aufhielten, ständig veränderte und wandelte.

Selbst in der magischen Welt war nicht bekannt, dass hier der Standort des Hauses der Vierzehn war. Wenn es jeder wüsste, wäre die Sicherheit der wichtigsten Persönlichkeiten gefährdet, die gleichermaßen zum Schutz magischer Geschöpfe und Sterblicher beitrugen. Das Haus repräsentierte Gerechtigkeit, etwas, das viele verhindern wollten.

Sophia hob ihre Hand an die Tür und drückte die Handfläche darauf. Die Tür, die sich nur für Royals öffnete, schob sich ein paar Zentimeter auf, Dunkelheit begrüßte sie.

Sophia Beaufont konnte sich keinen besseren Grund für eine Rückkehr nach Hause vorstellen. Sie hätte nicht nach Los Angeles zurückgekonnt, weil sie aus der Elite rausgeworfen wurde. Auch nicht, weil sie nicht in die Burg Gullington gehörte. Aber zurückzukehren, um Antworten zu erhalten? Nun, das ergab Sinn für sie und es fühlte sich richtig an. Niemand war so gut im Rätsel lösen wie ihre Schwester Liv Beaufont.

Sie hatten vereinbart, dass Lunis zurückbleiben sollte. Er war zu groß für die Welt der Sterblichen … nun, wahrscheinlich auch für die magische Welt. Sophia wusste, dass er sich nach der Drachenhöhle sehnte und seiner eigenen Art. Sie nahm ihm das nicht übel und neidete es ihm auch nicht, weil er mit den anderen Drachen gut auskam, ganz im Gegensatz zu ihrem Verhältnis zu einem bestimmten Reiter. Sie wusste, dass ihre Umstände unterschiedlich waren. Sie waren eins und doch getrennt, für immer.

Nach diesen langen Wochen das Haus der Vierzehn wieder zu betreten, gab Sophia das Gefühl, ein ganzes Leben wäre vergangen. Der Eingangsbereich war anders, als Liv ihr gesagt hatte, dass er sein würde. Das Haus der Vierzehn änderte sich je nachdem, wer sich darin aufhielt und welche Rolle sie spielten. Zum Beispiel sahen die Krieger das Haus anders, so erzählte Liv. Als Lunis' Ei noch im Haus gewesen war, hatte es sich so erweitert, dass es den Drachen würde aufnehmen können, der eines Tages schlüpfen sollte. Das war einer der Gründe, warum sie ihn erst zu Liv und später zu Rory bringen mussten.

Sophia hielt den Atem an, als sie einen Schritt in ihr Elternhaus wagte. Sie erinnerte sich nicht mehr gut an ihre Kindheit und das war auch völlig in Ordnung, aber sie fühlte immer noch, wie eine Welle der Nostalgie über sie hinwegschwappte. Die Sprache der Gründer in Gold an den Wänden des Eingangs, Botschaften, die sie erst als Kriegerin lesen könnte, was hoffentlich nie geschehen sollte. Diese fremde Sprache bestand aus Symbolen, die im Licht der Fackeln an den Wänden funkelten. Sophia fuhr mit den Fingern über die Symbole und beobachtete, wie sie sich drehten und tanzten, als würden sie unter ihrer Berührung lebendig.

Sie blieb abrupt zwischen dem Eingang zur Kammer des Baumes, in der sich die Royals trafen, und dem Wohntrakt stehen. Sophia hatte über diesen Augenblick nicht nachgedacht. Sie hatte geplant das Haus der Vierzehn zu betreten, Liv zu suchen, ihr von den Problemen mit dem abgestürzten Flugzeug zu erzählen und dann weiterzumachen.

Allerdings hatte sie nicht darüber nachgedacht, wie sie Liv finden sollte. Ihre Schwester war automatisch immer da gewesen, wenn sie sie gebraucht hatte. Alles, was Sophia je dafür tun musste, war, ihre Schwester herbeizusehnen und Liv war erschienen, aber die Dinge hatten sich geändert. Liv war wahrscheinlich gar nicht hier. Sie musste Sophia nicht mehr so häufig zur Verfügung stehen. *Das war auch richtig so*, dachte sie, wandte sich zum Eingang um und versuchte eine andere Möglichkeit in Betracht zu ziehen.

Nur Krieger und Ratsherren konnten die Kammer des Baumes betreten, in der die Sitzungen über magische Angelegenheiten stattfanden. Sophia sollte nicht in der Lage sein, dort hineinzukommen. Sie warf einen Blick auf ihr Handy. Liv hatte auf ihre Nachrichten nicht geantwortet, was vermutlich bedeutete, dass sie sich in einer Sitzung befand. Sophia sank zusammen und fühlte sich kurzzeitig ein wenig niedergeschlagen.

»Sophia?«, fragte eine Stimme, die sie erkannte, ungläubig. »Bist du das?«

Sie drehte sich um und erwartete Liv zu sehen, aber sie war es nicht. Trotzdem schaute sie in ein freundliches Gesicht.

Es war ein anderer Royal. Hester, eine Heilerin, die ebenfalls ein Ratsmitglied war.

»Mir geht es gut«, antwortete Sophia sofort, obwohl sie sich nicht sicher war, weshalb.

»Das kann ich deutlich erkennen, obwohl du völlig durchnässt bist«, bestätigte Hester.

Sophia blickte auf ihre Kleidung hinunter. Sie war sofort aus Schottland geflüchtet, ohne auch nur die Gelegenheit zu nutzen, ihre durchnässte und mit Zombie-Blut besudelte Kleidung zu wechseln. Sie konnte nur erahnen, welchen Eindruck sie zu diesem Zeitpunkt hinterließ.

»Ist Liv …«, begann Sophia und ließ die Frage offen.

»Ja, sie ist in der Kammer des Baumes. Wir sind fertig. Sie wird bald herauskommen«, teilte Hester mit.

Sophia lächelte die Heilerin an und wandte ihren Blick erwartungsvoll der Kammer zu.

»Oh und Sophia?«, sagte Hester und ging auf die andere Tür zu, die zum Wohntrakt führte.

»Ja?«, antwortete sie.

»Es tut jetzt weh, aber später wird es noch viel mehr weh tun«, meinte die Heilerin nachdenklich.

»Oh.« Sophia griff an ihre Brust, als könnte ihr Herz herauspurzeln, wenn sie es nicht täte. Natürlich spürte Hester ihren Schmerz. Er strahlte von ihr ab und die Heilerin war sehr empathisch. »Später noch viel mehr?«

Hester nickte. »Ich fürchte, ja. Trudy hat es in einer Vision gesehen.«

Unfähig zu reagieren, blickte Sophia zu Boden. Trudy, eine Kriegerin für das Haus der Vierzehn, war Hesters Schwester und gleichzeitig eine Seherin. Doch nur wenigen war dieser Umstand bekannt, denn selbst in der magischen Welt wurden Seher gemieden.

»Ich sage dir das nur, damit du lernst, den Schmerz zu ertragen«, fuhr Hester fort. »Es wird dich nicht umbringen, wenn dein Herz schmerzt, aber es kann dich schwächen, wenn du nicht aufpasst.«

»Okay, danke«, flüsterte Sophia, als die Heilerin durch die andere Tür verschwand.

Sie wandte ihre Aufmerksamkeit wieder der Kammer zu, ihr Herz trommelte ungeduldig. Der Eingang zur Kammer des Baumes war als Tür der Reflexion bekannt. Für Sophia wirkte sie wie ein schimmernder Wasserspiegel, der ihr Bild flirrend reflektierte. Wenn die Royals durch sie hindurchgingen, zeigte die Tür anscheinend die Urängste der jeweiligen Person. Die Idee dahinter war, sie vor jedem Treffen auf gewisse Art zu reinigen. Liv hatte erzählt, dass es eigentlich nicht unbedingt reinigend, sondern unglaublich einschüchternd war.

Sophia konnte sich des Stöhnens aus ihrem Mund nicht erwehren, als endlich eine vertraute Gestalt erschien. Sie war enttäuscht, dass es wieder nicht Liv war. Der Mann, der die Kammer des Baumes verließ, gehörte zu den Fae, für die sie zu diesem Zeitpunkt nicht die erforderliche Geduld aufbringen konnte.

»Oh, ihr Götter!«, rief König Rudolf Sweetwater aus. »Da ist ja die kleine Sophia.«

»Hallo, Rudolf.« Sie drehte ihren Kopf, um an ihm vorbei zu schauen, ob noch jemand kam.

Der König der Fae war mit seinem gewellten, blonden Haar und den blauen Augen bei weitem einer der attraktivsten Menschen auf diesem Planeten. Seine Gesichtszüge waren perfekt ausbalanciert, sodass es eine Freude war, ihn anzusehen. Seine kastanienbraunen Flügel schimmerten hinter ihm und rahmten ihn in dem dunklen Flur ein. Rudolf war umwerfend schön, er war der König einer ganzen magischen Rasse und hatte doch den IQ von einem Meter Feldweg.

Er lächelte sie an. »Sophia, sieh nur, wie du gewachsen bist. Ich weiß noch, als du gerade so groß warst.«

Er hielt seine Hand nur ein paar Zentimeter über dem Boden.

»Nein, tust du nicht«, murrte sie stumpfsinnig. »Als ich so klein war, war ich ein Fötus.«

Der Fae wedelte mit dem Finger. »Oh, sei nicht so frech zu einem Älteren. Natürlich erinnere ich mich. Ich bin schon sehr lange hier.«

»Aber du warst nicht in der Gebärmutter meiner Mutter«, erwiderte sie.

»War ich das nicht?«, fragte er entrüstet.

Sophia zeigte auf die Kammer. »Ist meine Schwester da drin?«

»Schwester?«, erkundigte er sich tatsächlich und trommelte mit den Fingern an sein Kinn. »Du hast eine Schwester? Beschreib sie mir.«

»Ja, ich habe eine Schwester«, sagte sie und rollte mit den Augen. »Such mal auf deiner Festplatte. Sie ist das Mädchen, das dir geholfen hat, König zu werden und deine Frau zurückzubekommen und die dir mehrmals den Arsch gerettet hat.«

Er wirkte weiterhin verwirrt. »Da klingelt nichts. Ist sie groß, mit braunen Haaren und breiten Hüften?«

Sophia seufzte. »Nein, sie ist klein, blond und jederzeit in der Lage, dir in den Hintern zu treten.«

Rudolf schüttelte den Kopf. »Ich bin nie jemandem begegnet, auf den diese Beschreibung passt. Bist du sicher, dass du eine Schwester hast?«

Für Rudolf Sweetwater war jeder Tag ein neuer Tag. Manchmal fragte sich Sophia, wie er so viele Jahrhunderte überlebt hatte, ohne in seinem Teller Suppe zu ertrinken. »Liv Beaufont, Kriegerin für das Haus der Vierzehn. Deine Trauzeugin bei deiner Hochzeit und die Taufpatin deiner ungeborenen Drillinge.«

Rudolf schlug sich an die Stirn. »Drillinge. Ich bekomme Drillinge?« Er streichelte sanft seinen Bauch. »Kein Wunder, dass ich ständig das Gefühl habe, jemand tritt mir in die Milz.«

»Nein, deine Frau Serena tut es. Ach vergiss es.«

»Und ja, jetzt erinnere ich mich an Liv.« Rudolf zeigte auf die Kammer des Baumes. »Sie ist da drin und bringt alle möglichen Probleme zur Sprache. Sie ist einfach nicht glücklich, wenn wir nicht jeden einzelnen Bösewicht schnappen. Es ist wirklich ärgerlich, wenn du mich fragst.«

»Okay, gut, danke«, lächelte sie höflich.

»Gern geschehen, Symphonie«, rief Rudolf erfreut aus.

»Mein Name ist Sophia«, korrigierte sie.

»Richtig, richtig, mit Namen habe ich es nicht so. Wie auch immer, ich muss los und Übungen für meinen Beckenboden machen.«

»Aber du bist nicht … Egal.«

Sophia war so erleichtert, als das nächste Gesicht, das durch die Tür kam, ihrer Schwester gehörte, die einzige Person, die sie in diesem Moment sehen wollte. Sophia rannte auf Liv zu und warf ihre Arme um sie, bevor sie registrieren konnte, was geschah.

Liv schlang automatisch die Arme um ihre Schwester und hielt sie fest in einer Weise, wie Sophia es allzu lange nicht gefühlt hatte. »Soph, du bist wieder da.« Sie schob sich einige Zentimeter zurück und sah sie an. »Was ist los? Geht es dir gut?«

Erst jetzt brachen in Sophia alle Dämme und sie erzählte ihrer Schwester alles. Als sie fertig war, hatte sie keine Tränen mehr und sie fühlte sich unermesslich erleichtert. Dann sagte ihre Schwester das Einzige, was ihr Hoffnung für die Zukunft geben konnte.

»Du wirst zur Gullington zurückkehren«, bekräftigte Liv, als sie die Bilder durchscrollte, die Sophia auf ihr Handy geschickt hatte. »Ich werde dieses Flugzeug untersuchen und herausfinden, wem es gehört.«

»Aber ich habe dort kein Zuhause mehr«, erklärte Sophia.

Liv nickte. »Nein, aber du willst es doch, oder?«

»Natürlich«, rief sie aus.

»Dann geh dorthin zurück und finde einen Weg, damit es funktioniert. Gib nicht auf«, erklärte Liv. »Ich werde dir Antworten geben, sobald ich sie habe.«

Sophia schreckte zurück, da sie nicht wusste, wie sie es richtig machen sollte. »Liv?«

Ihre Schwester schaute auf, Zuversicht in den Augen. »Ja, Liebes?«

»Was würdest du an meiner Stelle tun?«, fragte sie. »Ich meine, wie würdest du die Dinge zum Funktionieren bringen? Wie würdest du alles in Ordnung bringen?«

Liv lächelte. »Ich würde sie davon überzeugen, dass ich bleiben muss, wenn es das ist, was ich von ganzem Herzen möchte.«

Sophia legte die Hand auf ihr Herz. »Du weißt bereits, was in meinem Herzen ist, Schwesterchen.«

»Dann geh, Liebes. Erschaffe diesen Grund«, drängte Liv. »Mach sie froh darüber, dass du da bist.«

Kapitel 39

Es war an der Zeit, alles, was Sophia und Lunis gelernt hatten, auf den Prüfstand zu stellen.

Die Sonne ging gerade über dem Kamm auf, als sie durch das Portal trat, sauber und in frischer Kleidung, obwohl sie nicht geschlafen hatte. Vor ihr lag die Absturzstelle des Flugzeugs, das Adam getötet hatte. Lunis war noch nicht dort, aber er würde innerhalb einer Minute hier sein, vermutete sie.

Zuerst hatte Sophia erwogen, zur Burg zurückzukehren und Hiker mit seiner Vertuschungsaktion hinsichtlich der Absturzstelle zu konfrontieren. Dadurch würde er jedoch nur noch wütender werden. Stattdessen hatte sie entschieden, zu beenden, was Adam begonnen hatte. Das war ihr Weg, um Antworten zu finden. Das war der Weg, um die Loyalität der Drachenelite und ihres Anführers zu gewinnen.

Sie glaubte nicht, dass Hiker ein schlechter Mensch war. Womöglich hatte er Angst. Auf jeden Fall zögerte er. Außerdem war er absolut stur, wenn es darum ging, sich in die moderne Welt hinauszuwagen. Natürlich wollte er nicht, dass jemand erfuhr, was Adam getötet hatte, denn dann würden sie sich dem stellen müssen und *er* war nicht bereit dazu. Nach reiflicher Überlegung war das für Sophia klar und deutlich.

Vielleicht würde das, was Adam zu Fall gebracht hatte, auch sie töten. Er war ein viel geschickterer Reiter als sie. Sie konnte noch nicht einmal auf ihrem Drachen reiten. Die

Burg hatte sie aus gutem Grund in Adams Zimmer geführt, davon war sie überzeugt.

Sie mochte neu und unerfahren sein, aber Sophia wusste, dass sie nicht ohne Grund die jüngste Drachenreiterin der Geschichte war. Es war an der Zeit, mehr Selbstvertrauen zu zeigen. Sie erinnerte sich an Mahkahs Worte: »Das Vertrauen des Reiters wird zum Schicksal des Drachen.« Sie begann zu verstehen und es betraf nicht nur das Reiten allein. In der Beziehung zwischen Drache und Reiter steckte so viel mehr, als sie gedacht hatte.

Mahkah hatte während ihrer vielen Trainingseinheiten begonnen, sie über die Beschwörung ihres Drachens zu unterrichten. Es war nicht so einfach, wie er es dargestellt hatte, dass sie Lunis einfach mit ihren Gedanken rief und er sie fand, wo auch immer sie sich auf der Welt aufhielt. Stattdessen bedurfte es laserscharfer Fokussierung, sonst konnte er sie nicht orten oder auch nur ihren Ruf hören. Sie waren miteinander verbunden, teilten Gefühle und Gedanken, aber wenn die Anspannung übermächtig war, konnte diese Verbindung durch den entstehenden Stress getrübt werden.

Sie schloss ihre Augen, verdrängte alle Sorgen und Zweifel und konzentrierte sich auf Lunis, der sich irgendwo auf dem Gelände von Gullington befand.

Lunis, finde mich. Es ist an der Zeit, dass wir uns auf eine Mission begeben, dachte sie und sandte dem Drachen damit eine klare Botschaft.

Die vielen Male, die sie es während des Trainings versucht hatte, war sie nicht in der Lage gewesen, seine Aufmerksamkeit aus der Ferne zu erregen. Doch so wie Wilder es ihr erklärt hatte, passierte in der Regel nichts, wenn keine zwingende Notwendigkeit vorlag.

Für Sophia stand aktuell alles auf dem Spiel. Ihr Platz in der Drachenelite, ihre Zukunft als Drachenreiterin und ein potenzielles Übel, das Sterblichen und ihren Freunden schaden könnte.

Sophia wollte gerade erneut versuchen, Lunis zu erreichen, als sie den Wind im Gesicht und auf den Handrücken spürte. Ein Schatten glitt über sie hinweg. Noch, bevor sie aufblicken konnte, war Lunis neben ihr gelandet, ein stolzer Blick in seinen alten Augen.

»Du hast mich gerufen«, sagte er überrascht.

»Und du bist gekommen«, bemerkte sie, ihre Brust füllte sich mit Stolz.

»Natürlich«, bestätigte er. »Ich werde immer kommen. Aber warum hierher?«

Sie zeigte auf den Grat. »Ich habe einen Plan.«

»Denkst du, wir müssen das untersuchen?«, fragte er.

Sophia nickte. »Ja, Adam war an etwas dran.«

Er bewegte sich zu den Trümmern. »Es könnte größer sein als wir. Größer als das, was wir bewältigen können.«

»Ich garantiere dir, dass es so ist«, bekräftigte sie. »Wirst du mich trotzdem begleiten?«

Er senkte den Kopf und warf ihr einen Blick zu, der zur Hälfte Liebe und auch Verärgerung beinhaltete. »Musst du das überhaupt fragen?«

Sie lächelte. »Immer. Ich werde deine Loyalität niemals als selbstverständlich ansehen. Ich werde nie davon ausgehen, dass du mir ohne Frage folgst.«

»Nun, dann musst du noch viel mehr trainieren, Sophia«, stellte er fest.

»Aber was, wenn ich falsch liege? Wirst du mir einfach blind folgen?«, fragte sie.

»Dann liegen wir gemeinsam falsch«, antwortete er. »So muss es sein. Wenn ein Drache nicht an seinen Reiter glaubt, ist das, als würde er sich von seiner Seele trennen. Ohne dich wäre ich niemals vollständig, also selbst wenn du dich irren solltest, tun wir es gemeinsam. Andernfalls würdest du in eine Schlacht ziehen und möglicherweise sterben und ich würde dann auch nicht mehr lange leben.«

»Wenn ich sterbe, dann stirbst du auch?«, fragte sie erstaunt. In *Die unvollständige Geschichte der Drachenreiter* hatte sie nichts darüber gelesen.

»In gewisser Weise«, erläuterte er. »Hauptsächlich bildlich gesprochen. Aber ja, manchmal verursacht der Tod eines Reiters auch den tatsächlichen Tod eines Drachen und umgekehrt. Deshalb sind wir zusammen besser dran – ohne Ausnahme.«

»Okay, nun, da du mich nicht tragen willst …«

»Nicht kannst«, korrigierte er. »Mit Wollen hat das nichts zu tun.«

»Richtig, denn ich bin schwerer als ein Pferd und habe ein ernstes Gewichtsproblem.«

Er lächelte sie an. »Na dann los!«

»Nun, ich habe überlegt, ein Portal zu öffnen«, sagte sie.

»Aber du weißt nicht genau, wo du landest«, antwortete er. »Es ist nie ratsam, irgendwo aufzutauchen, wenn man den Ort nicht kennt oder nicht weiß, was einen auf der anderen Seite erwarten könnte.«

Sie seufzte. »Also, muss ich zu Fuß gehen.«

»Aber du bist nicht allein«, erklärte er. »Ich gehe mit dir.«

Sie schüttelte den Kopf. »Nein, ich denke, du solltest aufsteigen und von oben schauen, worauf wir uns da einlassen.«

»Bist du sicher?« Er schaute in den Himmel.

Sophia wollte Nein sagen. Dass sie es sich einfach so ausgedacht hatte. Sie erinnerte sich jedoch daran, dass der Schlüssel gegenseitiges Vertrauen war. »Ja und bitte melde dich, wenn du Sichtkontakt hast. Ich treffe dich auf der anderen Seite des Berges.«

Er nickte. »Sehr gut, Sophia.«

* * *

Die Wanderung über den Grat war eine der härtesten, die Sophia je unternommen hatte. An einer Stelle ging es fast senkrecht in die Höhe, sodass sie klettern musste, um den Gipfel zu erreichen. Oben angekommen, hatte sie eine Aussicht wie keine andere.

Die von Nebel teilweise verhüllten Berge und der Blick auf die aufgehende Sonne waren es nicht, die ihr den Atem raubten. Das war wunderschön und hätte ihr Herz mit Liebe erfüllt, wäre da nicht etwas, das sich zwischen den Bergketten erstreckte. Zwischen zwei Bergkämmen befand sich eine Fabrik, die definitiv von einem Zauber geschützt war. Sophia hatte mit Lunis zusammengearbeitet, um ihn zu durchschauen. Aus den vielen Gebäuden stieg Rauch auf und verpestete den sauberen schottischen Himmel.

Aus der Entfernung konnte sie nicht viel erkennen, selbst mit ihrem verbesserten Sehvermögen, aber sie spürte etwas an der Fabrik, das nicht richtig war. Es drehte ihr den Magen um. Angewidert hob sie ihre Lippe.

»Das war es also, was Adam untersucht hat«, vermutete Sophia, als Lunis neben ihr landete.

»Es scheint so«, sagte er. »Ich habe da unten noch zwei weitere Flugzeuge entdeckt, wie das an der Absturzstelle.«

»Was noch?«, fragte Sophia.

»Sie verschmutzen die Flüsse, indem sie Abwasser hineinleiten.« Er deutete auf die Flüsse, die sich um die Berge wanden.

»Haben wir einen Hinweis darauf, wer sie sind?«, erkundigte sich Sophia. »Oder warum sie hier sind? So nah an Gullington?«

»Ich bin sicher, dass Gullington nichts damit zu tun hat«, antwortete er. »Ich glaube, die abgelegene Lage ist der Grund dafür. Die Tatsache, dass sie sich in der Nähe des Hauptquartiers der Drachenelite befindet, ist höchstwahrscheinlich Zufall.«

Sophia hob skeptisch eine Augenbraue. »Ich glaube nicht an Zufälle.«

»Dann tue ich es auch nicht«, sagte er sofort.

»Du denkst doch selbstständig, oder?«, scherzte sie.

»Nur, wenn du es mir erlaubst.« Lunis zwinkerte ihr zu.

»Wie sieht es mit den Sicherheitsvorkehrungen da unten aus?«, fragte Sophia.

»So nah war ich nicht dran«, gestand Lunis. »Dafür wäre eine Tarnung notwendig.«

»Vor allem, weil wir wissen, dass sie schießen, um zu töten«, sagte sie. »Kannst du das?«

Genauso wie Sophia damit gekämpft hatte, Lunis zu rufen, hatte er während des Trainings Probleme gehabt, das Tarnen zu lernen. Es war kein Problem für ihn, sich zu verbergen. Das größere Problem war die Aufrechterhaltung der Tarnung, wenn Schwierigkeiten auftraten. Welchen Sinn hatte es, sich irgendwo ungesehen einzuschleichen und zufällig aufzutauchen, wenn die Tarnung nicht mehr zu halten war? Es ergaben sich weit größere Probleme, wenn die Ahnungslosen nervös wurden, wenn ein Drache zufällig in ihrer Mitte erschien.

Sie schaute Lunis beruhigend an. »Du schaffst das. Ich weiß, dass du es schaffst.«

»Und wenn ich es nicht tue?«, fragte er zweifelnd.

»Wir stecken gemeinsam in dieser Sache und wenn notwendig, dann werde ich kommen und dich retten«, antwortete sie.

Er nickte, hob ab und flog auf die Fabrik zu. Auf halber Strecke verschwand der Drache am Himmel und flog an Orte, die Sophia nicht mit eigenen Augen sehen konnte, aber sie vernahm definitiv seine Gedanken darüber, da er in der Nähe blieb.

Es sind nicht viele in der Fabrik, vielleicht, weil es noch so früh ist, erklärte er in Gedanken und setzte sein wärmeempfindliches Sehvermögen ein.

»Sie müssen durch Portale kommen«, murmelte sie.

Dennoch habe ich den Eindruck, dass außer den wenigen Menschen, noch etwas anderes dort ist, fuhr er fort.

Was?, fragte Sophia.

Sicherheitskameras. Technik. Der Ort wird scheinbar irgendwie automatisiert betrieben, erklärte er.

Aber warum?, fragte sie sich. *Was machen die da unten?*

Nichts Gutes, antwortete er auf ihre Frage. *So viel kann ich fühlen. Wenn Dunkelheit Gefühle besitzt, dann ist dieser Ort das reine Böse.*

Nun, ich muss da rein, sagte Sophia. *Das ist der einzige Weg, um Antworten zu bekommen.*

Ich werde es von oben aus beobachten, erklärte Lunis.

Sophia nickte und wanderte zu der Fabrik hinunter, die mehr Fragen als Antworten für sie aufwarf. Warum gab es dort Flugzeuge? Warum waren sie hinter Adam her? Und was brachte dieser Ort hervor?

Kapitel 40

Aus der Nähe erschien die Fabrik viel beunruhigender, als sie von der Bergkuppe aus gewirkt hatte. Der Geruch veranlasste Sophia fast zu husten, aber sie blieb leise und schlich zwischen den Gebäuden durch. Sie hatte bereits mehrere Überwachungskameras gefunden und mit ihrer Magie außer Funktion gesetzt.

Sie nahm an, Adam hatte nicht gewusst, dass er danach Ausschau halten musste. Das war eine Möglichkeit, dass seine Anwesenheit von demjenigen entdeckt wurde, der diesen Ort führte. Sie fragte sich auch, ob er überhaupt gewusst hatte, was die Flugzeuge waren, die ihm und seinem Drachen folgten. Wie Wilder behauptet hatte, führte das Wissen über die moderne Welt aus zweiter Hand gewöhnlich zu Verwirrung. Er hatte nicht wissen können, wie man Flugzeuge bekämpft oder wozu sie in der Lage waren.

Sophia glitt an das größte Gebäude im Zentrum der Fabrikanlage heran und schaute sich um. Es war ruhig, obwohl sie das Summen von Maschinen spürte, die den Boden und die Wand hinter ihr vibrieren ließen.

Es gab eine Tür nur wenige Schritte entfernt. Sophia dachte darüber nach, sich zu verwandeln, aber sie wusste nicht, welche Person sie nehmen sollte. Sie würde es einfach riskieren und auf das Schlimmste vorbereitet sein müssen, falls sie geschnappt würde.

Hoch oben in der Luft, immer noch getarnt, schien Lunis mit dieser Vorgehensweise einverstanden zu sein. Es war allenfalls eine Hauruckaktion, aber sie hatte keine andere Wahl.

Leise öffnete sie die Metalltür, die überraschenderweise unverschlossen war. Sie vermutete, dass das auf den abgelegenen Standort zurückzuführen war.

Lunis hatte erwähnt, es seien Leute hier, aber bis jetzt hatte sie noch keine entdeckt.

Im Inneren des Gebäudes roch es intensiv nach Chemikalien. Sie brannten in ihren Augen und ihrer Nase. Was auch immer sie da drinnen taten, gesund war es nicht.

In der Fabrik konnte Sophia jetzt hören, wie sich Personen bewegten. Sie vernahm eigenartige schwirrende Geräusche. Ständig stolperte eine Hydraulik. Schwerer Atem. Metallisches Klappern. Nur ganz wenig Geplapper, meist von gedämpften Stimmen.

Sophia hielt an einer Ecke inne und bereitete sich darauf vor, auf die andere Seite zu blicken. Sie hätte Magie einsetzen oder zumindest ernsthaft darüber nachdenken können. Nach dem langen Marsch und wenig Schlaf wusste sie jedoch, dass es besser war, ihre Magie für die Zeit aufzusparen, in der sie sie unbedingt brauchte.

Der Korridor, in dem sie stand, war finster, aber die Maschinenanlage war von oben hell erleuchtet. Sie atmete aus, ergriff die Gelegenheit und schaute um die Ecke.

Was sie sah, war nicht das, was sie erwartet hatte. Es war schrecklich, denn das *hatte* sie erwartet. Aber die Sklaven, die dort arbeiteten, waren an den Knöcheln angekettet und wurden von Robotern beaufsichtigt. Das war der Stoff, aus dem Fiktion und Albträume bestanden.

Kapitel 41

Ein Roboter drehte seinen Kopf dorthin, wo Sophia um die Ecke lugte. Sie wich zurück und holte tief Luft.

Aber es war zu spät. Sie war entdeckt worden. Sie wusste es. Was noch viel schlimmer war, sie konnte die Hydraulik der Maschine hören, als sie zu ihr herüberkam.

Ein kurzer Blick hatte ihr gezeigt, dass der Roboter eine automatische Waffe in der Hand hielt. Kein Wunder, dass die Menschen, die angekettet waren und nur Lumpen am Leib trugen, mit gesenktem Kopf und trübem Blick so hart schufteten.

Sophia machte sich bereit, als sie hörte, dass der Roboter fast bei ihr angekommen war. Er befand sich kurz vor der Ecke, als er stehenblieb. Sie griff nach Inexorabilis und hielt den Atem an.

Der Maschinenwächter schien zu dem Schluss gekommen zu sein, dass es sich um einen Fehlalarm gehandelt haben musste. In dem Moment, als sie eine Idee hatte, hörte sie, wie er den Rückzug antrat. Sie beschloss, das Risiko einzugehen und ihren Kopf erneut um die Ecke zu strecken, wobei sie leise pfiff.

Die Maschine stoppte und drehte sich wieder zu ihr um. Sie verfügte über rote Augen und einen Körper wie ein Skelett, nackte Knochen, allerdings verchromt. Sophia zweifelte jedoch keinen Augenblick daran, dass der Roboter unglaublich stark war, ganz zu schweigen davon, dass einer seiner Metallfinger auf dem Abzug der Waffe ruhte.

279

Es gab bisher nur wenige Gelegenheiten in ihrem Leben, in denen sie betete, aber nun war eine davon.

Engel, wenn ihr über mich wacht, helft mir bitte, das zu überleben.

Sie trat zurück in die dunkle Ecke, hielt den Atem an und wartete darauf, dass der Roboter wieder zum Leben erwachte. Er tat das mit einem surrenden Geräusch, als würde er etwas abrufen. Vielleicht nahm er sie wahr und versuchte die Störung genauer zu überprüfen.

Sophia hob ihre Hand, als sie aus dem Schatten kam und traf den Roboter mit einem kleinen, aber mächtigen Zauber. Er traf seinen Brustkorb, sandte einen Stromschlag durch das Metall und ließ ihn erstarren. Die Maschine wippte von einer Seite zur anderen, bevor sie gegen die Wand prallte und scheppernd auf den Boden fiel, was mehr Lärm verursachte, als ihr lieb war.

Sophia verschwendete keine einzige Sekunde. Sie schob den Roboter mit ihrer Magie aus dem Weg, während sie gleichzeitig sein Aussehen annahm. Dieser Einsatz von Magie kostete sie viele Kraftreserven, aber alles andere würde sie sowieso umbringen.

Es war seltsam, auf ihren Körper hinunterzuschauen und dort Metall zu entdecken. Sie bewegte sich so, wie sie es bei dem Roboter gesehen hatte und zeigte sich, als sie hörte, dass andere Roboter in diese Richtung unterwegs waren. Wahrscheinlich hatten sie den Aufruhr gehört und kamen zur Kontrolle. Sie wusste nicht, welches Protokoll diese Maschinen steuerte, aber sie wollte so tun, als wüsste sie es, bis ihr mehr Informationen zur Verfügung standen.

Wie vermutet, reagierten die anderen Roboter sofort auf ihre Anwesenheit, drehten sich um und nahmen wieder ihre angestammten Positionen ein, um die Sklaven zu bewachen.

DIE AUSSERGEWÖHNLICHE DRACHENREITERIN

Nun, da sich Sophia frei umsehen konnte, schnürte sich ihr Brustkorb zusammen. Die angeketteten Menschen standen vor Förderbändern und bauten Dinge zusammen, die wie Waffen aussahen.

Sie alle hatten schmutzige Gesichter und wirkten ausgehungert. Es war einfach nicht zu übersehen, dass sie wie Sklaven behandelt wurden.

Viele hätten ihr nur zu gerne die Augen ausgestochen, als sie in Gestalt eines Roboters mit einer Waffe vorbeiging. Sie wusste nicht, was diese Menschen hier taten oder wer sie unter Kontrolle hatte, aber dazu sollte später noch Zeit sein, um das herauszufinden. Sie musste sie befreien. Irgendetwas sagte ihr, dass die Fabrik zu späterer Morgenstunde nur noch geschäftiger werden würde, also war dies ihre Chance. Das hieß, dass sie ein tödliches Risiko eingehen musste.

Sie schaute sich in der großen Fabrik um und zählte drei weitere Roboter. Das waren mehr, als sie mit ihrer Magie bewältigen konnte, aber sie wusste von ihrer Ausbildung im Haus der Vierzehn, dass bei geringen Reserven Strategie das Wichtigste war.

Sie konzentrierte sich auf Lunis, der irgendwo über ihr flog. *Ich brauche eine Ablenkung*, teilte sie ihm mit.

Das Warten auf die Antwort dauerte zu lange, sodass sie sich nicht sicher war, ob ihre Verbindung zu ihm stark genug war.

Als er antwortete, erschrak sie beinahe, nahm sich aber zusammen.

Wo?, fragte er einfach.

Bleib getarnt. An der Nordseite des größten Gebäudes. Du musst drei Roboter hinauslocken und sie dann in einem Höllenfeuer braten, erklärte sie ihm.

Roboter, antwortete er. *Interessant.* Lunis, ein in der modernen Welt geborener Drache, wusste über Roboter Bescheid. Sie würde sogar darauf wetten, dass er im Gegensatz zu Adam und Kay-Rye wusste, wie man mit ihnen umzugehen hatte. Die beiden hatten nie eine Chance gehabt, das wurde ihr jetzt klar.

Sie sind grausam, antwortete Sophia. *Sie versklaven Menschen.*

Dann werden wir sie zu Fall bringen. Betrachte es als erledigt, sagte er ihr. *Ich weiß genau, wie wir es anstellen können.*

Sophia wusste nicht, was das heißen sollte, aber sie vertraute darauf, dass Lunis erfolgreich wäre. Sie lief weiter wie die anderen Roboter, hielt ihre Waffe in der Hand und sah den verängstigten und demoralisierten Sklaven bei der Arbeit zu, die ihr die Augen ausstechen wollten und deren Blicke blanken Hass ausstrahlten.

Kapitel 42

twas rumpelte lautstark an der Seite des Gebäudes und ließ alle Roboter und Sklaven die Köpfe hochreißen.

Die Maschinen durchsuchten die Gegend, eigenartige Scanner in ihren Gesichtern tasteten das Gebäude automatisch ab. Sophia kopierte ihre Aktionen. Einer der Roboter zog eine wahre Show ab und forderte von den Menschen, wieder an die Arbeit zu gehen. Sophia tat dies ebenfalls, indem sie ihre Waffe schwang, obwohl es in ihrer Seele schmerzte, sie so zu schikanieren.

Dennoch behielt sie die Tür im Auge, zu der die beiden anderen Roboter unterwegs waren. Als sie dort draußen ankamen, schlug ein weiterer Angriff an der Seite des Gebäudes ein. Es folgte eine Explosion, die den Boden unter den Füßen erschütterte. Die Explosion verursachte extreme Hitze in der Fabrik.

Nun hatten sie Aufmerksamkeit erregt – vielleicht mehr als sie wollten.

Das führte dazu, dass der dritte Roboter zur Tür eilte.

Sophia verschwendete keine Zeit. Das war ihre Chance. Sie sah sich in der Fabrik um, entdeckte die vielen Kameras und schaltete eine nach der anderen aus. Als sie sicher war, dass keine unwillkommenen Blicke auf sie gerichtet waren, ließ sie ihre Verkleidung fallen, fühlte die Magie in ihrer Brust und konnte wieder besser atmen.

Die Sklaven um sie herum erschraken.

»Alles in Ordnung«, erklärte Sophia im Flüsterton. »Ich bin hier, um euch zu helfen. Ihr müsst mir sagen, wer das getan hat. Ich muss euch hier rausholen.«

Die verängstigten Gesichter starrten sie nur an und schüttelten den Kopf. Sie arbeiteten weiter, als ob nicht direkt vor dem Gebäude Chaos herrschte und viele fragwürdige Geräusche vernehmbar wären.

Sophia hatte nicht viel Zeit. Sie räusperte sich. »Ich weiß nicht, wer dahintersteckt oder warum ihr hier seid, aber ich werde euch herausholen. Aber ihr müsst schnell sein und kooperieren.«

Sie wandte sich dem offenen Bereich hinter ihr zu. Sie musste ein Portal zu einem Ort in der Welt schaffen, durch das sie diese Menschen gefahrlos schicken konnte. Ohne ihre Geschichte zu kennen, wusste sie nicht, wo sie in Sicherheit waren, aber sie wusste, dass es eine Person gab, der sie mehr vertraute als allen anderen. Sie wusste ohne Zweifel, dass sie ohne Fragen zu stellen einfach helfen würde.

Sophia öffnete ein Portal, das in einen Park einen halben Block von Liv Beaufonts Haus in West Hollywood führte. »Kommt schon. Ihr müsst gehen!«

Niemand bewegte sich. Sie alle betrachteten es als Falle.

Sie hätte fast losgebrüllt. Die Angriffe an der Seite des Gebäudes hörten nicht auf. »Das ist kein Witz. Ich bin hier, um euch zu helfen.« Sophia schaute auf das Portal. »Ich weiß, das ist seltsam, aber wenn ihr durch dieses Portal geht, werdet ihr in Sicherheit sein. Ich schicke jemanden, der euch hilft. Bitte, macht schon!«

Eine Frau, die direkt vor ihr stand, trat vor. »Du gehörst nicht zu ihm?«

Sophia schüttelte den Kopf. »Ich weiß nicht einmal, wer *er* ist.«

»Wir auch nicht«, sagte sie. »Wir wissen nur, dass er unser Leben zerstört hat. Er hat uns entführt.«

Wie ein Zombie ging die Frau voraus und verschwand durch das Portal.

Als hätte ein gekippter Dominostein eine Kettenreaktion ausgelöst, marschierten die anderen vorwärts und machten extremen Lärm, weil ihre Fußfesseln auf dem Boden klapperten. Sophia drängte sie, sich schneller zu bewegen. Sie blickte wieder zur Tür, wo der Lärm deutlich zunahm.

Sie musste zu Lunis. Um zu helfen. Aber die entführten und ausgemergelten Frauen und Männer hatten absolute Priorität.

Sie holte ihr Handy aus der Tasche und schrieb eine Nachricht an ihre Schwester: »Geh in den Park. Hilf den Leuten, die ich geschickt habe. Ich melde mich wieder.«

Kapitel 43

Als der letzte Mann im Begriff war, durch das Portal zu treten, wandte er sich an Sophia. »Ich weiß nicht, wer du bist, aber ich danke dir. Ich weiß nicht, warum, aber du hast uns das Leben gerettet.«

Sie schüttelte den Kopf, das Adrenalin brannte in ihren Adern wegen der vielen Geräusche, die von außerhalb des Gebäudes kamen. »Ich weiß nicht, was hier vor sich geht. Geh, bevor es zu spät ist.«

Der Mann stürmte durch das Portal, gerade als die bisher größte Explosion das Gebäude traf und Sophia fast auf den Betonboden stürzte. Sie schloss das Portal und eilte zur offenen Tür.

Was ist los?, fragte sie Lunis.

Es kam von ihrem Drachen keine Antwort, was sie in leichte Panik versetzte.

Sophia wollte wieder zum Roboter werden, aber ihre magischen Reserven waren nach der Öffnung des Portals und all dem anderen, was sie getan hatte, zu gering. Vorsichtig näherte sie sich der Tür und linste hinaus.

Was sie sah, war, gelinde gesagt, unwirklich. Feuer, das von einer unsichtbaren Quelle ausgelöst wurde, strömte durch die Luft.

Lunis konnte seine Tarnung also halten, dachte sie. *Ihm geht es gut, zumindest im Moment.*

Auf dem Boden, abgeschirmt hinter Gebäudewänden und Trümmern, standen die drei Roboter.

Sie schossen auf Lunis, viele ihrer Versuche schienen gefährlich nahe an ihn heranzukommen. Kein Wunder, dass er nicht antworten konnte. Er versuchte am Leben zu bleiben, aber es musste schwierig sein, die Angriffe abzuwehren und gleichzeitig die Tarnung aufrechtzuerhalten.

Du kannst aufhören, schrie sie ihn in Gedanken an.

Das Feuer verschwand.

Die Roboter sahen sich um und wussten nicht, worauf sie zielen sollten, da der Feuerstrahl erloschen war. Sie hatten keinen Anhaltspunkt mehr auf ihren Angreifer.

Großartig, dachte Sophia. *Jetzt muss ich nur noch hier raus.*

Sie wählte den Rückzug durch das Gebäude, entschied sich für den Weg, den sie gekommen war und schlüpfte durch den anderen Eingang. Sie kam auf der anderen Seite der Fabrik heraus, wo es zum größten Teil menschenleer war.

Ich bin auf dem Weg in die Berge, rief Sophia Lunis zu.

Nein!, schrie er in ihrem Kopf.

Sie war bereits auf das offene Gelände gerannt, als sie seine Nachricht erhielt. Sie blieb stehen, als ein Flugzeug – anders als alles, was sie jemals gesehen hatte – hinter ihr zum Leben erwachte. Er schwebte wie ein Hubschrauber ein paar Meter über dem Boden. Das war kein normales Flugzeug. Sophia wusste sofort, dass es magische Technik sein musste.

Hätte sie die Möglichkeit gehabt, hätte sie ein Portal geöffnet, aber die aufkommende Panik verhinderte es. Sie nahm Augenkontakt mit dem Piloten auf und erkannte Arglist in seinem Gesichtsausdruck, dann drehte sie sich um und rannte zum Rand des Fabrikgeländes.

Es war ein dummer Versuch, das wusste sie. Aber was hätte sie sonst tun sollen?

287

Die Maschine wollte mit ihr spielen, aber sie begann nicht sofort damit. Stattdessen ließ der Jet sie entkommen, bevor er sich in ihre Richtung aufmachte.

Nein!, schrie Lunis in Gedanken. Ein Feuerstrahl schoss zwischen sie und das Flugzeug, störte den Sichtkontakt und lenkte es ab. Sie nahm sich nur einen Augenblick Zeit, um über die Schulter zu schauen und den Angriff zu bewerten.

»Ich bin fast da«, sagte Sophia laut und auch in ihrem Kopf. »Ich werde so bald wie möglich ein Portal öffnen.«

Das schaffst du nie, antwortete er.

Halte es einfach auf, forderte sie.

Das Flugzeug, das dem Jet ähnelte, der Adam abstürzen ließ, kreiste.

Über ihr flackerte Lunis' Gestalt in der Luft.

Sophia blieb das Herz stehen.

Auf einmal fiel seine Tarnung und er war sichtbar. Ein deutliches Ziel für die Roboter und das Flugzeug.

»Los!«, schrie Sophia. »Verschwinde von hier.«

Nein, widersprach er. *Nicht ohne dich.*

Zweimal versuchte Sophia ein Portal zu öffnen, aber sie konnte es nicht, während sie rannte. Es war das Einzige, was sie am Leben erhalten konnte, so viel wusste sie, als Kugeln begannen, um ihre Füße herum einzuschlagen.

Das Flugzeug verfolgte jetzt Lunis und holte ihn schnell ein. Die Roboter schossen noch immer. Sophia wusste, dass sie nur wenige Optionen hatte. Sie drehte sich um und warf den Rest ihrer magischen Reserven auf ein Fahrzeug, das auf dem Parkplatz stand. Sie zielte direkt auf den Benzintank und sandte einen Blitz. Er explodierte sofort, Trümmer schossen durch die Luft und Feuer regnete herab. Die Druckwelle warf sie knapp zwanzig Meter weit zurück.

Die Explosion schleuderte auch die Roboter über das Gelände, sie landeten in einem Lagerhaus. Das Flugzeug zog sich ebenfalls zurück und wagte es nicht, durch das hoch in die Luft reichende Feuer und den Rauch zu fliegen.

Die Explosion hatte Sophia gegen eine Metallwand geschleudert und ihr Kopf hatte Einiges abbekommen. Blut strömte über ihre Augen und ihre Magie war restlos verbraucht.

Sie schloss die Augen und wünschte sich, sie hätte die Kraft mit Lunis zu kommunizieren. Aber wenigstens war er in Sicherheit. Er konnte entkommen. Die Sklaven waren entkommen.

Aber Sophias Rolle als Drachenreiterin war fast in dem Moment zu Ende, als sie begonnen hatte, denn ihre zweite Mission war wohl ihre Letzte.

Kapitel 44

Ein seltsam raschelndes Geräusch versuchte Sophia aus einem schrecklichen Traum zu wecken.

Kein Traum, das wurde ihr klar, sobald sie die Augen öffnete. Das Licht brannte. Der Kopf brummte und ihr Herz schmerzte.

»Das ist kein passender Ort, um ein Nickerchen zu machen«, meinte eine Stimme.

Sophia hob ihre Hand, um die Augen abzuschirmen, während sie versuchte, sich von der harten Fläche hochzudrücken. Sie konnte kaum die Gestalt von Ainsley erkennen, die über ihr stand, einen Besen hielt und fegte, als gäbe es gerade keine wichtigere Arbeit auf der Welt.

»Ains …«, sagte Sophia, voller Erleichterung, aber auch verwirrt. Sie war in Sicherheit. Sie war in der Burg. Im Inneren der Gullington. Aber sie hatte keine Ahnung, wie sie dorthin gekommen war.

Sie wollte aufstehen, aber der Versuch war zum Scheitern verurteilt. Sofort dachte sie an Lunis. *Wo war Lunis? War er in Sicherheit?*

»Oh, du blutest die ganzen Stufen voll«, schimpfte Ainsley und schlug verärgert mit der Hand auf ihren Oberschenkel. »Ich habe sie gerade geputzt.«

Sophia berührte vorsichtig ihren Kopf, aber da sie feststellte, dass sie dabei größtenteils auf reines Fleisch traf, zog sie ihre Hand weg.

»Ains«, versuchte sie es erneut. »Lun …«

»Oh, er ist in Ordnung«, bestätigte die Gestaltwandlerin jetzt beruhigend. »Ich sah vorhin durch das Fenster oben, wie er in die Höhle flog. Dann kam ich zum Fegen hier runter und fand dich auf der Treppe, wie du ein Nickerchen machst.«

»I-I-I-I …« Sophia wusste nicht, wo sie anfangen sollte und je mehr sie versuchte zu denken, desto weniger hatte sie Lust, die Augen offen zu halten.

»Du wirst ohnmächtig«, erklärte Ainsley. »Das wird meine Arbeit wirklich erschweren. Ich möchte nicht um dich herum putzen müssen. Das muss ich immer tun, wenn Evan hier ohnmächtig wird, nachdem er völlig fertig nach Hause getorkelt ist. Ich werde es bei dir nicht tun, S. Beaufont. Du bist besser als das. Aber wirklich, so früh schon trinken? Du solltest es besser wissen.«

Sophia versuchte erneut sich zu erheben, aber sie fand nicht die Kraft dazu.

»Oh, na gut«, lenkte Ainsley ein. »Ich werde dir helfen.«

»Danke«, antwortete Sophia, ihre Stimme war fast ein Flüstern.

»Wild!«, schrie die Haushälterin so laut, dass es sich anfühlte, als würde Sophias Kopf in zwei Hälften bersten. »Das Mädchen, um das ihr euch alle Sorgen gemacht habt, ist hier und blutet fürchterlich. Kommst du und holst sie bitte ab, ja?«

Einen Augenblick später erschien Wilder auf der Bildfläche, sein Gesicht vor Sophias Gesicht, Sorge in seinen Augen. »Da bist du also? Wir haben uns Sorgen gemacht. Du warst verschwunden.«

»Ich wurde rausgeschmissen.« Plötzlich hatte sie ihre Stimme wiedergefunden.

Ainsley lachte. »Oh, hat Hiker dich rausgeschmissen?«

Sophia nickte, während Wilder ihr den Rücken stützte, um sie so vor dem Umkippen zu bewahren.

»Und du hast auf ihn gehört?«, lachte Ainsley.

Noch ein Nicken.

»Er feuert mich jeden Tag«, sagte Ainsley. »Und er schmeißt Evan mindestens einmal pro Woche raus.«

»Er hat mir mindestens ein Dutzend Mal gesagt, dass ich mich in Luft auflösen soll«, fügte Wilder hinzu.

Ainsley lachte weiter. »Wir gehorchen ihm nie, weil er nur ein Hitzkopf ist, der uns aber auf seine eigene kranke und verrückte Weise liebt.«

»Was?«, fragte Sophia, verwirrt von der Tatsache, dass der Rauswurf gar keiner war. So erschien alles, was sie gerade getan hatte, kurios und aus dem Zusammenhang gerissen. *Aber das war es nicht*, sagte sie sich selbst. Sie und Lunis hatten Menschen gerettet. Sie wusste Dinge, die sie sonst nicht erfahren hätte. Quiet hatte ihr geholfen. Es hatte sich gelohnt, aber ihr war klar, dass sie nichts davon getan hätte, wenn Hiker sie nicht rausgeworfen hätte. Sie dazu gebracht hätte, für das zu kämpfen, was sie am meisten wollte – einen Platz in der Drachenelite.

»Komm, bringen wir dich nach oben«, sagte Wilder und trug sie fast. »Ainsley, würdest du mir helfen? Ich brauche dein medizinisches Fachwissen.«

»Ja, sicher«, bestätigte die Haushälterin. »Lass mich das nur noch fertig machen.« Sie fuhr fort, den Besen auf der Treppe hin und her zu schwenken.

»Komm schon, wirklich!«, beschwerte sich Wilder. »Sie hat eine Kopfwunde.«

»Oh, schön«, entgegnete Ainsley und ging hinter den Beiden hinein. »Aber ich will die ganze Geschichte hören, während ich dich zusammenflicke.«

Sophia wollte gerade etwas sagen, aber ihre Augen fanden Hiker, der am oberen Ende der Treppe stand. Ihr Mund klappte auf, als er mit einem wütenden Ausdruck auf seinem Gesicht verschwand.

Kapitel 45

»Was meinst du damit, du wirst es uns nicht erzählen?«, sagte Ainsley und entfernte die blutigen Lumpen neben Sophias Bett.

»Ich denke, dass ich zuerst mit Hiker sprechen muss«, vermutete Sophia.

»Mit dem Mann, der dich hier rausgeschmissen hat?«, fragte Ainsley. »Ich kann nicht glauben, dass du ihn wörtlich genommen hast. Aber es ist gut, dass du ihn ernst genommen hast. Ich habe mehrere Jahre gebraucht, um ihn so zu nerven, dass er mich gefeuert hat. Evan, nun, er hat mindestens ein Jahr gebraucht.« Sie blickte mit stolzem Gesichtsausdruck zu Wilder auf. »Ich glaube, das ist ein neuer Rekord.«

»Sie arbeitet ziemlich effizient«, stimmte er nickend zu.

»Ich weiß, wie ich ihn verärgern kann.« Sophia versuchte, es sich auf ihrem rosa Bett bequem zu machen.

Wilder zeigte auf den Fernseher. »Wie schaltet man den ein?«

»Magie«, antwortete sie. »Momentan bin ich etwas erschöpft.«

Er zuckte geschlagen die Achseln. »Okay, aber das nächste Mal möchte ich auch diese Katzenvideos sehen.«

»Oh, das solltest du unbedingt«, bekräftigte Ainsley und eilte zur Tür hinaus. »Das mit der Katze, die Babypuppen unter dem Bett hortet, ist einfach unbezahlbar.«

Sophia schüttelte den Kopf und bedauerte es sofort. »Ich denke, wir müssen Ains mehr herauslassen. Oder euch alle rauslassen.«

»Ich denke, wir müssen alle raus«, bestätigte Wilder. Er saß an der Seite ihres Bettes und betrachtete interessiert, wie die Burg ihr Schlafzimmer umgestaltet hatte. Jeden Tag gab es etwas Neues. Das Neueste war ein Strauß rosa Rosen. Ainsley hatte behauptet, es sei das Geschenk der Burg zur Genesung. Sie fügte schnell hinzu: »So etwas habe ich noch nie bekommen, aber ich bin auch nie krank oder habe eine Kopfverletzung.«

»Du möchtest mir also wirklich nicht sagen, was mit dir geschehen ist«, fragte er.

»Ich möchte schon«, sagte Sophia. »Aber ich muss zuerst die Dinge mit Hiker klären. Er muss mir vertrauen und das erreiche ich nur dann, wenn ich versuche, die Dinge auf seine Weise zu regeln.«

Er schüttelte den Kopf. »Vielleicht bist du besser als wir alle zusammen.«

»Nein«, widersprach sie. »Ihr seid alle hier, weil ihr ihn nicht herausgefordert habt. Ihr seid nicht auf eine Scheinmission gegangen, um Zombiepferde zu retten.«

Wilder lachte. »O Gott, er hat dich zu den Bauern geschickt, um diesen Streit zu schlichten.«

»Weißt du darüber Bescheid?«, erkundigte sie sich.

»Natürlich«, gestand Wilder. »Ich habe von anderen Reitern gehört, die lange vor meiner Anwesenheit auf diese Mission geschickt wurden.«

»Wolltest du schon einmal auf eine Mission gehen?«, hakte Sophia nach.

Er schüttelte den Kopf. »Nein. Ich hätte es vielleicht tun sollen. Aber denk daran, dass die Sterblichen erst seit kurzem wieder Magie sehen können, was die Dinge auch für mich irgendwie verändert hat. Aber mir gefällt es hier. Die anderen Reiter? Nun, nachdem sie uns verließen, waren sie ganz allein. Das habe ich nie gewollt. Dafür habe ich alles aufgegeben. Für Simi. Ich würde es wieder tun, weil niemand dort draußen allein sein sollte. Also habe ich meinen Stolz geschluckt und getan, was Hiker wollte. Vielleicht war das falsch, aber du musst wissen, dass es schon lange keinen Sinn mehr hatte. Erst seit kurzem sind Missionen für mich überhaupt eine Möglichkeit. Ich sehe jetzt dich und deine brennende Leidenschaft dafür. Ich schätze, dass ich das vielleicht auch bald haben möchte.«

Sie rieb sich erneut den Kopf und bereute es sofort. »Ich weiß es nicht. Es ist nicht alles so, wie es zu sein scheint.«

Sie waren einen Moment lang schweigsam. Sophia starrte aus dem Fenster. »Also, weißt du, wie ich zur Burg gekommen bin? Ich wurde irgendwie ohnmächtig, nachdem ich mir den Kopf angeschlagen hatte.«

Er schüttelte den Kopf. »Quiet wird es wissen. Hier geschieht nichts, ohne dass er es weiß.«

Sie nickte. »Ja, ich glaube, er wird ziemlich unterschätzt.«

Wilder zwinkerte ihr zu. »Gut, dass er dich als seine Verbündete betrachtet.«

Ainsley kam mit einem Tablett mit Suppe zurück. »Okay, hier, ich habe alles, was du brauchst, um gesund zu werden.«

Sophia setzte sich auf. »Oh, ich danke dir. Ich bin am Verhungern.«

»Das ist nicht für dich«, behauptete Ainsley ernsthaft. »Das ist mein Mittagessen. Ich dachte nur, ich bringe es mit, damit ich ein Auge auf dich haben kann. Für dich habe ich ein paar Aspirin dabei.«

»Im Ernst, das Beste, was man in einer magischen Burg zur Verfügung hat, ist Aspirin?«, fragte Sophia. »Ich bekomme nichts zu essen?«

Ainsley lachte und stellte das Tablett neben Sophia ab. »Das war nur ein Scherz. Die Suppe ist für dich und es gibt kein Aspirin. Die Burg sagt, sie weiß, was für dich getan werden muss.« Sie ging rückwärts und zeigte auf die Tür. »Wild, verschwinde. Sie braucht ihre Ruhe. Die Burg, nun, anscheinend hat sie ihr eigenes Hausmittel.«

»Was wäre das?« Sophia schaute sich um.

»Iss deine Suppe«, ermutigte Ainsley. »Es steht mir nicht zu, das zu erzählen.«

Ohne ein weiteres Wort zu sagen, zog die seltsame Haushälterin die Tür zu und ließ Sophia allein zurück.

Kapitel 46

Unmittelbar nachdem sie ihre Suppe aufgegessen hatte, wurde Sophia von einer Welle der Erschöpfung überrollt, wie sie sie noch nie zuvor empfunden hatte. Sie schob nicht einmal das Tablett weg, bevor sie auf ihre Kissen sank und in einen Traum fiel.

Der Wind peitschte in ihr Gesicht, wehte ihr Haar nach hinten und ließ sie sich lebendiger fühlen als je zuvor. Sie spürte die Kraft unter sich und genoss die Verbindung, die sie mit dem Drachen hatte, auf dem sie ritt.

Lunis schwebte durch die Luft, glitt durch die Wolken und den blauen Himmel. Das unendliche Grün des Hochlandes der Gullington verschwamm in Sophias Vision. Sie wusste, dass die Tränen in ihren Augen auf den Wind zurückzuführen waren, aber auch auf die Freude, die sie in ihrem Herzen fühlte.

Als sie das Wasser erreichten, segelte der Drache hinunter und schwebte nur knapp über der schimmernden Oberfläche.

Sophia umklammerte den Drachen mit beiden Beinen, ließ die Zügel los und beugte sich nach hinten, tauchte ihre Finger in das kühle Nass und genoss es, wie das Wasser über ihre Hände schwappte.

Es war berauschend. Sie fühlte sich lebendig. Sie fühlte sich runderneuert. Mehr als alles andere war diese Erfahrung heilsam.

DIE AUSSERGEWÖHNLICHE DRACHENREITERIN

✲ ✲ ✲

Ein klopfendes Geräusch ließ sie fast von ihrem Drachen fallen. Sophia wachte auf und hatte nicht einmal bemerkt, dass sie geschlafen hatte. Mit großer Enttäuschung stellte sie fest, dass sie nicht auf Lunis geritten war. Sie drehte sich um und das Tablett mit der Suppenschüssel plumpste auf den Boden, aber sie selbst fing sich ab, bevor sie aus dem Bett purzelte.

Sophia war verwirrt und versuchte sich zu erinnern, wo sie sich befand, als sie ihr Zimmer in der Burg erkannte. Alle Erinnerungen kehrten zu ihr zurück. Sie blinzelte, fühlte sich plötzlich besser, ihr Kopf tat nicht mehr weh.

Hiker stand mit einem seltsamen Ausdruck auf seinem Gesicht in ihrer Tür.

»Warum sieht es hier so aus, als hätte sich ein rosa Monster ausgekotzt?«, fragte er lässig.

»War das ein Witz?« Sie zog sich die Decke hoch zur Brust, als sie merkte, dass sie nur einen Pyjama trug. »Hm, ich glaube, das war dein erster.«

»Das war der erste Witz, den *du* von mir gehört hast«, sagte er und betrat das Zimmer ohne hereingebeten worden zu sein. »Ich lebe seit fünfhundert Jahren. Ich habe zu meiner Zeit ein oder zwei Witze erzählt.«

»Oh, na ja …« Sophia beobachtete ihn dabei, wie er sich in ihrem Zimmer umsah. »Ich war das alles nicht. Nur der Sitzsack. Den Rest hat die Burg selbst erledigt.«

Er nickte, ohne ein Wort zu sagen.

Das gab Sophia die Gelegenheit, über den seltsamen Traum nachzudenken, den sie gerade erlebt hatte. Er fühlte sich realer an als jemals ein Traum zuvor, so sehr, dass er sie von innen heraus zu stärken schien. Sie schaute auf die

Wände der Burg, wissend, dass das alles mit ihrem Traum zu tun hatte, der sie auf seltsame Weise geheilt hatte.

»Und das?«, fragte er und zeigte auf den Fernseher. »Ist es das, was du als VT bezeichnest?«

»TV«, korrigierte Sophia. »Aber ja. Nochmals, ich war das nicht.«

Er drehte sich zu ihr um. »Dann sag mir, was du getan hast?«

Sie setzte sich aufrecht. »Warum hast du vertuscht, was Adam getötet hat?«

Hiker atmete aus und sein Blick richtete sich auf den Boden. »Es war keine Absicht, aber ich wusste nicht, was ich dagegen tun sollte. Wenn etwas stark genug war, was auch immer dieses Ding war …«

»Ein Flugzeug«, informierte Sophia.

»Ja, wenn dieses Flugzeug stark genug war, Adam, den Besten unter uns, zu töten, dann hätten wir alle keine Chance.«

»Also hast du es einfach vertuscht und was noch? Wolltest du vergessen, dass es passiert ist? Dass er ermordet wurde?«, fragte Sophia.

»Nein, es ist nur so, dass es kompliziert ist«, stammelte er.

»Ist es das?«, sondierte sie.

»Schau, ich bin nicht gut darin …«

»Gut in was?«, fragte Sophia.

»Jemandem, vor allem dir, zu bestätigen, dass du vielleicht doch recht hattest«, gestand er widerwillig. »Ich habe über die Jahre mein Vertrauen verloren. Adam wusste das. Meine Männer wussten es wahrscheinlich auch. Ich bin selbstgefällig geworden. Als ich sah, was Adam zu Fall gebracht hatte, habe ich mich noch mehr zurückgezogen. Dann tauchst du hier auf und fordertest mich an allen Fronten heraus. Ich weiß einfach nicht, was ich jetzt tun soll.«

Sophia nickte. »Ich war an dem Ort, von dem das Flugzeug kam.«

Hiker schaute plötzlich auf. »Da hast du die Kopfverletzung her?«

Noch ein Nicken. »Ja, Lunis und ich sind da reingegangen.«

»Das war töricht!«, dröhnte er. »D-d-das war etwas, das Adam auch getan hätte.«

»Nun, ich bereue nichts«, behauptete Sophia stolz. »Ich weiß nicht, wer das betreibt, aber dort waren Männer und Frauen, die wie Sklaven angekettet arbeiteten. Da waren diese Roboter, die …«

Hikers verwirrter Gesichtsausdruck brachte sie zum Schweigen.

»Roboter«, fuhr sie fort, »verhalten sich wie Menschen, nur dass sie Maschinen sind.«

Er schüttelte den Kopf. »Das ist es, was ich meine. Ich habe keine Ahnung von dieser Welt. Ich dachte, wir wären für eine gewisse Zeit außen vor, weil die Sterblichen keine Magie mehr sehen konnten und dann wurde aus einem Jahr ein Jahrzehnt, dann ein Jahrhundert und so weiter. Jetzt hat sich die Welt so sehr verändert. Sie wird Drachenreiter niemals akzeptieren. Wir sind archaisch. So viel weiß ich.«

»Sie werden uns nicht akzeptieren, wenn wir es nicht versuchen«, stimmte Sophia zu.

»Also, diese Sklaven?«, erkundigte sich Hiker. »Hast du sie gesehen?«

»Ich habe sie befreit«, erklärte sie. »Und ich habe ein paar Dinge in die Luft gejagt. Ich denke, Lunis war auch ziemlich erstaunlich, obwohl ich mit ihm darüber noch reden muss.«

»Du hast sie gerettet«, brummte er und musste das anscheinend erst einmal verdauen.

»Nun, ich konnte sie nicht dort lassen«, antwortete sie.

»Richtig«, zwitscherte er. »Natürlich konntest du das nicht.«

»Ich weiß, dass du mich rausgeschmissen hast und mich nicht hier haben willst, aber mehr als alles andere will ich …«

»Ich hatte unrecht«, fiel er ihr ins Wort.

Sophia hielt inne. Hob ihren Kopf. Sie zwang sich, zu schweigen und zuzuhören.

»Du musst einem alten Mann verzeihen, wenn er stur seine bekannten Wege beschreitet«, begann er. »Adam, älter als ich, hat versucht mich zu ändern. Du könntest meinen, ihn zu verlieren, hätte alles regeln sollen, aber es hat mir nur noch mehr Angst vor der Welt außerhalb Gullingtons eingejagt. Dann kamst du, Sophia Beaufont, zu uns. Die Reiter wurden lange Zeit ignoriert. Ich weiß nicht, wie ich die Welt wieder betreten soll. Ich redete mir ein, wir werden nicht mehr gebraucht, aber vielleicht braucht uns diese seltsame, moderne Welt doch noch. Ich werde keine Versprechungen machen, aber ich werde versuchen die Dinge zu ändern. Ich werde versuchen der Welt zu zeigen, dass die Drachenreiter wieder da sind. Wir sind schließlich alles, Richter, Geschworene und Henker.«

Wäre Sophia nicht so erschöpft gewesen, wäre sie vielleicht aus dem Bett gesprungen und hätte den kräftigen Mann vor sich umarmt. Es war wahrscheinlich besser, dass sie so müde war. Das hätte sonst womöglich alles nur ruiniert.

»Also …«, begann sie.

»Also, versuchen wir es«, stimmte er einfach zu. »Vielleicht kannst du helfen, weil du vieles über diese moderne Welt weißt.«

»Natürlich«, antwortete Sophia. »Ich gehe schon Hinweisen nach, wem das Flugzeug gehört, das Adam getötet hat. Die versklavten Menschen sind bei meiner Schwester und wir können die Jungs in die Fabrik schicken ...« Sie verstummte, nachdem sie einen vorsichtigen Blick von Hiker erhalten hatte.

»Kleine Schritte, oder?«, fragte sie achselzuckend.

»Ich weiß es zu schätzen, dass du Ainsley und Wilder nichts über meine Vertuschungsaktion, das Flugzeug oder irgendetwas anderes erzählt hast«, erklärte er. »Das hättest du tun können, aber jetzt sehe ich, dass du jemand bist, der vertrauenswürdig ist. Das ist das Wichtigste am Drachenreiterdasein. Manche möchten dich glauben machen, man müsse stark, mutig und risikofreudig sein, aber sie irren sich. Das ist nicht die wichtigste Eigenschaft eines Drachenreiters. Du kannst die Probleme der Menschen nicht lösen, wenn sie dir nicht vertrauen können.«

Zum ersten Mal überhaupt brachte Hiker Wallace Sophia zum Lächeln. Nicht wegen seiner angespannten Haltung oder seiner unnachgiebigen Art, sondern weil sie tief in seinem harten Äußeren erkennen konnte, dass er ein Mann war, mit dem sie zurechtkommen würde, so wie mit dem Leben um sie herum in Gullington.

Kapitel 47

Am nächsten Morgen war Sophia noch vor dem Frühstück aus der Burg verschwunden, sodass Evan und Quiet ausnahmsweise einmal allein den Kampf um die Leckereien austragen mussten.

Sie genoss die Ruhe des Hochlandes, als sie in Richtung der Höhle stapfte. Loch Gullington schimmerte im Licht der Morgensonne und reflektierte es. Die Herde war ein wogendes Meer von Kreaturen, die auf den sattgrünen Weiden grasten.

Für ein Mädchen, das in einem magischen Haus in einer verkehrsreichen Stadt aufgewachsen war, konnte sie sich keinen besseren Ort zum Leben vorstellen. In Gullington war es ruhig. Es war friedlich. Gullington stand kurz davor, sich für immer zu verändern.

Sophia wollte ein Teil dieser Veränderung werden. Obwohl sich Hiker nicht zu drastischen Veränderungen verpflichtet hatte, wusste sie, dass er dafür empfänglicher war als zuvor. Das war immerhin ein Fortschritt. Für einen Mann, der sich in einem Jahrhundert nicht viel verändert hatte, war es in ihren Augen gut genug.

Als Sophia noch etwa hundert Meter von der Höhle entfernt war, setzte sie sich ins Gras und wartete.

Es dauerte nur eine Minute, bis Lunis seinen Kopf herausstreckte und seine Hörner das Morgenlicht einfingen. Sie konnte nicht glauben, wie sehr es ihr gefehlt hatte, ihn zu sehen. Es war erst einen Tag her, aber das war schon viel zu lange. Er war nun dauerhaft in die Höhle eingezogen, denn er war jetzt viel zu groß für die Burg oder um in ihrem Zimmer zu schlafen. Sie freute sich für ihn, war aber traurig über die vergangenen Möglichkeiten.

Als sie Lunis ansah, hüpfte ihr Herz auf eine Weise, die sie noch nie zuvor erlebt hatte. Sie hatte Bücher über Menschen gelesen, die sich verliebt hatten und das war es, was ihrer Zuneigung zu Lunis entsprach. Aber es handelte sich nicht um eine romantische Liebe. Sie ging viel tiefer. Es war eine Art von Bindung, die Jahrhunderte überdauern konnte. Es war eine bedingungslose Liebe, für deren Schutz sie sterben und für deren Erhalt sie alles tun würde.

Er glitt zu ihr hinunter und landete lautlos im Gras.

»Du lebst«, sagte er beiläufig.

»Du hattest Zweifel?«, scherzte sie.

»Ich denke, wir wissen beide, dass ich die nicht hatte.«

»Es ist schon komisch, irgendwie bin ich auf den Stufen der Burg gelandet, obwohl niemand weiß, wie ich dorthin gekommen bin«, sinnierte sie. »Ich war bewusstlos und erinnere mich an nichts.«

Er sah die Herde an, ein hungriger Ausdruck in seinen Augen. »Das ist in der Tat komisch.«

»Woran erinnerst du dich?«, fragte sie. »Du warst doch dabei.«

»Es gab eine Explosion«, erzählte er. »Eine Menge Feuer. Und Chaos. Roboter und Flugzeuge. Das Übliche eben.«

»Und was dann?«, fragte sie und unterdrückte ihr Lachen.

»Dann brachte dich ein fliegender Krankentransport in Sicherheit«, antwortete er. »Das vermute ich jedenfalls.«

»Gibt es den hier draußen?« Sie musste sich wirklich anstrengen, um sich das Lachen zu verkneifen.

»Ich schätze«, antwortete er ausdruckslos.

Sophia beschloss, das Thema auf sich beruhen zu lassen. Sie und Lunis mussten ihre Entwicklungsstadien durchlaufen. Wer wusste schon, wie lange es dauern würde? Sie hoffte, kein weiteres Jahrhundert.

»Hiker hat sich bereit erklärt, über Missionen nachzudenken«, teilte sie ihm mit. »Aber ich glaube, es gibt dazu noch einiges an Vorarbeit zu leisten.«

»Und Aufklärung«, fügte er hinzu. »Aber der Fortschritt ist gut.«

Sophia nickte. »Ja und wir müssen herausfinden, wer hinter Adams Tod, der Fabrik und den Sklaven steckt.«

Er stand auf edle Weise auf. »Es scheint, wir haben noch eine Menge Arbeit vor uns.«

»Es scheint so«, meinte Sophia, während sie in das Hochland hinaus lächelte und die Morgenbrise auf ihrem Gesicht genoss.

»Nun, ich hoffe, es macht dir nichts aus, aber ich gehe frühstücken«, tat er kund.

»Ganz und gar nicht«, antwortete sie und beobachtete, wie ihr Drache ein paar Schritte machte, bevor er sich in die Lüfte erhob, seine großen Flügel bewegte und sich anmutig in den Himmel tragen ließ.

Er war so sehr gewachsen und doch wusste sie, dass er noch größer werden würde, als sie ihn herunterstürzen sah, um ein Schaf mit den Krallen zu packen. Das würden sie beide.

Eines Tages wäre er dann genug gewachsen, sodass sie ihn reiten konnte – auch ohne bewusstlos zu sein.

FINIS

—

Wie hat Dir das Buch gefallen? Schreib uns eine Rezension oder bewerte uns mit Sternen bei Amazon. Dafür musst Du einfach ganz bis zum Ende dieses Buches gehen, dann sollte Dich Dein Kindle nach einer Bewertung fragen.

Als Indie-Verlag, der den Ertrag weitestgehend in die Übersetzung neuer Serien steckt, haben wir von LMBPN International nicht die Möglichkeit große Werbekampagnen zu starten. Daher sind konstruktive Rezensionen und Sterne-Bewertungen bei Amazon für uns sehr wertvoll, denn damit kannst Du die Sichtbarkeit dieses Buches massiv für neue Leser, die unsere Buchreihen noch nicht kennen, erhöhen. Du ermöglichst uns damit, weitere neue Serien parallel in die deutsche Übersetzung zu nehmen.

Am Endes dieses Buches findest Du eine Liste aller unserer Bücher. Vielleicht ist ja noch ein andere Serie für Dich dabei. Ebenso findest Du da die Adresse unseres Newsletters und unserer Facebook-Seite und Fangruppe – dann verpasst Du kein neues, deutsches Buch von LMBPN International mehr.

Wie geht es weiter?

Sophia Beaufonts Abenteuer gehen weiter im zweiten Buch »Das Spiel mit der Angst«

[Das Spiel mit der Angst als E-Book jetzt kaufen.](#)

Sarahs Autorennotizen (29.01.2021)

Danke an dich, den Leser, dass du dir die Zeit genommen hast, dieses Buch zu lesen. Deine Unterstützung bedeutet uns allen bei LMBPN so viel. Wir hoffen, dass du es weiterhin genießt und uns erlaubt, weitere Geschichten zu schreiben, die dich und dein Leben hoffentlich bereichern und unterhalten. Das ist immer mein Hauptziel als Autorin gewesen.

Diese Serie wurde ursprünglich in zwölf großen Bänden veröffentlicht. Nachdem die gesamte Serie veröffentlicht wurde, haben wir uns entschieden, die Bücher in 24 Bände aufzuteilen. Du liest jetzt den ersten Teil davon. Die ursprünglichen Autorennotizen zum Doppelbuch werden am Ende von Buch 2 kommen, da sie Spoiler enthalten könnten. Bei dieser Serie wirst du also Autorennotizen bekommen, die zum jetzigen Zeitpunkt für die ungeraden Bücher geschrieben wurden. Und dann bekommst du die, die wir während des Schreibens der Serie für die geraden Bücher geschrieben haben. Das ist Mathe. Ich bin nicht der Beste darin.

Aktuell habe ich gerade die gesamte Serie abgeschlossen. 1,4 Millionen Wörter, geschrieben in 16 Monaten. Ich habe das Gefühl, diese Autorennotizen für Buch 1 gerade jetzt zu schreiben, ist wie eine Zeitreise. Ich versuche, mich daran zu erinnern, wer ich war, bevor ich diese Serie geschrieben habe. Die Gefühle und Gedanken, die sich zu dieser Zeit in mir manifestierten. Ich erinnere mich daran, dass ich einen magischen Ort erschaffen wollte, mit einem Grundstück und einem Schloss und einem Teich und Höhlen.

Ich habe Bilder gemalt. Sie waren nicht sehr gut. Das Gullington war zu der Zeit das Gillington und dann habe ich es geändert. Ich verstand nicht, wie die Magie, die das empfindsame Schloss betrieb, funktionierte. Und dann, um Buch 6 herum, was für dich Buch 12 sein wird, traf es mich. Und heilige Eiscreme-Sandwiches, es hat mich umgehauen. Das ist ein Teil der Magie des Schreibens. Oftmals erzählen mir die Charaktere ihre Geschichten erst, wenn ich bereit bin, was bedeutet, dass es an der Zeit ist, im Buch enthüllt zu werden.

Das Interessante daran ist, dass ich als Autor oft nicht weiß, was mein Protagonist nicht weiß. Es ist nicht so, dass ich sie in etwas hineinführe, sondern eher, dass ich die Reise mache.

Für mich ist das Schreiben deshalb so aufregend und anstrengend. Ich habe buchstäblich das Gefühl, dass ich selber auf die Reisen gehe. Dass ich die Bestien töte. Dass ich die Informationen lernen muss oder wie man kämpft oder die Lektionen des Herzens. Auf diese Weise verändern mich meine Bücher. Sie machen mich zu so viel mehr, als ich war, bevor ich anfing.

Es gibt dieses Zitat von George R.R. Martin, dass ein Leser tausend Leben lebt. Nun, ich versuche nicht, dich, den Leser, zu übertreffen, aber verdammt, wenn ich nicht das Gefühl habe, dass meine Bücher mich eine Million Leben leben lassen.

Ich habe gerade mit Mike telefoniert, den ich in den Autorennotizen immer mit mehreren Namen anspreche. Du wirst sehen. Jedenfalls hat er mich nach Beendigung dieser Serie gefragt, wie es mir geht. Ein sehr nachdenklicher Typ, dieser Manderle. Ich sagte ihm, dass ich meine Charaktere und ihre Reisen so sehr verinnerliche, dass es verdammt anstrengend ist. Nachdem ich dieses Wochenende 35k Wörter geschrieben habe, fühle ich mich, als hätte ich mindestens hundert Leben in drei Tagen gelebt.

DIE AUSSERGEWÖHNLICHE DRACHENREITERIN

MA hat mich in diesem Gespräch auch gefragt, ob ich irgendwelche Hobbys habe... Nun, Michael, ich schwinge ein Schwert, bin ein erfahrener Bogenschütze, reite auf einem Drachen, schalte böse Jungs aus, putze Burgen, koche für einen Haufen Drachenreiter, kümmere mich um die Herde, erzähle schlechte Witze, gehe zur Happy Hour mit dem König der Fae und schaue manchmal Youtube-Videos. Also ja, ich habe Hobbys. Jetzt, nach all dem, denke ich darüber nach, mit dem Trinken anzufangen... ich bin erledigt.

Aber wer hat schon Zeit für Hobbys, wenn es Bücher zu schreiben gibt? Ich liebe wirklich, was ich tue. Nach 77 Büchern bin ich aufgeregt, die nächste Serie zu beginnen. Sie kommt direkt danach und heißt Die unergründliche Paris Beaufont. Ich werde in ein paar Tagen damit anfangen. Für den Moment muss ich ein bisschen vegetieren und die Great British Baking Show mit Nachos schauen. Und anscheinend muss ich mir ein oder zwei Hobbys zulegen, bei denen ich tatsächlich in die reale Natur gehe und nicht an imaginäre Orte in meinem Kopf.

Und das wirft die Frage auf, die ich Bird Killer, alias Mikey, nicht gestellt habe. Was sind deine Hobbys? Aufwendige Dinnerpartys für deine hungrige und unterernährte Autorin zu veranstalten, die sich nicht selbst ernähren kann, weil sie buchstäblich eine Deadline hatte und keine Zeit fand, sich ein Sandwich in ihr Kuchenloch zu stecken? Wann wird der Chauffeur hier sein, um mich abzuholen? Vielleicht bürste ich mir für diesen Anlass sogar die Haare... Nein, nein, das werde ich nicht. Lasst uns ehrlich sein. Wir alle wissen, dass ich mir nicht die Mühe machen würde meine Haare zu bürsten, genau wie Liv Beaufont.

Oh, und übrigens, ›Unzähmbare Liv Beaufont‹ ist die Serie, die vor dieser kam, obwohl man Sophias Serie auch alleine lesen kann. Aber wenn du Sophia magst, dann wirst du auch ihre ältere Schwester lieben, die weniger Manieren und einen wirklich schlechten Sinn für Mode hat. Sie ist im Grunde ich!

Okay, ohne weitere Umschweife übergebe ich an Michael-Freaking-Anderle.

Lässt Mikrofon fallen und geht weg

Michaels Autorennotizen (09.02.2021)

Vielen Dank, dass du nicht nur diese Geschichte gelesen hast, sondern auch hier bis zum Ende und unsere Autorennotizen.

Diejenigen, die schon einmal etwas von mir gelesen haben, können diesen Abschnitt überspringen und danach bei ›Was kochst du?‹ weitermachen.

Ein bisschen was über mich.

Wer bin ich?

Ich schrieb mein erstes Buch Death Becomes Her (The Kurtherian Gambit) im September/Oktober 2015 und veröffentlichte es am 2. November 2015. Ich schrieb und veröffentlichte die nächsten zwei Bücher im selben Monat und hatte drei bis Ende November 2015 veröffentlicht.

Also vor knapp fünf Jahren.

Seitdem habe ich hunderte weitere Bücher in allen möglichen Genres geschrieben, kollaboriert, konzipiert und/oder kreiert.

Mein erfolgreichstes Genre ist immer noch mein erstes, Paranormal Sci-Fi, schnell gefolgt von Urban Fantasy. Ich habe mehrere Pseudonyme, unter denen ich produziere.

Einige, weil ich manchmal ein bisschen grob in meinem Humor oder roh in meinem Zynismus sein kann (Michael

Todd). Ich habe einen, den ich mit Martha Carr teile (Judith Berens), und einen anderen (nicht bekannt gegeben), den wir als Marketing-Test-Pseudonym verwenden.

Generell liebe ich es einfach, Geschichten zu erzählen, und mit dem Erfolg kommt die Möglichkeit, zwei Dinge zu mischen, die ich in meinem Leben liebe.

Das Geschäft und Geschichten.

Ich wollte schon Unternehmer werden, seit ich ein Teenager war. Ich war ein sehr erfolgloser Unternehmer (ich habe es viele Male versucht), bis mein Verlag LMBPN im Jahr 2015 einen Autor unter Vertrag nahm.

Mich.

Ich war der Präsident des Unternehmens und ich war der erste Autor, der veröffentlicht wurde. Lustig, dass das so geklappt hat.

Es dauerte bis Ende 2016, bis wir weitere Autoren hatten, die bei mir veröffentlichen. Jetzt haben wir ein paar Dutzend Autoren, ein paar Hundert Hörbücher von LMBPN veröffentlicht, ein paar Hundert weitere lizenziert von sechs Audiofirmen und etwa tausend Titel in unserem Unternehmen.

Es waren arbeitsreiche fünf Jahre.

Was kochst du?

Sarah hat einen großartigen Job gemacht, die ganze Vergangenheit zu erklären, also werde ich über meine Gegenwart und meine Bemühungen für 2021, mehr zu kochen, sprechen.

Als COVID uns hier in den USA im Jahr 2020 traf, haben die Amerikaner eine metrische Bootsladung an Brotmaschinen gekauft (meistens online). Du weißt schon, die Art, in die du die Zutaten reinschmeißt und in ein paar

Stunden zu einem frisch gebackenen Brot zurückkommst?

Es war eine MASSIVE Explosion von ›Brad und Betty Bakers‹ in Küchen im ganzen Land. Außerdem gingen die Brotkochbücher weg wie warme Semmeln... nur dass wir keine offenen Buchläden hatten, also stell dir das mal vor, wenn du willst.

Im Moment habe ich eine große Menge an Lebensmitteln in meinem Gefrierschrank, weil (das ist die Kurzversion) ich mir dachte, dass ich mir einen Grill zulegen würde.

Also habe ich es getan.

Mein Freund und Autorenkollege Jonathan Brazee überzeugte mich, etwas über Sous-Vide zu lernen.

Das tat ich.

Mein Vater erzählte immer wieder von den Wundern des Vakuumierens von Resten, also schnappte ich mir ein Vakuumier-Dingsbums (MX-Bold für diejenigen, die es wissen wollen).

Jetzt koche ich auf dem Grill, lasse die Steaks, Hamburger, etc. abkühlen und lege sie in einzelne, separate Zip-Lock-Vakuumbeutel in den Gefrierschrank.

Tage oder Wochen später benutze ich den Sous-Vide-Garer, erhitze Wasser auf die perfekte Temperatur und lege das gefrorene Essen hinein. Es erwärmt das Essen, egal ob ich es beobachte oder vergesse, für eine Stunde, ohne dass eine Sauerei entsteht oder das Essen anbrennt.

Am Ende hole ich mein aufgewärmtes Essen und es ist köstlich.

Ich sage das alles, weil ich gerade hungrig bin und ich weiß, dass ich Hamburger-Patties im Gefrierschrank habe, die ich vor drei Wochen gekocht habe und die lecker riechen und schmecken werden, wenn ich sie aufwärme. Was ich nicht habe, ist ein frisches Brot oder Brötchen, um die

Hamburger darauf zu legen.

Ich spüre eine Störung in der Macht. Ich glaube, nach der Arbeit heute, werde ich mich wieder mit dem Brotbacken beschäftigen. Wenn ich ein Gerät finde, das mir gefällt (und für das ich Platz in der Küche habe), muss ich nicht mehr das Haus verlassen, um frisches Brot zu holen.

Wenn ich es tue, werde ich euch auf jeden Fall berichten, wie es läuft... und ob ich das Schreiben aufgeben sollte, um mit dem Backen anzufangen. Ich habe euch noch nichts über meinen Outdoor-Pizzaofen verraten (glaube ich). Ich kann mit Sicherheit sagen, dass ich vermutlich für den Rest meines Lebens schreiben werde.

Für meinen ersten Pizzateig habe ich GEKAUFTEN Teig (in einer Plastiktüte) verwendet, und das Ergebnis war nicht so gut. Ich vermute, dass mein erstes Brot eine Sauerei sein wird.

(Anmerkung der englischen Lektorin: Nicht geknetetes Brot ist die Bombe, Michael. Vergiss die Maschine. Frag mich nach Rezepten, auch für Hamburger-Brötchen).

Ich denke, ich werde noch ein paar Ideen für zukünftige Bücher niederschreiben.

Ad Aeternitatem,
Michael Anderle

SOZIALE MEDIEN

Möchtest Du mehr?
Abonnier unseren Newsletter, dann bist Du bei neuen Büchern, die veröffentlicht werden, immer auf dem Laufenden:
https://lmbpn.com/de/newsletter/

Tritt der Facebook-Gruppe und der Fanseite hier bei:
https://www.facebook.com/groups/ZeitalterderExpansion/
(Facebook-Gruppe)
https://www.facebook.com/DasKurtherianischeGambit/
(Facebook-Fanseite)

Die E-Mail-Liste verschickt sporadische E-Mails bei neuen Veröffentlichungen, die Facebook-Gruppe ist für Veröffentlichungen und ›hinter den Kulissen‹-Informationen über das Schreiben der nächsten Geschichten. Sich über die Geschichten zu unterhalten ist sehr erwünscht.

Da ich nicht zusichern kann, dass alles was ich durch mein deutsches Team auf Facebook schreiben lasse, auch bei Dir ankommt, brauche ich die E-Mail-Liste, um alle Fans zu benachrichtigen wenn ein größeres Update erfolgt oder neue Bücher veröffentlicht werden.

Ich hoffe Dir gefallen unsere Buchserien, ich freue mich immer über konstruktive Rezensionen, denn die sorgen für die weitere Sichtbarkeit unserer Bücher und ist für unabhängige Verlage wie unseren die beste Werbung!

Jens Schulze für das Team von LMBPN International

**DEUTSCHE BÜCHER VON
LMBPN PUBLISHING**

Das kurtherianische Gambit
(Michael Anderle – Paranormal Science Fiction)

Erster Zyklus:
Mutter der Nacht (01) · Queen Bitch – Das königliche Biest (02) · Verlorene Liebe (03) · Scheiß drauf! (04) · Niemals aufgegeben (05) · Zu Staub zertreten (06) · Knien oder Sterben (07)

Zweiter Zyklus:
Neue Horizonte (08) · Eine höllisch harte Wahl (09) · Entfesselt die Hunde des Krieges (10) · Nackte Verzweiflung (11) · Unerwünschte Besucher (12) · Eiskalte Überraschung (13) · Mit harten Bandagen (14)

Dritter Zyklus:
Schritt über den Abgrund (15) · Bis zum bitteren Ende (16) · Ewige Feindschaft (17) · Das Recht des Stärkeren (18) · Volle Kraft voraus (19)

Kurzgeschichten:
Frank Kurns – Geschichten aus der Unbekannten Welt

In Vorbereitung:
…die restlichen Bücher bis Band 21

Aufstieg der Magie
(CM Raymond, LE Barbant &
Michael Anderle – Fantasy)

Unterdrückung (01) · Wiedererwachen (02) · Rebellion (03) · Revolution (04)
In Vorbereitung sind die restlichen Bücher bis Band 12 aus dem Kurtherian-Gambit-Universum

**Das zweite Dunkle Zeitalter
(Michael Anderle & Ell Leigh Clarke
– Paranormal Science Fiction)**
Der Dunkle Messias (01) · Die dunkelste Nacht (02)
In Vorbereitung sind die restlichen Bücher bis Band 4
aus dem Kurtherian-Gambit-Universum

**Der unglaubliche Mr. Brownstone
(Michael Anderle – Urban Fantasy)**
Von der Hölle gefürchtet (01) · Vom Himmel verschmäht (02) ·
Auge um Auge (03) · Zahn um Zahn (04) ·
Die Witwenmacherin (05) · Wenn Engel weinen (06) ·
Bekämpfe Feuer mit Feuer (07)
In Vorbereitung sind die restlichen Bücher dieser
Oriceran-Serie

**Die Schule der grundlegenden Magie
(Martha Carr & Michael Anderle – Urban Fantasy)**
Dunkel ist ihre Natur (01)
In Vorbereitung sind die restlichen Bücher bis Band 8
diese Oriceran-Serie

**Die Schule der grundlegenden Magie: Raine Campbell
(Martha Carr & Michael Anderle – Urban Fantasy)**
Mündel des FBI (01)
In Vorbereitung sind die restlichen Bücher bis Band 9
diese Oriceran-Serie

**Die Chroniken des Komplettisten
(Dakota Krout – LitRPG/GameLit)**
Ritualist (01) · Regizid (02) · Rexus (03) ·
Rückbau (04) · Rücksichtslos (05)
In Vorbereitung sind die derzeit verfügbaren Teile

Die Chroniken von KieraFreya
(Michael Anderle – LitRPG/GameLit)
Newbie (01)
Anfängerin (02)
In Vorbereitung sind die restlichen Bücher bis Band 6

Die guten Jungs
(Eric Ugland – LitRPG/GameLit)
Noch einmal mit Gefühl (01)
Heute Erbe, morgen Schachfigur (02)
In Vorbereitung sind die restlichen Bücher der Serie

Die bösen Jungs
(Eric Ugland – LitRPG/GameLit)
Schurken & Halunken (01) in Vorbereitung
In Vorbereitung sind die restlichen Bücher der Serie

Die Reiche
(C.M. Carney – LitRPG/GameLit)
Der König des Hügelgrabs (01)
In Vorbereitung sind die restlichen Bücher der Serie

Stahldrache
(Kevin McLaughlin & Michael Anderle –
Urban Fantasy)
Drachenhaut (01) · Drachenaura (02) ·
Drachenschwingen (03) · Drachenerbe (04) ·
Dracheneid (05) · Drachenrecht (06) ·
Drachenparty (07) · Drachenrettung (08)
In Vorbereitung sind die restlichen Bücher bis Band 15

So wird man eine knallharte Hexe
(Michael Anderle – Urban Fantasy)
Magie & Marketing (01)

Animus
(Joshua & Michael Anderle – Science Fiction)
Novize (01) · Koop (02) · Deathmatch (03) ·
Fortschritt (04) · Wiedergänger (05) · Systemfehler (06) ·
Meister (07)
In Vorbereitung sind die restlichen Bücher bis Band 12

Opus X
(Michael Anderle – Science Fiction)
Der Obsidian-Detective (01)
Zerbrochene Wahrheit (02)
Suche nach der Täuschung (03)
In Vorbereitung sind die restlichen Bücher bis Band 12

Unzähmbare Liv Beaufont
(Sarah Noffke & Michael Anderle – Urban Fantasy)
Die rebellische Schwester (01)
Die eigensinnige Kriegerin (02)
Die aufsässige Magierin (03)
Die triumphierende Tochter (04)
Die loyale Freundin (05)
Die dickköpfige Fürsprecherin (06)
Die unbeugsame Kämpferin (07)
Die außergewöhnliche Kraft (08)
Die leidenschaftliche Delegierte (09)
Die unwahrscheinlichsten Helden (10)
Die kreative Strategin (11)
Die geborene Anführerin (12)

Die einzigartige S. Beaufont
(Sarah Noffke & Michael Anderle – Urban Fantasy)
Die außergewöhnliche Drachenreiterin (01)
Das Spiel mit der Angst (02)

In Vorbereitung sind die restlichen Bücher bis Band 24

**Die Geburt von Heavy Metal
(Michael Anderle – Science Fiction)**
Er war nicht vorbereitet (01)
Sie war seine Zeugin (02)
Hinterhältige Hinterlassenschaften (03)
In Vorbereitung sind die restlichen Bücher bis Band 8

**Weihnachts-Kringle
(Michael Anderle –
Action-Adventure-Weihnachtsgeschichten)**
Stille Nacht (01)